SEULES LES BÊTES

Colin Niel est aujourd'hui l'une des grandes voix du roman noir français. Ancien ingénieur agronome et ingénieur du génie rural et des eaux et forêts, il a travaillé pendant douze ans dans la préservation de la biodiversité, notamment en Guadeloupe et en Guyane. Après son séjour en Guyane, il commence à écrire les aventures du capitaine André Anato, un gendarme noir-marron à la recherche de ses origines. Cette série a reçu de nombreux prix littéraires : *Les Hamacs de carton* (prix Ancres noires 2014), *Ce qui reste en forêt* (prix Sang pour Sang Polar 2014), *Obia* (Prix des lecteurs Quais du polar/20 Minutes 2016, prix Polar Michel Lebrun 2016) et *Sur le ciel effondré* (Trophée 813 du meilleur roman francophone 2019). *Seules les bêtes* a, quant à lui, été notamment récompensé par le prix Landerneau Polar ainsi que par le prix Polar en Séries en 2017, avant d'être adapté au cinéma en 2019. Paru en 2020, *Entre fauves* a obtenu en 2021 le prix Libr'à nous, ainsi que le Prix des libraires en Seine. Son dernier roman, *Darwyne*, est sorti en 2022 aux éditions du Rouergue. Colin Niel se consacre aujourd'hui entièrement à l'écriture.

Paru au Livre de Poche :

Entre fauves

COLIN NIEL

Seules les bêtes

ROMAN

ÉDITIONS DU ROUERGUE

ISBN : 978-2-253-10762-0 – 1re publication LGF

Pour Charlotte,
Go miniature au pied du monde.
En moi, même enfouie.

ALICE

Les gens veulent toujours un début. Ils s'imaginent que si une histoire commence quelque part, c'est qu'elle a aussi une fin. Que l'orage a cessé, qu'ils peuvent revenir à leur routine, épargnés qu'ils ont été. Ça se tient, je dis pas. Et puis ça rassure un peu. Il faut bien, parce que ce qui s'est passé cette année-là, ça en a inquiété plus d'un. Ceux d'en bas dans la vallée, sur les marchés, dans les foires, ils la racontent encore, cette histoire. Ils en inventent la moitié d'ailleurs, chacun a ses petits détails qu'il a rajoutés, qu'il peaufine les mois passant. À leur place je ferais pareil : ça fait des choses à dire, tout le monde cherche des choses à dire, sinon on n'existe pas. C'est humain. Bref. Lorsque les gens reparlent de tout ça, leur début à eux, c'est celui de la télé.

Le 19 janvier.

Le jour où Évelyne Ducat a disparu.

Moi, c'est le lendemain que j'ai appris la nouvelle. L'hiver était installé pour de bon, la neige tapissait ma montagne comme un linge trop blanc et les vents n'en finissaient plus de balayer les versants. La nuit on les entendait hurler autour de la ferme. Ce matin-là, le chauffage à fond pour désembuer mon pare-brise, je conduisais doucement, malgré les chaînes je savais que les routes étaient dangereuses. J'ai descendu les lacets au ralenti, au milieu des blocs de granit entassés sur les pentes que, gamine, j'imaginais tombés du ciel pendant un énorme orage. Je pensais à ma journée de la veille, c'est pour ça que je n'ai pas fait attention aux voitures bleues garées le long de la départementale, pas plus qu'aux gendarmes affairés autour avec leurs cartes et leurs portables qui captaient mal. Un autre jour, j'aurais essayé de savoir ce qui s'était passé, j'aurais fait ma curieuse en me répétant C'est pas tes affaires. Mais là, j'ai roulé presque sans ralentir pour entrer dans le bourg et aller me garer près de la place du Marché.

Il n'y avait pas foule, trois-quatre stands de producteurs qui se tenaient chaud en haut de la rue piétonne. J'ai croisé quelques vieilles connaissances, des types que j'avais connus gamins et que je voyais vieillir au fil des années, avec qui j'échangeais juste des petits bonjours histoire de montrer qu'on savait encore d'où on venait même si on n'avait plus grand-chose en commun. C'est là, dans le froid du marché, que j'ai réalisé que ce n'était pas un jour comme un autre. Les marchands qui se tapaient les mains au-dessus de leurs pièces d'agneau ou de leurs confitures de châtaignes, les clients emmitouflés dans leurs parkas, ils avaient tous la même histoire à la bouche. Les discussions fusaient en petits nuages de buée glacée. Et bien sûr, Éliane était là, avec son panier de légumes sous le bras. Elle m'a alpaguée en disant Ça se présente mal, ils la retrouveront jamais à mon avis. Avant de réaliser que je n'étais pas au courant et de me fixer comme si je sortais d'hibernation.

C'est finalement autour d'un café, dans le seul bistrot

de la ville ouvert en cette saison, qu'elle m'a mise au parfum. On était les seules clientes.

— Il y a une femme qui a disparu. Tous les gendarmes sont à sa recherche. T'as pas vu les infos hier soir ?

Non, je n'avais pas regardé la télé. Michel oui, il s'était collé à l'écran pour suivre le journal local et la météo. Forcément, il était concerné comme tous les éleveurs du coin qui se demandaient quel sort les jours prochains leur réservaient, à eux et à leurs bêtes. Mais moi, tout accaparée par mes idées, je n'avais pas prêté attention à ce qui se disait dans le poste.

— Évelyne Ducat, ça te dit quelque chose ?

— Ducat… C'est un nom d'ici, non ?

— Oui. Et crois-moi, c'est pas n'importe qui.

La disparue était mariée à un notable, un gars du coin parti à la capitale à sa majorité puis revenu vivre dans la vallée après avoir fait fortune à l'étranger. Un riche, quoi, ai-je pensé à ce moment-là, voilà pourquoi on en parlait autant de cette affaire. Si c'était un de mes paysans au bord de la faillite qui manquait à l'appel, sûr que ç'aurait fait moins de bruit. Il ne fallait pas trop me lancer là-dessus, ça pouvait durer des heures. Bref.

La dernière fois que l'homme d'affaires avait vu sa femme, elle quittait sa villa pour un après-midi de randonnée en solitaire. Une petite marche comme elle en avait l'habitude, bravant l'hiver sur le plateau ou du côté du mont, elle n'avait pas précisé. Et depuis, plus rien. On avait retrouvé sa voiture abandonnée à l'entrée de la ville, mal garée en bord de route.

Ça faisait un beau sujet de discussion en ce mois de janvier glacial où chacun attendait le retour des beaux jours. Tout le monde y allait de son idée. Avec en tête de liste, le scénario du pire, celui qui ramenait à la surface les souvenirs de nos ancêtres.

La tourmente.

Oui, certains disaient qu'Évelyne Ducat avait été emportée par la tourmente, comme autrefois. La tourmente, c'est le nom qu'on donne à ce vent d'hiver qui se déchaîne parfois sur les sommets. Un vent qui draine avec lui des bourrasques de neige violentes, qui façonne les congères derrière chaque bloc de roche, et qui, disait-on dans le temps, peut tuer plus sûrement qu'une mauvaise gangrène. C'est comme ça que deux enseignantes avaient péri dans les années 1940, je connaissais l'histoire depuis toute gamine. Parties à pied pour rejoindre l'école à seulement deux kilomètres de leur village, les jeunes femmes s'étaient perdues dans la tempête. On les avait retrouvées congelées, collées l'une à l'autre au pied d'un arbre givré. Dans les hameaux, nos aïeux avaient construit des clochers qu'ils faisaient retentir pour guider les égarés quand la rudesse de l'hiver s'installait. Maintenant ça faisait partie du folklore, de ce qui nous restait de cette époque où tout était plus dur. La tourmente ne tuait plus personne aujourd'hui. Mais Éliane, elle continuait à se faire peur avec ça chaque année.

Alors forcément, cette fois elle y croyait.

— Hein, qu'est-ce que tu en penses, toi ? m'a-t-elle relancée.

Je l'ai observée, emballée dans sa doudoune avec ses joues bien roses qui la faisaient paraître plus jeune que son âge. Elle voulait mon avis, comme d'habitude. Mais là, je n'ai pas répondu.

— T'es pas bavarde aujourd'hui. Il y a un truc qui va pas ?

— Non, pas du tout.

Je mentais, bien sûr. La vérité, c'est que ce qu'elle venait de me raconter dans ce café surchauffé, je ne l'avais écouté qu'à moitié. Je la voyais se passionner pour ce fait divers qui allait faire les gros titres pendant plusieurs jours, se demander si on allait en parler aux infos nationales. Mais rien à faire, je n'arrivais pas à m'y intéresser. J'aurais dû pourtant, peut-être que si j'avais compris plus tôt à quel point j'étais concernée par cette histoire, j'aurais pu éviter ce qui se préparait. Mais j'étais ailleurs, moi aussi perdue dans la tourmente, à ma manière. Alors j'ai laissé Éliane terminer son récit, je l'ai relancée un peu pour faire bonne figure, puis je suis retournée me geler les joues dans le froid de la ville.

C'était une journée sans visite, j'ai fait des courses et réglé deux-trois choses en ville, des occupations pour lesquelles je n'avais pas besoin de trop réfléchir. Et le soir, j'ai repris la route vers les hauteurs enneigées de ma montagne. Jusqu'à ce hameau qui m'avait vue grandir et que j'imaginais ne quitter qu'à ma mort, avec ses bâtisses trapues aux murs de granit, sa fontaine taillée dans la roche. Je me suis garée dans la pente, face au fleuve de brouillard gris qui serpentait dans la vallée, engloutissant le moindre village. À la maison, j'ai posé mes affaires en soupirant, et pas longtemps après j'ai fait cuire deux saucisses et des pommes de terre à l'eau dans le silence de la cuisine.

Michel est arrivé un peu plus tard, quand le dîner était prêt. J'avais le dos tourné, je l'ai entendu retirer sa combinaison dans l'entrée et marcher vers la salle de bains pour se doucher. Sans dire un mot. Quand il est venu s'asseoir à la grande table en bois qui barre la pièce d'une fenêtre à l'autre, il avait les cheveux mouillés et sous son pull il portait son tee-shirt des Jeunes Agriculteurs, celui qu'il mettait après les journées difficiles. Il a coupé un bout de saucisse, l'a mâché un moment. Et seulement après, il a demandé :

— Ça va ?

— Oui, ai-je répondu comme si c'était un jour comme un autre.

J'ai parlé parce que c'est ce que je fais de mieux, j'ai dit où j'étais allée, qui j'avais vu, ce que j'avais acheté. Michel a haussé les sourcils pour dire Je vois. J'ai fixé un instant son visage mat, ses sourcils réunis en une ligne d'une tempe à l'autre, ses yeux dont je n'ai jamais su dire la couleur.

— Et toi ? Ta journée ?

Le poing serré autour de son couteau, il a haussé les épaules.

— Les vêlages.

Les vêlages, c'est tout, il n'a pas détaillé. Pas besoin, il savait que je savais. Parce que ce métier je le connais comme si je l'avais pratiqué, qu'il a rythmé ma vie depuis l'enfance. Les vêlages, ça voulait dire qu'il dormait peu, passait l'essentiel de son temps dans l'étable à veiller sur les vaches, à nettoyer les crèches, à étaler le foin. De temps en temps il descendait dans la vallée pour voir ses clients et régler des problèmes techniques. C'était une période difficile pour lui. Alors non, il n'avait pas besoin d'en dire plus pour que je comprenne. Sauf pour entretenir la conversation, pour moi, pour nous, ça n'aurait pas fait de mal. À la fin du repas, il s'est essuyé la bouche, il a posé sa serviette et s'est levé pour porter son assiette à l'évier.

— J'y retourne, a-t-il dit doucement. J'ai de la paperasse.

Puis il est sorti de la pièce pour gagner le bureau qu'il s'était aménagé dans le bas de la maison et auquel on accède par l'extérieur. Là où il remplissait ses formulaires et compilait ses bilans sur l'ordinateur. Moi je suis restée là, face au mur du salon et aux photos encadrées de mes neveux à la plage, toute seule avec ce silence devenu trop familier.

Michel et moi, on ne se parlait plus que pour assurer la bonne tenue du foyer. Et je dois avouer que ces derniers temps, ça m'arrangeait bien. Surtout ce soir. Parce que j'étais dans mes pensées, obsédée même, on pouvait le dire comme ça. Pas par la disparition d'Évelyne Ducat comme Éliane et tous ceux d'en bas. Non, depuis la veille, je ne pensais qu'à une chose : Joseph, là-bas dans sa maison sur le causse.

À Joseph dont j'avais fini par tomber amoureuse.

À Joseph qui ne voulait plus de moi.

Et j'étais à des kilomètres d'imaginer que mon amant pouvait être impliqué dans cette affaire dont on parlait à la télé.

Joseph, ç'aurait pu être un adhérent comme un autre de la mutualité agricole, un de ceux que je visite chaque jour dans le secteur dont je suis responsable. C'est ça notre boulot, à moi, à Éliane, aux trois autres. Cinq assistantes sociales pour quatre mille paysans, sillonnant les fermes du territoire pour rencontrer ceux que plus grand monde ne va voir, pour leur expliquer que

Non, ils ne sont pas tout seuls, qu'ils ont des droits, qu'il existe des aides pour embaucher une femme de ménage ou laisser son troupeau à quelqu'un au moins une semaine en août. Personne n'imagine ce qui se passe à l'intérieur de ces exploitations où seuls rentrent encore quelques professionnels. Nous, on est dedans jusqu'au cou. Les réussites agricoles, les jeunes qui s'installent, qui innovent, qui créent de l'emploi et se développent sur Internet, ceux qui font honneur à la profession, on sait qu'ils existent, on y pense parfois pour se donner du courage. Mais on ne les voit pas.

Ce qu'on voit, nous, c'est des familles en vrac, des couples qui explosent parce que madame veut un enfant quand monsieur veut une nouvelle étable, des hommes qui sombrent dans la dépression sous le poids du travail, des retraités qui se laissent dépérir lorsque part leur moitié et que les fils ont fui la campagne. Alors il y a deux ans, quand le maire de sa petite commune m'a téléphoné pour me décrire la situation de Joseph Bonnefille, éleveur de brebis sur le causse, je n'ai pas été plus étonnée que ça.

— C'est pas le mauvais gars, m'a-t-il dit. Mais depuis la mort de sa mère, il va pas bien, vous voyez ? Cette année, il a pas fané et il y a ses bêtes qui divaguent.

Il n'avait pas fané, ses bêtes divaguaient. Des signes comme ça, ça ne trompe pas, je le savais aussi bien que le maire. Dans ce genre de situation, la demande vient souvent des autres, des enfants, des élus, des voisins. Jamais Joseph ne se serait manifesté de lui-même.

Un matin d'été sec et brûlant, j'ai donc pris la route du causse sans imaginer encore que j'étais au début de quelque chose qui allait tout chambouler dans ma vie.

Je me souviens, je suis passée par la ville, je me suis dirigée vers le haut du bourg, et j'ai lancé mes roues en seconde sur les lacets qui s'élèvent vers la corniche. Je sentais déjà mon chemisier coller dans mon dos, j'ai ouvert les vitres en grand pour faire entrer un peu d'air. J'ai vu les vallées s'étaler peu à peu sur ma droite, encaissées entre les versants boisés sur lesquels courait l'ombre des crêtes. Alors que je prenais de la hauteur, je devinais les villages accrochés aux pentes plus loin vers le sud. Et en face, il y avait les formes douces de ma montagne et quelques nuages effilochés qui semblaient chercher son sommet comme une brebis son agneau.

J'ai pris les virages en rétrogradant, accéléré dans chaque ligne droite. Et j'ai atteint les falaises grises du bord du plateau, frappées par les rayons obliques du soleil ascendant. La pente de la route s'est adoucie d'un coup, marquant l'arrivée sur le causse, sur cette immense île plate perchée dans le ciel d'été comme si ce n'était pas tout à fait le sien. Trois vautours fendaient le bleu au-dessus de moi, leurs ailes géantes figées dans les vents d'altitude. J'ai suivi les routes qui se faufilent parmi les steppes, avec autour de moi les pelouses jaunies, les clôtures et les murets pâles qui découpent la terre en propriétés. J'ai croisé un éleveur menant son troupeau vers les parcours de journée, un chien agité et un âne brun pour fermer le cortège.

L'entrée du hameau était marquée d'une croix massive, taillée dans la roche blanche du plateau pour bien rappeler qu'ici, on était en terre catholique. J'ai dépassé quatre baraques aux volets fermés, puis, cachée derrière quelques blocs minéraux, j'ai vu apparaître la bâtisse. C'était une maison caussenarde en pierre calcaire, adossée à une petite butte pour la protéger des vents froids. L'endroit était silencieux, sinistre même, sans la voiture collée au mur on aurait pu le croire abandonné.

Je me suis garée dans la cour, j'ai pris mon dossier et j'ai gravi les marches qui menaient à la terrasse. J'ai frappé. Pas de réponse. J'ai frappé encore. Et enfin j'ai entendu des pas glisser sur le sol derrière la porte en bois, puis le bruit du loquet qui sortait de son axe. Le battant s'est ouvert en grinçant. Et dans l'entrebâillement, j'ai eu ma première vision de cet homme abîmé qui un jour allait devenir mon amant, avec son jean sans forme, sa chemise grise et tachée, ses cheveux dans tous les sens. Mais ce que j'ai vu avant tout, c'est le fusil de chasse qu'il tenait à deux mains, en travers, comme pour m'empêcher de passer. Tu parles d'un accueil, ai-je pensé.

Pourtant je n'avais pas peur. Non, c'est vrai, à aucun moment je n'ai eu l'impression qu'il était dangereux, c'était peut-être ça mon erreur d'ailleurs quand j'y repense. J'avais un peu l'habitude de ce genre de type, il faut dire. Mais surtout, si je me sentais en sécurité, c'est parce que derrière l'arme, j'ai tout de suite lu dans son regard qu'il y avait plus de détresse que d'agressivité. Au fond de ses yeux noirs sous ses sourcils froncés, c'était aussi vide que cette maison désertée par la vie. Dans la pièce j'entendais son chien qui sautillait pour voir ce qui se passait dehors.

Il m'a détaillée des pieds à la tête sans ouvrir la bouche. Je me suis présentée, j'ai dit les choses clairement, qui j'étais, pourquoi j'étais là. J'ai prononcé quelques mots que je savais rassurants : je voulais m'assurer que tout allait bien, je pouvais peut-être l'aider mais seulement s'il était d'accord, Hein, qu'est-ce qu'il en pensait ? Ça a duré un petit moment, il était méfiant avec ses doigts agrippés à son fusil. Mais j'ai deviné que ça prenait quand j'ai vu ses rides se détendre, ses traits s'adoucir doucement pour révéler un visage presque enfantin sous sa barbe noire et blanche. Finalement, il a jeté un œil vers son intérieur, il a baissé son arme et, avec une voix qui semblait n'avoir pas servi depuis des lustres, il a dit :

— Entrez.

C'est ça mon début à moi. C'est là que j'ai pénétré dans son monde.

Il habitait seul dans sa maison sur le causse, pas de femme, plus de parents, des amis d'enfance de moins en moins nombreux dans le département, juste son chien qui lui tournait autour et ses deux cent quarante brebis dont il s'occupait en pointillé. Il était l'unique habitant à l'année du petit groupe de maisons assemblées au milieu de la steppe, les autres bâtiments, c'étaient plus que des résidences secondaires. Je suis entrée dans sa cuisine qui servait aussi de salle à manger avec son sol en pierre froide et ses voûtes au plafond. Au-dessus des éviers, il y avait des carreaux d'un jaune sale. Contre le mur du fond, une cheminée-cuisinière, mais pas une moderne comme on en trouve dans les maisons des citadins qui viennent encore s'installer dans le coin. Non, une relique de ce passé encore tout frais où la mère Bonnefille dirigeait le foyer et remplissait chaque soir l'assiette de son célibataire de fils. À droite se dressait une énorme armoire avec, coincées au bord des placards du haut, plusieurs cartes postales de Lourdes. Les pèlerinages de la mère, encore elle, supposais-je. Niveau ménage, je m'attendais à pire, le chien avait pris ses aises, mais c'était à peu près rangé.

On s'est assis face à face sur les bancs de sa table en bois. Il a poussé les papiers, les magazines et les courriers jamais ouverts pour faire de la place, il a essuyé de sa main la couche de poussière. Moi, j'ai défait les élastiques de ma pochette qui contenait mon kit de démarrage : des chemises plastique, des trombones, des marqueurs. Et en surveillant bien tous mes mots pour ne pas le braquer, j'ai commencé.

— On va vérifier l'état de vos droits pour la mutuelle, d'accord ?

Il a dit D'accord, et dans sa voix je devinai une attente immense, comme s'il espérait que je le sauve d'une sorte de naufrage dans lequel il aurait sombré et toute sa ferme avec lui. Alors on s'est mis au travail. Il a sorti d'un placard son courrier entassé depuis plusieurs mois, on a fait du tri. On a parlé complémentaire santé, visite d'un technicien agricole pour faire le point sur la conduite de son élevage, RSA même, au cas où ses revenus tomberaient trop bas. On a rempli des formulaires. C'était surtout moi qui dirigeais la conversation, lui, il acquiesçait, il suivait le mouvement en hochant le menton, en grattant sa barbe piquante ou en plaçant des Ouais, c'est vrai, ou des Non, ça, j'ai pas fait.

Et doucement, au milieu de ce jargon administratif, j'ai entrevu un peu de ce qu'était sa vie.

J'ai de l'expérience dans le métier, je pense que je le fais bien. J'essaye de trouver des solutions et d'être à l'écoute, même si parfois je parle trop. Et je sais que pour remettre en route une exploitation à la dérive, il faut du temps. En général ça prend deux ans. Pour Joseph, on était dans la moyenne.

Les premiers mois, j'allais le voir souvent, je faisais une bonne partie de sa paperasse à sa place. Parfois même, selon la saison, je plaçais des questions techniques pour l'aider un peu. Vous avez pensé à acheter de la paille pour l'hiver ? Vous avez déclaré les naissances des agneaux ? Ce n'était pas un bavard, certains jours il restait muet en face de moi, l'air de chercher ce qu'il pouvait bien me raconter de nouveau depuis ma dernière visite. Alors moi je meublais, j'inventais des sujets de discussion, je monologuais dans le vide et il m'écoutait avec sur sa bouche quelque chose que j'imaginais être un sourire. Une fois, il m'a avoué lui-même en haussant les épaules :

— Savez, moi je sais parler qu'aux bêtes. Et à mon chien.

Il disait ça pour s'excuser, je pense. Mais moi, ce n'était pas ce que je voyais. Parce que à sa manière, timide et hésitante, par petites touches, il arrivait parfois à parler de lui. Je me disais d'ailleurs que j'étais la seule personne à qui il racontait des choses un peu personnelles maintenant que sa mère était morte. Avec les autres, le vétérinaire, les fournisseurs, il n'avait qu'un seul sujet : ses bêtes, leur poids, leurs maladies, leur prix, leurs goûts.

Quand j'arrivais chez lui je voyais bien qu'il faisait un effort, qu'il s'habillait un peu pour m'accueillir, qu'il essayait de reprendre le dessus sur son chien dans l'occupation des lieux. Il était gentil avec moi, de temps en temps même j'avais l'impression qu'il tentait un mot d'humour, un truc un peu bancal mais touchant dans l'intention qu'il y mettait. À ce moment-là je ne dirais pas que j'étais attirée par lui, il manquait d'allure, il faut le reconnaître.

Mais je l'aimais bien.

J'aimais ces petites attentions qu'il avait à mon égard, comme si recevoir une femme dans cette maison reculée était un événement. Ça me donnait de l'importance. Mais ce que je ressentais pour lui, c'était surtout de la pitié. Je trouvais ça tellement dommage ce paysan tout seul, célibataire faute d'avoir trouvé celle qui allait accepter de partager cette vie d'éleveur de brebis. Parce que je le voyais bien : si mon travail a finalement porté ses fruits, si peu à peu j'ai senti qu'il sortait de l'ornière où il s'était enfoncé, qu'il reprenait la main sur son cheptel, à aucun moment je n'ai vu disparaître cette douleur qui lui brûlait le fond des yeux.

Joseph, c'était un homme que l'isolement avait cassé. Il souffrait d'un mal bien connu : la dépression. Une fois je me suis risquée à évoquer une rencontre avec le psychologue. Il s'est fermé d'un coup et m'a répondu :

— Suis pas fou.

Alors le travail de psy, c'était moi qui le faisais, même sans le diplôme. Et peut-être que quelque part, jouer ce rôle, ça me plaisait un peu.

Après un an de visites chez lui, en rassemblant toutes ces bribes de phrases consenties au goutte-à-goutte, j'avais l'impression de le connaître. Peut-être d'être celle qui le connaissait le mieux parmi les vivants. Et j'ai beau y repenser, à aucun moment je n'ai décelé chez lui les prémisses de ce qu'il allait faire. Enfin, de ce que je crois qu'il a fini par faire.

Et bien sûr, jamais de sa bouche je n'ai entendu prononcer le nom d'Évelyne Ducat.

Parfois, il m'arrive encore de penser à mon mariage, à ce qu'était mon couple avant tout ça. Et je regrette. Oui, malgré tout je regrette, je me dis avec le recul que c'est moi qui suis responsable. Que si Michel n'est plus là aujourd'hui, c'est à cause de moi.

Je me souviens de notre rencontre, de ce début pas si lointain où je le trouvais beau avec son air de colosse égaré. Le jour où, pour la première fois, il a mis les pieds dans la ferme, embauché par papa pour le seconder pendant les vêlages, l'année où sa sciatique avait commencé à devenir un handicap. Michel était ouvrier agricole, il arrivait juste dans le département mais les vaches il connaissait, il avait grandi dans une région bovine. Il a débarqué comme ça, un matin, emballé dans sa combinaison verte trop petite pour sa carrure, la coiffure en bataille comme s'il sortait du lit. Tout de suite il m'a plu.

Parce que je l'ai aimé mon mari, ça personne ne pourra me contredire. Au moment de notre installation, quand il a repris la ferme et que moi je m'occupais de réinvestir la maison, on a été heureux. On était sûrs de nous, on avait des tas de projets. Je voulais faire de cet endroit notre pays, me réapproprier ce petit hameau que j'avais toujours pensé quitter après mes études, avoir des enfants. Michel faisait l'inventaire des machines à remplacer, il parlait d'améliorer le cheptel de papa avec un peu plus de sélection, de mécaniser l'étable pour se dégager du temps. On espérait pouvoir prendre des vacances, au moins le mois d'août ç'aurait déjà été une prouesse. On s'inventait des voyages lointains, on rêvait d'Afrique. Oui un jour on irait là-bas, on se persuadait. On dépasserait nos craintes de ruraux casaniers pour s'ouvrir au monde, l'argent, le temps, on trouverait, c'était juste une question de volonté.

Je crois que c'est ce qui nous a manqué, de la volonté. Michel, il était comme ça, j'ai mis du temps à m'en rendre compte. Des idées, il en avait beaucoup, c'était un rêveur, mais côté mise en œuvre c'était une autre affaire. Il n'a jamais fait évoluer l'exploitation, il s'est contenté de faire vivre ce que papa avait bâti. Certains disaient que je n'y étais pas pour rien, que je l'écrasais. J'ai bon dos, je trouve. La vérité, c'est que Michel manquait d'ambition.

Et durant tous ces mois où je rendais visite à Joseph, notre amour, il était en train de mourir. De s'effilocher comme une vieille pelote de laine. Nos rêves de jeunes mariés, les enfants, les voyages, on n'en parlait plus, on n'y pensait même plus, je dirais. À table, je parlais dans le vide et Michel, lui, il parlait de moins en moins. Je reconnaissais à peine le beau jaseur qu'il avait été. Pourtant il n'avait pas l'air malheureux, certains jours je le trouvais même plutôt enjoué, mais il était ailleurs, perdu dans ses pensées d'éleveur de vaches. Dans son monde où je n'avais plus l'impression d'avoir ma place.

La séparation, ça m'est arrivé d'y penser. Dans un couple normal c'est peut-être ce qui aurait fini par arriver, un jour on aurait conclu ensemble qu'on s'était trompés, on serait repartis chacun de son côté et puis c'est tout. Mais je savais que c'était impossible, que je m'étais engagée dans quelque chose que je ne pouvais plus défaire. Et chaque dimanche, j'avais ce rituel qui me le rappelait au cas où je l'aurais oublié.

Après le déjeuner, je prenais la voiture et je dévalais le mont pour rejoindre la maison de retraite, dans ce village reclus à l'entrée des gorges où papa avait accepté de finir ses jours pour deux mille euros par mois. Je montais les marches du bâtiment moderne, j'entrais dans la chambre et, à chaque fois, je le retrouvais à la même place, dans son fauteuil à inclinaison électrique, face à la fenêtre, sa casquette vissée aux rides de son front. En me voyant il faisait une tête qui en général voulait dire C'est pas trop tôt plus que Je suis heureux de te voir ma fille. Je l'embrassais sur la joue, je m'asseyais, je prenais des nouvelles. Je savais que vivre ici pour un ancien paysan, c'était une épreuve, alors je le laissais débiter ses critiques sur la qualité des repas, Oui, papa je comprends. Je racontais ma semaine, ce travail que je faisais dont il n'avait jamais compris l'utilité, Dans le temps on n'avait pas besoin de ça…

Et une fois tous les sujets légers épuisés, il se raclait la gorge pour donner de la gravité à ses mots, puis en plongeant ses yeux gris dans les miens, de sa voix de vieux fumeur, il disait :

— Bon… Et… Et la ferme ? Michel, il s'en sort ?

Alors à chaque fois un silence remplissait l'espace de sa petite chambre. La ferme Brugier, comme les gens continuaient de l'appeler, c'était sa seule préoccupation. Son obsession. Toute sa vie il l'avait consacrée à consolider ce que son père lui avait légué. Enrichir le troupeau, ses cinquante mères dont la santé avait plus d'importance que la sienne. Élargir ses terres, agrandir la propriété, combler les vides entre les parcelles, tout rassembler autour des bâtiments pour simplifier les déplacements des animaux. Et bien sûr toucher un peu plus de ces primes à la surface qui avaient tué les petits exploitants.

La terre, papa aurait donné sa vie pour elle, pour un bout de terrain bien placé. Je revois encore son regard sérieux sous son béret quand, posté en bord de route, il observait les parcelles d'un voisin dont la rumeur prédisait la mort prochaine. Son sourire satisfait quand il revenait d'une transaction réussie. Et sa mine contrite lorsque, le mégot aux lèvres, il se reprochait un loupé, Putain j'aurais dû l'acheter celle-là.

Mais plus que tout, je me souviens de ses paroles, quelques mois avant son départ en retraite. Juché en haut de la pente qui menait à la ferme, il avait pris des airs de seigneur pour déclarer :

— Regarde, Alice. Tout ce que tu vois autour de toi, c'est à nous maintenant. Alors cette maison de vieux, je peux y aller en paix, tu comprends ?

Il avait réalisé son rêve, c'est ce qu'il voulait me dire.

Mais il y avait autre chose, un sous-entendu que j'avais bien saisi ce jour-là. Il me rappelait l'importance qu'il attachait à la poursuite de l'exploitation. Et donc à mon couple. Avec un fils qui s'était tourné très tôt vers la mécanique et une fille plus intéressée par les humains que par les bêtes, papa avait longtemps craint le moment douloureux où il allait devoir céder le patrimoine familial à un repreneur inconnu ou, pire, vendre ses terrains par petits bouts, dilapidés comme autant de confettis emportés par le vent sur la montagne. Alors pour lui, l'arrivée de Michel, c'était plus que la satisfaction de voir sa fille amoureuse. C'était le salut.

Le gendre inespéré venu sauver la ferme Brugier de l'éparpillement.

Et moi, dans tout ça, j'étais engagée jusqu'au cou. Piégée. Envisager une séparation, ç'aurait été planifier le désastre familial.

Et souiller la mémoire de maman qui, elle aussi, avait pris ce mariage comme une bénédiction.

Ce qui m'a fait sortir de mes rails, le déclencheur, je crois que ç'a été le suicide de Popeye. Ça nous a toutes secouées, il faut dire.

Popeye, c'était un adhérent que suivait Éliane, un éleveur de vaches laitières du nord du département. Je lui avais trouvé ce surnom parce qu'il fumait la pipe sur le côté. À l'époque avec les collègues, on trouvait ça drôle. Il faut bien qu'on se trouve des sujets pour rigoler, des fois. On ne pouvait pas deviner ce qui allait lui arriver. Bref.

Il avait quarante-trois ans, divorcé depuis quatre, on imaginait pourquoi. Depuis il vivait seul, un peu avec ses parents qui occupaient la maison voisine, beaucoup avec ses vaches. Son cheptel de laitières, il le gérait difficilement. Le père avait beaucoup investi dans le passé, il s'était trop agrandi, la petite ferme familiale était devenue une entreprise avec un chiffre d'affaires à surveiller, des fournisseurs à payer, des machines à amortir. C'était trop lourd à porter pour un homme seul. En fait, l'administration n'avait fait que lui porter le coup final. Lors d'un contrôle PAC, les agents avaient conclu qu'il avait déclaré trop de surfaces en herbe. C'était peut-être volontaire, maintenant que les éleveurs sont devenus dépendants de l'Europe au point qu'une grosse partie de leur chiffre d'affaires vient des primes agricoles, il ne faut pas s'étonner que certains essayent de tirer sur la corde. Mais peut-être Popeye s'était-il juste trompé, avait mal estimé le niveau d'embroussaillement de certaines de ses parcelles. Peu importait à vrai dire. Tout ce qu'on savait, c'est que l'État avait réclamé le remboursement d'une partie de sa prime à l'herbe, avec rappel sur les trois dernières années. Ça ne faisait pas tant que ça, quelques milliers d'euros, à en croire les experts il avait de quoi faire face. Mais il y a une chose que les comptables ne mesurent pas, c'est la honte qui enfle en silence à l'intérieur d'un homme. Et c'est de ce côté que ça avait lâché. Le vétérinaire l'avait trouvé un matin, au milieu de sa salle de traite, entouré par les culs de ses vaches qui se plaignaient de ne pas avoir été ramenées à l'étable.

Popeye s'était pendu à une poutre.

C'est moi qui suis allée à ses funérailles, Éliane n'a pas eu le courage. Je me suis retrouvée dans ma jupe droite et mes talons, sur les bancs de bois poli de cette église en granit, parmi la petite foule choquée par le suicide du paysan. Dans les premiers rangs il y avait les proches, les frères ou les cousins qui cherchaient autant leurs mots qu'une explication au geste de Popeye. Derrière, c'étaient ceux du village, le maire, les commerçants, ceux qui avaient été à l'école avec lui à l'époque où donner un coup de main à la traite du soir le remplissait de fierté. Et au fond il y avait nous. Nous les extérieurs, les institutions discrètes, nous qui le connaissions si peu. Juste solidaires de ce monde agricole frappé par la mort d'un des siens. À la fois sincères et détachés.

C'est là, en regardant le prêtre dérouler ses prières au bout de la nef, que tout s'est mélangé dans ma tête. Comme si d'un coup je faisais le point sur ma vie et sur le monde autour de moi. J'ai pensé à ce métier, à notre pitoyable armée de travailleuses sociales, avec nos outils bancals et notre bonne volonté pour réparer des situations humaines qui nous dépassent. J'ai pensé à tous ces Popeye qu'on rencontrait chaque jour, à ces célibataires contraints, trop fiers pour demander de l'aide quand la souffrance les prenait. J'ai pensé à mon couple qui battait de l'aile, à Michel qui avait la chance d'avoir une femme à ses côtés mais qui ne faisait rien pour entretenir notre amour.

Puis j'ai pensé à Joseph et à ses petites attentions à mon égard, ses minuscules sourires quand par mes blabla j'arrivais à lui faire oublier un instant sa condition. Et je me suis rendu compte qu'en pensant à lui, je ressentais un truc. De la tendresse.

Oui, ça me faisait du bien.

Le lendemain de l'enterrement j'ai roulé vers les hauteurs du causse avec cette idée floue qui me trottait dans la tête. J'ai pris chaque virage en me demandant si j'allais vraiment faire ce que je m'apprêtais à faire, en me répétant T'es pas bien, ma pauvre fille. J'ai longé les parcelles de céréales fraîchement récoltées et vu la bâtisse de Joseph apparaître derrière les blocs de calcaire verdis par les lichens desséchés. Je me suis garée, j'ai monté les marches. Tout ça ressemblait à une routine que je répétais à chacune de mes visites.

J'ai frappé à la porte et un instant j'ai voulu qu'il soit absent. Mon cœur s'est mis à battre un peu plus vite comme si j'allais monter sur une estrade pour faire un discours devant trois cents personnes. Il a mis quelques secondes à venir m'accueillir, j'ai pensé Laisse tomber il est encore à la bergerie, fais demi-tour. Mais il était bien là. La porte s'est ouverte sur sa silhouette trapue et il m'a dit bonjour avec un petit sourire. Il avait repassé sa chemise. Il a tendu la main, j'ai fait pareil et j'ai senti la peau rêche de sa paume sur la mienne. Je suis entrée à sa suite en serrant ma pochette à élastique contre mon buste comme un petit bouclier. J'ai sorti mes papiers, on devait remplir des formulaires pour qu'il prenne un ouvrier à Noël et aille rendre visite à son oncle installé à cent kilomètres d'ici.

J'étais hésitante, je m'en suis rendu compte en commençant. Assise à côté de lui, je sentais son souffle tout près de moi. J'attendais le bon moment, j'en avais envie et en même temps ça me faisait peur. Je n'avais jamais fait ça, tromper mon mari, je ne suis pas une femme comme ça. J'ai dégluti, ça m'a fait l'effet d'avaler du sable.

Et d'un coup je me suis lancée.

Alors qu'il venait de tourner la tête vers moi, j'ai collé mes lèvres aux siennes et je l'ai embrassé. Oui, comme ça, c'est venu sans que je réfléchisse, j'ai embrassé cet homme que je suivais depuis des mois, que j'avais connu au fond du trou et qui commençait seulement à reprendre pied. Sur le moment, il s'est reculé, il m'a regardée avec des questions partout sur son visage, dans ses yeux plus ouverts que jamais, dans ses sourcils soudain froncés, dans sa bouche encore humide de mon baiser.

Il a bredouillé.

— Qu'est-ce que vous…

J'ai recommencé, pour le faire taire. Pour lui montrer que je ne regrettais pas, que j'en avais encore envie. Cette fois il s'est laissé faire, il a fermé les yeux comme s'il goûtait à un fruit qui lui rappelait un temps lointain où il avait été heureux.

Ce jour-là, quand on a fait l'amour ensemble, ce n'était pas glorieux. D'un bout à l'autre, c'est moi qui l'ai guidé. J'ai défait les boutons de sa chemise à carreaux, je l'ai aidé à retirer ses vêtements. Son corps était comme je l'avais imaginé, robuste, la peau brunie, des poils gris et épais sur le torse, une ligne qui descendait jusque dans son caleçon usé. Je craignais son odeur, je m'étais figurée que côté hygiène il se laissait sans doute aller, mais ce n'était pas le cas. Il sentait la brebis, forcément il s'était occupé de ses bêtes juste avant mon arrivée, mais cette odeur-là, je la connaissais tellement que je ne la remarquais plus. Je l'ai amené à moi avec des gestes lents. J'ai caressé son sexe pour le mettre en confiance alors que son regard se promenait avec émoi sur ma peau trop pâle, traversé par mille expressions muettes. Et quand il est entré en moi, j'ai levé les yeux et je lui ai fait un sourire.

Je ne dirais pas qu'il s'y prenait bien, il y allait un peu durement, normal, il n'avait pas fait ça depuis longtemps. Pourtant j'ai aimé. Oui, j'ai aimé me sentir ainsi désirée, je voyais en lui ce que plus jamais je ne voyais en Michel. Ça me faisait du bien, l'impression de renaître un peu. Il fuyait mon regard, l'air stupéfait de ce qui était en train de se passer, de cet instant volé à son ordinaire, à son troupeau qui l'attendait sur les parcours caussenards, de se retrouver comme ça avec moi sur le canapé dans cette pièce immense qui savait tout de lui. Il a joui les yeux fermés.

Et ce visage déformé qui disait son plaisir, il ne m'a pas quitté de la journée alors que je visitais mes autres adhérents, que je passais d'une famille à une autre en traversant les prairies caillouteuses du plateau.

Tu as trompé ton mari, me répétais-je, Tu as trompé ton mari.

Et je ne savais pas si j'en étais honteuse ou heureuse.

Joseph est donc devenu mon amant. Tous les quinze jours environ, je retournais chez lui et on faisait l'amour, comme ça, dans son salon. Il ne parlait presque pas, il ne me regardait pas. Il ne m'a jamais emportée nulle part, pas de septième ciel, pas d'explosion, rien de tout ça. D'ailleurs je ne me faisais pas d'illusion de ce côté, ce n'était pas ce que je cherchais. À dire vrai l'orgasme, en général, je l'atteins plus facilement toute seule. Bref, je ne vais pas m'étendre là-dessus. Pourtant j'y prenais du plaisir, oui, j'aimais être avec lui, sentir sa peau collée à moi. Et j'aimais ce côté interdit de notre relation dont personne ne savait rien.

J'avais l'impression de faire un truc un peu fou. Je sais, il y a pire comme folie mais pour moi c'était déjà beaucoup. Il avait fallu quarante-deux ans pour ça, pour que je me comporte comme l'adolescente que je n'avais pas été quand j'en avais l'âge. Lorsque je parcourais le causse, je regardais la bâtisse au loin, à côté des autres baraques désertes, je me demandais ce qu'il se passait là-bas, ce que Joseph faisait. Les journées diminuaient à mesure qu'on avançait dans l'automne, en fin d'après-midi les rayons du soleil rasaient la terre et débusquaient les petits reliefs du plateau, les murets, les dolines, les courbes molles des parcelles. Les vents fraîchissaient et pliaient les herbes remontées après les fauches de l'été. Les brebis profitaient des dernières semaines à l'air libre.

À la maison, Michel et moi, on communiquait de moins en moins. L'automne pour lui, c'était la chasse, le moment où l'exploitation laissait un peu de place à ce petit plaisir qu'il partageait avec quelques types du hameau. Les bêtes à cette période, il faut juste les surveiller, faire les lots, les descendre des parcelles d'altitude pour les rapprocher des bâtiments où elles vont passer l'hiver. Bien sûr il y a aussi du travail à la grange, faire les stocks de foin pour tenir jusqu'au printemps, acheter la paille, ranger les bottes, vérifier et réparer les installations. Mais dans l'ensemble c'est plus calme, surtout après la fenaison qui cette année-là avait été compliquée par la panne de la presse à foin. Alors la chasse, il en profitait. Je ne le voyais pas beaucoup, il rentrait tard, l'air fatigué mais satisfait de sa journée. On parlait à peine, même moi je cherchais quoi dire, quoi lui raconter pour qu'il ne remarque rien d'anormal dans mon comportement. Alors ma relation avec Joseph, il était à des kilomètres de ça, me disais-je, j'aurais pu la lui avouer de vive voix qu'il ne m'aurait pas entendue.

Durant toute cette période, jamais je n'ai eu l'impression de perdre la main, de me laisser dominer par Joseph. Je me disais qu'il avait plus besoin de moi que l'inverse, que si je couchais avec lui, c'était surtout par compassion. Joseph, je l'avais aidé comme je pouvais en faisant mon boulot, et il était déjà beaucoup plus en forme qu'au début. Mais ça ne servait à rien, je collais des petits pansements à droite à gauche alors que sa blessure, elle était énorme. Le cœur, c'est là que ça saignait, que ça se vidait même. Alors voilà, au moins il y en avait un qui avait sa dose de chaleur humaine, qui dormait un peu plus apaisé maintenant.

Oui, je me persuadais que je faisais ça pour l'aider.

L'hiver est arrivé, les fêtes de fin d'année sont passées.

Et il y a eu ce 19 janvier où tout s'est arrêté d'un coup.

Pour monter sur le causse, je suis passée par les gorges, c'était plus prudent. J'ai observé les falaises dressées au-dessus de la rivière d'une clarté glaciale, et elles m'ont paru plus sombres que d'habitude. La roche était noire et abrupte, c'était angoissant. J'ai passé le pont en pierre, traversé le village endormi adossé à la pente, et je me suis hissée au pas jusqu'au plateau en voyant le fond des gorges s'évanouir dans une brume grise. Sauf qu'en fait, c'était moi qui plongeais dans le brouillard installé là-haut.

On aurait dit un désert blanc. La neige était bien là, trente bons centimètres qui épousaient les reliefs tel un tapis géant. Et ça soufflait, ça soufflait comme jamais contre les vitres de ma Dacia. Le vent du nord-ouest, ai-je reconnu. Le plus froid de tous. Il n'y avait plus une brebis dehors. J'ai contourné la propriété Bonnefille et je me suis garée au plus près des marches. J'ai bien remonté la fermeture Éclair de mon manteau, fermé les boutons jusqu'au dernier, puis je me suis glissée à l'extérieur en serrant mon col. Devant la porte, j'ai tapé du poing et en attendant Joseph, j'ai cogné mes bottes contre le mur pour faire tomber la neige compactée dessous. J'étais pressée qu'il m'ouvre, je frottais mes mains l'une contre l'autre. Mais il n'arrivait pas, alors j'ai cogné une seconde fois et essayé d'ouvrir la porte. Elle était verrouillée. J'ai reculé de quelques pas pour tenter de voir quelque chose à la fenêtre d'en haut. J'ai crié :

— Joseph !

Mais ma voix s'est perdue dans le vent d'hiver. Pourtant Joseph savait que je devais venir aujourd'hui, notre dernière rencontre remontait à deux semaines mais on s'était mis d'accord sur le jour. Enfin, je l'avais mis d'accord avec moi, c'est plutôt comme ça que ça s'était passé. Je me suis inquiétée tout de suite, je me suis dit Ça y est, il lui est arrivé un truc grave. À vivre ainsi tout seul au milieu du causse, il ne fallait pas s'étonner. Et je m'en suis voulu, j'ai pensé que c'était de ma faute.

— Joseph !

J'ai redescendu les marches et fait le tour de la maison. Derrière, encastrées sous de petites voûtes de pierre grise, les fenêtres avaient les volets fermés. Il y avait un stock de bois pour l'hiver, protégé par un toit en tôle enneigé. J'ai regardé à droite, à gauche, en me posant des tas de questions et en imaginant malgré moi le suicide de celui que je pensais avoir sauvé, comme si c'était la seule explication possible à son absence.

Et d'un coup, un bruit m'a fait tourner la tête.

Les bêlements des brebis dans la bergerie. Le bâtiment était à cent mètres de la maison. J'ai marché sur le chemin dont la boue s'était figée avec le gel, j'ai rabattu ma capuche et baissé la tête pour limiter la prise au vent. Il a juste un problème avec une bête, me suis-je rassurée en pressant le pas. Arrivée devant, j'ai trouvé la porte de la bergerie fermée, tirée au bout de son rail. Derrière les parois métalliques, les animaux râlaient à qui mieux mieux.

— Joseph !

J'ai essayé de faire bouger la porte, j'ai cogné du poing.

— Joseph !!

Et enfin j'ai entendu le métal coulisser bruyamment. La grande porte s'est entrouverte en faisant tomber de la neige. Et la tête de Joseph est apparue dans l'écartement, avec rien d'accueillant sur le visage. Chaudement vêtu d'une veste polaire piquée de brindilles de foin, il avait les traits durs, les lèvres serrées. Je le reconnaissais à peine, en fait.

Il m'a fixée de ses yeux plissés, il a reniflé.

— Ça va ? ai-je demandé.

— Ouais.

Mais tout en lui disait le contraire.

— On devait se voir, je…

— Suis occupé.

Et se rendant compte à quel point il me parlait sèchement, il a marmonné un Désolé qui ne m'a pas convaincue. On s'est regardés quelques secondes, moi cherchant une explication au fond de ses yeux que je n'avais jamais vus aussi déterminés, lui visiblement une manière de se débarrasser de moi. Comme je ne bougeais pas, mes bottes d'hiver fichées dans la neige molle, il a fait ce qu'il faisait le mieux : il est resté muet, il a baissé le regard en reniflant encore alors qu'il n'était pas enrhumé. Et en silence, il a refermé doucement la porte. J'ai penché la tête pour essayer de voir ce qui se passait à l'intérieur, mais j'ai juste aperçu son stock de foin, des bottes empilées comme des Lego contre le mur du fond.

Je suis restée un long moment plantée là, toute seule avec mes interrogations dans le froid du causse. J'ai voulu taper du poing contre le métal, mais je savais que ça n'aurait servi à rien. J'ai levé la tête, j'ai fixé ce ciel tout blanc d'où tombaient encore des flocons que le vent empêchait de toucher terre. Et j'ai finalement fait demi-tour pour reprendre ma voiture, avec une sensation étrange que j'avais du mal à déchiffrer.

J'ai roulé dans la brume sans vraiment regarder la route ni ce manteau pâle qui habillait les buttes du plateau. Et pendant toute la journée, j'ai essayé de comprendre ce qui venait d'arriver.

Les jours qui ont suivi, tout le département était en émoi. Pas à cause de Joseph qui ne voulait plus de moi chez lui, ça, c'était mon histoire. Mais parce que c'est le lendemain qu'on a annoncé la disparition d'Évelyne Ducat. Ça a pris de l'ampleur, la neige s'éternisait sur les hauteurs et compliquait les recherches, c'est ce que disait le procureur qu'on a vu plusieurs fois dans les reportages avec son air exagérément grave importé de la capitale. Les journaux diffusaient des images de la femme, une grande blonde distinguée de quarante-neuf ans, de son mari, un homme d'affaires aussi riche qu'imposant. Les gendarmes arpentaient les montagnes, les forestiers et les chasseurs s'y sont mis, des bénévoles aussi. Un hélicoptère survolait la vallée. Aucune piste n'était laissée de côté, comme ils disaient, ils interrogeaient les habitants, les proches, ils essayaient de reconstituer le parcours de la disparue avant que son mari ne perde sa trace.

Le lundi suivant, je suis descendue vers les vallées. Mes essuie-glaces fouettaient les flocons qui tombaient d'un ciel bas dans lequel se perdaient les corniches. Sur les pentes boisées on voyait la limite floue de la neige et les forêts en dessous, toutes noires. J'ai ralenti comme tout le monde au niveau des deux voitures des gendarmes, mal garées au bord de la route. Et en passant devant eux, je me suis arrêtée. Ce gendarme-là, qui se tenait sur le bas-côté en se frottant les gants, je le connaissais. Cédric Vigier, il s'appelait. Il avait grandi dans un village pas loin du mien, on s'était connus au collège. C'était un gars sympa, j'avais un bon souvenir de lui. Mais je crois que chez lui à l'époque, ce n'était pas drôle tous les jours, son père buvait et cognait sur sa mère, c'est ça qui l'avait fait fuir vers l'armée, pour mettre de l'ordre dans sa vie. Bref. J'ai ouvert ma vitre, on s'est salués. Il avait un visage d'enfant sous son képi, les joues et le nez bien roses. Il avait l'air de se geler dans sa parka bleue avec ses deux collègues.

— Vous recherchez la femme qui a disparu ?

Il a haussé les sourcils, l'air fatigué. Un nuage de buée l'entourait.

— Ouais… La brigade est en première ligne. Et je te laisse ma place quand tu veux, je n'ai pas dormi depuis trois jours. (Il a fait un signe de tête vers les crêtes.) On va monter sur les sentiers, des fois qu'elle se serait aventurée par là.

J'ai regardé : on ne voyait pas les sommets.

— On est un peu loin de l'endroit où on l'a perdue, non ?

— Je sais, a-t-il soupiré, comme si lui-même n'y

croyait pas. Mais on a élargi les recherches. Son mari dit qu'elle aimait bien ce coin, alors tu vois…

— Parce que vous n'avez rien, c'est ça ?

— Rien. Pas la moindre piste, son portable n'émet plus. On a mis du monde partout. Et les journalistes qui nous collent la pression, comme si on avait besoin de ça. C'est une sale affaire pour nous.

— J'imagine.

— Dis, tu bosses toujours avec les agriculteurs ?

— Toujours. Je commence ma semaine, là.

— O.K. Ça va causer, j'imagine. Si jamais tu entends un truc sur elle, tu me dis, hein ? Les paysans, ils en savent toujours plus que nous.

J'ai souri, il me faisait presque pitié.

Quand il a filé pour rejoindre ses collègues avec une mine désolée, je les ai imaginés disparaître dans les nuages, là-haut sur les hauteurs de la corniche, ça m'a fait frissonner rien que d'y penser. Et moi, j'ai continué mon chemin en longeant le fond de vallée. Je reprenais mes visites, la semaine s'annonçait chargée. Particulière, aussi. La disparition d'Évelyne Ducat passionnait mes adhérents. Tous, à leur manière, ils se sont pris pour des détectives.

À commencer par les époux Duval, un couple de retraités qui refusait de quitter sa vieille bâtisse calée au bout d'un chemin dans un vallon quasi désert. Ils vivaient là et ils avaient bien l'intention d'y mourir ensemble, c'en était touchant. Quelques mois avant, ils avaient touché une subvention pour adapter leur salle de bains à leur état de santé. Ils ne voyaient presque personne, mais comme tout le monde, ils avaient dans leur salon la télévision qui leur servait de porte sur l'extérieur. Ils suivaient l'affaire au jour le jour, c'était mieux que n'importe quelle série policière. Et eux, vu leur âge, ils s'en souvenaient des deux institutrices disparues dans la tourmente autrefois. Quand je suis arrivée chez eux, quand je me suis assise sur le banc poli dans leur cuisine que madame avait de plus en plus de mal à tenir propre, le sujet est arrivé sur la table avant même que j'aie sorti mes papiers.

— Dans le temps, nos parents nous parlaient que de ça, de la tourmente. Dès que l'hiver arrivait, fallait plus qu'on sorte que si y'en avait vraiment besoin. On restait à l'intérieur, à écouter souffler le vent dehors comme s'il nous en voulait. Les parents, ils voulaient même pas qu'on aille voir les bêtes. Chaque année ils nous racontaient une nouvelle histoire d'un type ou d'une femme qui s'était fait surprendre, qui pensait pas que faire un kilomètre à pied, ça pouvait suffire à y rester. Et cette année-là, quand c'est arrivé, quand ils les ont retrouvées les deux, collées à leur arbre, ils ont tout fait pour qu'on soit bien au courant de tout. Que ça nous serve de leçon, vous voyez.

— Mais de nos jours, a renchéri madame, on n'en parle plus de tout ça. Les jeunes, ils croient que l'hiver, c'est plus dangereux, ils font plus attention à rien. Et voilà comment ça finit.

Je les aimais bien ces deux-là avec leurs vieilles histoires, pour eux il n'y avait pas de doute, c'est l'hiver et le froid qui avaient emporté la disparue. Je les ai écoutés un moment, je voyais bien que ça leur plaisait d'avoir des trucs à me dire pour une fois. Je ne savais pas encore que ça allait être le début d'une série.

C'est plus facile à dire aujourd'hui mais j'aurais dû mieux les écouter, mes paysans. Oui, peut-être que si j'avais été plus attentive à ce qu'ils racontaient, j'aurais compris plus tôt. J'aurais pu réagir, appeler Cédric Vigier, comme il me l'avait demandé. Et éviter que Michel finisse par être mêlé à tout ça. Parce que à moi, ils disaient des choses qu'ils taisaient sûrement face aux gendarmes. Et dans leurs bla-bla, tout mis bout à bout, il y avait peut-être de quoi retrouver Évelyne Ducat. Il y en a qui la connaissaient, qui l'avaient déjà rencontrée ou qui avaient entendu des choses sur elle, des rumeurs qui couraient. Comme cette éleveuse de volailles installée à l'entrée de la ville que je savais très portée sur les ragots.

— Vous voulez mon avis ? a-t-elle demandé pour la forme, parce qu'elle se fichait de ma réponse, elle voulait seulement parler. Hé ben c'est juste une histoire de fesses !

— Ah oui ?

Elle a tiré sur son mégot qu'elle avait l'air de fumer depuis des années.

— Je vais vous dire, moi, quel genre de femme c'est, Évelyne Ducat. Et c'est pas joli-joli. Parce qu'on dit que c'est une mère modèle, une bourge qui a bien élevé ses gosses et qui faisait gentiment de la peinture pendant que son mari courait le monde. On montre des photos d'elle à la télé, on la voit toute belle et souriante avec son air de pas y toucher et tout le monde trouve que sa cinquantaine, elle la fait pas. Mais moi, j'ai entendu d'autres choses. Dès que son homme il a le dos tourné, qu'il part en Afrique ou je sais pas où, elle descend dans les grandes villes et elle est pas la dernière à se laisser tenter par d'autres. Il y en a qui l'ont vue là-bas, une fois. Paraît qu'elle était pas seule. Et qu'elle disait pas non. Mais c'est pas tout.

Elle a fait une pause pour préparer son effet. Et en hochant le menton, elle a précisé :

— Paraîtrait qu'elle aime pas que les hommes, si vous voyez ce que je veux dire.

J'ai fait celle qui était impressionnée par autant de savoir, et semblant d'être un peu choquée par ces paroles. Mais je connaissais le personnage, je savais que dans ce qu'elle racontait, il fallait faire le tri. Pourtant ce qui se dessinait là, entre les exagérations et les inventions, c'était une sorte de portrait de la disparue, peut-être pas si éloigné que ça de la réalité.

Mais celui qui avait le plus à dire, celui dont le témoignage aurait dû me mettre la puce à l'oreille, c'était le père Coudat. Celui-là, c'était vraiment quelqu'un. Un vieil homme pour qui le mot « célibataire » avait un sens tout particulier. Toute sa vie il l'avait déroulée seul avec son cheptel bovin et à sa mort, il savait qu'il n'y aurait personne pour prendre la suite. Il avait renoncé même à s'en préoccuper, sa ferme allait partir en morceaux, c'était inévitable. C'était un vieillard attachant, plein de mélancolie, qui parfois me parlait de son célibat, qui m'avait avoué n'avoir connu aucune femme. Jamais je n'oublierai ces paroles poignantes qu'un jour il avait prononcées à demi-voix, peu après ses quatre-vingts ans. C'est dommage, c'est tellement dommage, disait-il. Et enfoncé dans son fauteuil aussi vieux que lui, lui qui toujours avait veillé à se préserver, à rester digne comme le font les gens d'ici, il s'était mis à pleurer. Oui, il avait pleuré devant moi sur cette existence qui le désolait. Et moi je lui avais pris la main parce que je ne voyais pas quoi faire d'autre, pour une fois je ne savais plus quoi raconter.

Depuis ce jour, on avait gardé ce secret tous les deux, comme un lien invisible qui nous unissait pour la vie, ou pour le reste de la sienne en tout cas. J'essayais de le voir deux fois par mois, même sans raison, même si rien n'avait avancé dans ses affaires depuis notre dernière rencontre. Lui, quand il m'a parlé de la disparition, ce n'était pas pour entretenir des ragots ou faire renaître de vieilles peurs oubliées. C'était pour évoquer ses souvenirs, avec sa voix qui coulait tout doucement, à la fois rocailleuse et chaleureuse.

— Tu sais, Alice, moi j'ai connu son mari, à cette femme. Guillaume Ducat, je l'ai vu tout petit, avant qu'il ne sache marcher. Il aurait pu devenir éleveur comme nous tous, c'était un gosse intelligent, il aurait fait ça bien, j'en suis sûr. Mais ce n'était pas pour lui. Lui, déjà à l'école ce qui l'intéressait, c'était d'écraser les autres, c'était le pouvoir, l'argent, tous ces trucs que tu ne trouveras jamais si tu ne quittes pas la région. C'est pour ça qu'il en est parti, dès qu'il a pu. Il a fait des études de commerce à Paris, parfois j'avais des nouvelles de lui par un collègue. Il a tout réussi. Et c'est seulement quand il a eu tout ce qu'il voulait, la fortune, une belle femme, des enfants à la fac, qu'il est revenu vivre parmi nous. Un peu pour nous narguer, tu comprends, ce n'est pas le genre à faire les choses à moitié.

Il parlait avec son verre de vin rouge posé devant lui dans la chaleur de son intérieur protégé de l'hiver par d'épais murs de granit. Son visage plein d'expressions en disait autant que ses mots.

— Je me souviens de la famille Ducat. C'étaient des caussenards, ils avaient leur ferme là-haut et on ne les voyait pas souvent sur les marchés. Le père, il avait mon âge à peu près. Il n'était pas commode et on disait que sur le plateau, il n'avait pas que des amis. Il y avait des histoires qui circulaient sur lui, comme quoi il faisait la vie dure aux autres paysans autour de ses terres. Tout ça, ça remonte à longtemps bien sûr, mais moi quand j'entends parler du fils revenu de la capitale, c'est à tout ça que je pense.

J'écoutais, j'écoutais tout ce qu'il me disait ce jour-là. J'avais entendu que Guillaume Ducat était originaire du causse comme Joseph, qu'il avait peut-être encore des ennemis dans le coin. Mais ça n'a pas retenu mon attention. Je ne voyais aucun lien entre mon amant et cette Évelyne Ducat. Joseph ne sortait presque jamais de chez lui, comment il l'aurait connue cette femme, cette bourgeoise avec laquelle il ne partageait rien ? Avec le recul ça peut sembler étonnant mais c'est comme ça, je n'ai rien fait de ces récits que mes adhérents m'ont livrés si spontanément.

Je suis passée à côté, voilà.

Alors que tous les gens du coin dissertaient sur Évelyne Ducat, qu'ils l'imaginaient morte de froid, assassinée pour une histoire de coucherie ou tuée par un rival de son mari, moi je n'avais qu'une question en tête. Pourquoi du jour au lendemain, sans explication, Joseph avait décidé de mettre fin à notre relation ? Et j'avais beau faire, elle ne voulait pas en sortir.

Les premiers jours, je me suis dit que j'étais mal tombée, qu'il avait des problèmes avec son troupeau et que c'était juste pour ça qu'il m'avait accueillie si froidement l'autre fois. Peut-être même qu'il avait besoin d'un peu d'aide, de soutien, après tout c'était mon boulot, il fallait que je sache ce qui se passait. Alors un midi que j'étais seule à la maison, je lui ai téléphoné. Je ne voulais pas montrer que j'étais affectée par son comportement, je voulais faire celle qui venait aux nouvelles, l'air de rien. Mais quand j'ai entendu sa voix, ça m'a glacée, j'en ai cherché mes mots et je pense que ça s'est entendu. Je ne le reconnaissais pas, c'était sec comme tout. J'ai posé des questions, Qu'est-ce qui se passe? Est-ce que j'avais fait un truc qui lui avait déplu? Rien à faire, il était fermé, on aurait dit qu'on était revenus à notre première rencontre, à ce jour où il m'avait ouvert avec son fusil en travers de la porte. Il était occupé, il n'avait que ce mot à la bouche, et moi ce que je comprenais surtout, c'est qu'il ne voulait plus me voir. C'est la seule chose que je retenais.

J'ai serré les lèvres, levé la tête vers le plafond blanc du couloir où je me tenais. Et mes yeux se sont mis à se brouiller de larmes. J'ai respiré un grand coup pour les contenir.

Plusieurs fois je suis repassée devant sa baraque durant mes tournées. La neige commençait à fondre, les parcours étaient mouchetés de taches blanches que le vent sculptait la nuit. Je suivais cette route au milieu des champs qui ces derniers mois me menait vers la cuisine où je m'offrais à Joseph. La bâtisse surgissait derrière les blocs de calcaire et à travers la vitre, je cherchais du regard mon ancien amant autour de la bergerie ou dans les champs voisins. Parfois je devinais au loin son corps trapu qui se découpait sur les buttes. Je l'imaginais porter son foin, réparer ses machines ou bricoler ses bâtiments comme le faisaient tous les paysans pendant cette saison où la météo dictait sa loi. Et à chacun de mes passages, je me rendais compte que ça m'énervait un peu plus. Qu'à me laisser comme ça mariner sans rien m'expliquer, sans se manifester, il me faisait mal.

Oui, ça me faisait mal de ne plus pouvoir rentrer dans cette maison où j'avais trompé mon mari. Je repensais à tous ces moments passés avec Joseph, à ce que j'avais fait pour l'aider à remonter la pente, je revivais ces fois où on avait fait l'amour dans cette cuisine immense. Je le revoyais venir en moi en fuyant mon regard, caresser mes seins avec ses mains râpeuses, se rhabiller en me tournant le dos, pris d'une pudeur soudaine comme s'il réalisait seulement après coup ce qui venait de nous arriver.

Et cette histoire que j'avais commencée sur un coup de tête, elle me manquait. Terriblement. J'essayais de refouler cette idée, je me répétais que c'était pour lui que j'avais fait ça, pour le sauver, à cause du suicide de Popeye, qu'en fait moi je n'en avais pas besoin. Du plaisir, il ne t'en a jamais donné, me disais-je.

Mais ça ne prenait pas.

Parce que quand j'observais sa silhouette évoluer entre les bâtiments de sa ferme depuis ma Dacia, ce que je ressentais avec plus de force que jamais depuis le début de tout ça, c'était une envie irrépressible de l'avoir près de moi. J'avais envie de lui, tout simplement, de le sentir en moi encore une fois, à sa manière rude et délicate en même temps.

Les mois qui ont précédé le 19 janvier, mon aventure avec Joseph était mon secret le mieux gardé. Pourtant j'aurais aimé pouvoir parler de tout ça avec quelqu'un, partager un peu de ce que je ressentais. Si maman avait encore été de ce monde, je lui aurais peut-être raconté. J'aurais hésité c'est sûr, mais j'aurais fini par le faire, ç'aurait été plus fort que moi. Et je vois d'ici comment elle aurait réagi. Elle n'aurait rien dit, le dos tourné et la tête penchée sur l'une des corvées du foyer qu'elle avait à cœur de mener, elle aurait laissé couler mes paroles de pie sans jamais m'interrompre. Elle aurait désapprouvé, évidemment, j'aurais lu ça dans les rides crispées de son front. Mais elle m'aurait écoutée jusqu'au bout et rien que pour ça je l'aurais remerciée. Parce que des personnes qui sont prêtes à t'écouter, à t'écouter vraiment je veux dire, il n'y en a pas beaucoup. Et bien sûr, à chaque fois que je descendais à la maison de retraite, j'avais la confirmation que papa n'en faisait pas partie. Lui, il restait définitivement bloqué sur sa ferme et sur ce que Michel en faisait, sur ce couple que j'avais formé et qui lui permettait d'envisager sa fin de vie avec un sentiment de réussite. Alors non, je n'allais pas évoquer devant lui ma relation avec un éleveur de brebis.

Même à Éliane je n'ai rien dit. Quand on se retrouvait avec les collègues pour nos réunions mensuelles, je faisais mon bilan sans mentionner toutes mes visites chez Joseph, j'évitais de trop en dire sur lui pour ne pas éveiller les soupçons. On parlait souvent du suicide de Popeye, ça nous avait toutes secouées et Éliane en particulier. Les jours d'après l'enterrement, il y avait eu des articles dans la presse locale, la profession s'était mobilisée, des statistiques avaient été brandies, comme quoi en France un agriculteur se suicidait tous les deux jours. Ça avait duré quoi ? Une semaine, je dirais. Et puis plus rien. Popeye était toujours mort, mais d'autres sujets avaient pris le dessus, comme toujours. Pourtant moi je n'avais rien oublié. Alors quand je songeais à Joseph en silence, ça me faisait du bien. Je me disais Tu en as sauvé un, tu fais ta part. Jamais je ne m'avouais que j'étais en train de tomber amoureuse. Et je n'imaginais pas combien il allait me faire souffrir une fois que ce serait fini.

Une fois seulement, je me souviens, j'ai cru qu'Éliane allait me démasquer. C'était en ville, un matin de marché à la fin de l'automne, quelques jours avant une de mes visites chez Joseph que j'attendais avec une impatience inavouable. Le froid nous piquait déjà bien, les producteurs se frottaient les paumes en servant les clients derrière leurs étals. J'avais acheté une volaille à un éleveur du mont, des légumes à un maraîcher de la vallée. Et j'ai flâné devant les créations des artisans hippies. Il y avait de tout, des bijoux tordus, des tissus brodés, des tableaux avec des visages entremêlés. Du bon et du moins bon, il fallait faire le tri bien sûr.

Je me suis arrêtée devant le stand de cette fille qui fabriquait des robes en recyclant des vieux vêtements. C'était une nouvelle, je l'avais déjà repérée depuis deux-trois semaines, autant pour son travail que pour son allure. Elle était différente des autres, elle avait des cheveux longs et noirs, un joli visage allongé quoiqu'un peu vulgaire à mon avis. Et surtout, elle avait un truc inratable que tous les paysans du coin avaient remarqué eux aussi : une poitrine ronde et parfaite. Tellement parfaite que j'étais persuadée qu'elle était fausse. Les regards se tournaient immanquablement vers elle quand les hommes passaient dans la rue, je trouvais ça indécent. Pourtant, ce n'était pas une mauvaise fille, elle était gentille. J'ai regardé ses robes, je les ai trouvées belles, des couleurs chaudes et bien assemblées. Et je me suis surprise à avoir envie d'en acheter une, ce qui ne m'arrivait jamais, la mode on ne peut pas dire que c'est mon domaine. J'ai sorti un des cintres, j'ai plaqué le tissu sur moi, je me suis considérée dans le miroir accroché à un poteau par des fils de fer.

— Ça t'irait bien.

Je me suis retournée d'un coup. C'était Éliane, debout juste derrière moi, un sourire en travers de sa bouille ronde.

— Tu veux l'acheter pour toi ?

J'ai marmonné un Je ne sais pas enfin oui peut-être, quelque chose comme ça alors que je me sentais devenir écarlate. Elle l'a remarqué, elle a froncé les sourcils.

— C'est bien pour Michel que tu te fais belle, hein ?

Les pieds dans le plat. Elle a ri de sa blague. Moi, je ne savais plus où me mettre, si elle plaisantait ou si elle me soupçonnait vraiment de tromper mon mari. J'ai essayé de reprendre le dessus, mais là, je me sentais en difficulté. Et c'est la vendeuse qui m'a sauvée finalement :

— C'est vrai qu'elle vous irait bien. Les couleurs se marient avec vos cheveux.

Je ne trouvais pas et je n'étais pas sûre qu'elle y croie elle-même, mais elle a détendu l'atmosphère, je me suis soudain sentie revenir en terrain favorable. Elle m'a souri, m'a regardée avec ses vingt ans de moins que moi et ses seins siliconés, j'ai fait pareil et je me suis éclipsée en embarquant Éliane sur d'autres discussions.

C'est la seule fois où j'ai senti que mon aventure

pouvait se retrouver sur la place publique. Et ça m'a fichu une peur bleue, je voulais vraiment garder ça pour moi.

Alors maintenant que c'était terminé, mon malheur aussi je n'avais plus qu'à le vivre toute seule.

Plusieurs semaines avaient passé quand les gendarmes sont venus à la maison. Je n'avais pas encore pris la route, je devais me rendre à l'heure du déjeuner chez un adhérent en arrêt de travail, blessé avec sa tronçonneuse alors qu'il débroussaillait ses terrains colonisés par les pins. Assis à la table devant son café brûlant, les yeux collés au mur de la cuisine, Michel ressortait juste de l'étable. On lisait dans ses traits tirés le manque de sommeil, les nuits écourtées par les vêlages trop matinaux. La veille, une génisse avait fait un retournement de matrice, il avait dû appeler le vétérinaire. Plus encore que les années précédentes, il était dans son monde, l'air préoccupé par mille pensées qu'il ne prenait pas la peine de partager avec moi.

Cédric Vigier m'a fait sursauter quand il a frappé à la vitre. Major Vigier, comme l'appelaient ses collègues qui l'attendaient dehors, adossés à la voiture garée dans la pente. Lorsque je lui ai ouvert, je lui ai trouvé le visage usé, les joues rougies par le froid sous sa coiffure militaire qui le rajeunissait d'une bonne dizaine d'années. Il est entré dans la pièce en soufflant sur ses mains glacées. Je lui ai proposé un café comme Michel ne bougeait pas, je savais qu'il n'aimait pas les gendarmes mais quand même on n'est pas des sauvages, non plus. Cédric a dit Merci, ce temps c'est pas possible. Il a bu un peu, il a défait sa parka pour se mettre à l'aise, comme s'il pouvait enfin décompresser.

— Ça fait des semaines qu'on enquête sur cette disparition, a-t-il soupiré. On a cherché partout, on a interrogé tous ceux qui connaissaient Évelyne Ducat dans le coin, c'est-à-dire pas grand monde en fait, vu qu'elle n'est pas d'ici. On a cherché du côté de sa famille, de ses fils, des voisins. Personne ne sait ce qu'elle est devenue. Les collègues ont parcouru le moindre sentier de randonnée, ils ont fouillé dans les avens, dans les gouffres, sur les crêtes.

Il a levé le regard vers le plafond avec l'air d'inspecter l'architecture de notre maison. Il faisait de la peine.

— Et le mari ? ai-je relancé pour manifester un peu de soutien. Il ne sait pas où elle a pu aller ?

Cédric a secoué la tête. Michel le regardait faire sans trop bouger, mais il écoutait, ça, j'allais m'en rendre compte juste après.

— C'est pour ça que je suis venu, Alice. Je sais que tu connais tout le monde dans le coin. Tu n'as rien entendu dire qui pourrait nous aider ?

Cette fois, ça ressemblait vraiment à un appel à l'aide. Il avait l'air gêné par sa question, comme si c'était un truc qui ne se faisait pas, contraire à une de ces coutumes locales qu'il essayait d'intégrer dans son travail quotidien. Je me suis assise en face de lui et j'ai essayé de rassembler mes souvenirs.

— Tu sais, les gens d'ici, souvent ils inventent plus qu'ils ne savent vraiment.

— Je sais, je sais.

— Je n'ai rien entendu de très précis. Il y en a qui parlent de la tourmente.

— Oui, nous aussi on pensait que c'était ça. Mais si elle s'était perdue, maintenant que la neige a fondu on aurait forcément fini par la retrouver. Enfin… par retrouver son corps.

J'ai hésité, je me suis demandé si ce que m'avaient raconté mes adhérents tombait sous le coup du secret professionnel.

— J'ai entendu tout et son contraire sur cette femme et sur son mari. Qu'il ne s'occupait pas assez d'elle parce qu'il était sans arrêt parti, qu'elle le trompait, qu'il avait des ennemis dans le passé.

— Oui, on sait tout ça. On a même interrogé une fille, une jeune qui passait du temps avec elle. Mais ça ne nous a menés nulle part. Non, je pensais à quelque chose de plus concret, quelqu'un qui l'aurait vue, elle, qui saurait vraiment quelque chose.

J'ai haussé les sourcils en fouillant ma mémoire. Et j'ai dit non. Sur le moment c'était sincère, vraiment je ne voyais pas. Cédric a attendu un moment, il m'a regardée en espérant peut-être qu'un truc me revienne. Puis il a tourné son uniforme bleu marine vers Michel.

— Et vous, vous n'avez rien vu de particulier ? a-t-il lancé comme une balle dans le vide. Vous savez, à ce stade, même l'information la plus insignifiante est susceptible de nous aider.

Michel ne l'a même pas regardé quand il a dit :

— Je n'ai pas trop le temps pour ces histoires, vous savez.

Ça a jeté un froid, comme si l'hiver avait besoin de son aide. Je me suis demandé ce qui lui prenait de répondre comme ça et je ne savais plus où me mettre d'un coup. Cédric ne s'est pas démonté.

— Je vois, c'était vraiment au cas où, vous comprenez.

Un silence a envahi notre salle à manger et on a entendu le vent qui s'acharnait contre l'étable, derrière. Alors Cédric a fini par se lever. Il a remis son képi, refermé sa parka et il s'est dirigé vers la sortie avec un merci. Il a rejoint ses collègues qui devaient être gelés dehors et j'ai vu leur véhicule bleu remonter vers la départementale.

Alors seulement je me suis retournée et j'ai regardé mon mari qui n'avait pas bougé. J'ai cherché quoi lui dire, pour lui faire comprendre que ce n'était pas comme ça qu'on accueillait les gens chez moi.

Mais c'est lui qui a parlé en premier.

Et franchement, ce qu'il a dit, je ne l'avais pas vu venir.

— Toi non plus tu n'as pas le temps de t'occuper de ça, hein ?

— Comment ça ?

— Tu es déjà bien occupée avec toutes tes visites chez ce type sur le causse, non ?

Je ne sais pas à quel moment Michel a compris pour moi et Joseph. Mais ce que je sais, c'est qu'après la venue des gendarmes, après ce jour où il m'a fait comprendre que mon petit secret ne l'était plus tant que ça, son comportement s'est mis à changer, ou du moins c'est à partir de là que je m'en suis rendu compte. Il me regardait différemment, avec des yeux dans lesquels je lisais plein d'idées contradictoires. Je ne savais pas s'il était jaloux parce qu'il avait découvert que je le trompais, en colère, ou juste déçu. On aurait dit qu'il m'évitait aussi, toujours reclus auprès de ses bêtes ou dans son bureau. Il s'isolait, ça devait être sa manière à lui d'affronter ce qui nous arrivait. Parfois il quittait la ferme pour descendre à la ville. Et les semaines qui ont suivi, il s'est passé des choses qui m'échappaient même si j'imaginais bien que ça avait à voir avec Joseph et avec moi.

Ça a commencé par ce coup de fil, un soir à la maison. C'est Michel qui a répondu, il revenait juste d'une grosse journée d'épandage de fumier pour préparer les parcelles avant la mise à l'herbe. Cet appel, j'avais l'impression qu'il l'attendait quand il a décroché dans le couloir. Moi j'étais aux fourneaux, je préparais un de ces dîners qu'on allait encore manger chacun de son côté comme deux étrangers. Je n'ai pas entendu ce qu'il disait vraiment, j'ai seulement capté quelques bribes. Il parlait à un policier. Oui, j'ai entendu ce mot, police, qu'il a répété avec sa voix sérieuse en croyant que je n'écoutais pas. Mais surtout, je l'ai entendu dire :

— Non, je n'ai pas du tout envie de porter plainte.

Alors forcément, ça m'a interpellée, j'ai pensé à Joseph. Quand Michel a raccroché, j'ai suivi des yeux son retour dans la salle à manger et lui, il a fait celui qui ne me voyait pas, il a quitté la pièce pour fuir ma présence. Je me suis dit Qu'est-ce qu'il mijote ?

Ma propre histoire m'avait échappé, c'est ce que je ressentais à ce moment-là, comme si je n'étais même plus concernée par ce que j'avais moi-même initié. Et ce n'était que le début.

Quelques jours plus tard, je rentrais de la ville où j'avais rencontré les collègues pour notre bilan mensuel. Éliane et les autres avaient bien remarqué que je n'allais pas bien depuis un moment, que ce n'était plus moi qui menais les discussions. Mais aucune ne m'avait questionnée, je ne sais pas si c'était par pudeur ou par indifférence, toujours est-il qu'il n'y en a pas eu une seule pour venir me soutenir. Bref.

Il était tard, il faisait déjà nuit quand j'ai posé mes dossiers sur la table, épuisée par ma journée. J'ai dîné toute seule, du poulet et du riz, je me souviens. Je pensais que Michel était avec ses bêtes, que c'était pour ça que je ne l'avais pas encore croisé. Mais je me trompais : j'ai entendu un moteur bousculer le silence de la nuit et à travers la vitre de la porte d'entrée, j'ai vu la lumière des phares trouer l'obscurité. Il a claqué la portière, ça a résonné dehors et j'ai tout de suite reconnu sa manière de faire quand quelque chose n'allait pas. Il marchait d'un pas énervé dans l'allée devant la maison, il est entré en tapant des pieds sur le paillasson. Il a essayé de se cacher le visage en traversant la pièce mais je ne suis pas aveugle, j'ai bien vu ce qu'il avait : un énorme hématome sous l'œil droit. Il s'était battu, il n'y avait pas besoin d'être voyante pour le deviner.

Sur le moment je n'ai pas réagi, je l'ai juste laissé se réfugier dans la salle de bains, mais après quelques minutes je me suis reprise. J'ai pensé C'est ton mari, quand même. Il avait besoin de moi comme un homme a besoin de sa femme. L'image du couple à l'ancienne que formaient mes parents m'est revenue d'un coup, tous ces moments où maman avait été aux côtés de papa, où son silence en disait plus que n'importe quel discours quand elle se tenait debout à côté de lui dans la cuisine de leur vieille maison.

Je me suis levée, poussée par une sorte de devoir conjugal ressuscité. J'ai poussé la porte de la salle de bains et je l'ai trouvé en train de se regarder l'œil dans le miroir. Je l'ai observé un instant, puis j'ai dit Assieds-toi, avec l'impression de ne pas lui avoir parlé aussi gentiment depuis des mois. Il a remué la tête pour refuser.

— Allez, assieds-toi. Je vais m'en occuper.

Il a laissé tomber ses mains sur le rebord du lavabo, il a hésité quelques secondes. Et enfin, avec la réticence d'une bête qui rentre à l'étable après les beaux jours, il s'est assis sur le rebord de la baignoire et a levé le visage vers moi pour me présenter sa blessure. Ce n'était pas beau à voir, la paupière du bas avait gonflé et lui cachait la moitié de l'œil, l'hématome descendait bas sur la joue. Il y avait une petite plaie aussi, au niveau du sourcil. J'ai pris une compresse, je l'ai imbibée de Dakin pour désinfecter. Il n'a pas bougé quand j'ai appuyé. Après, j'ai passé un peu de pommade à l'arnica. Sous mes doigts qui lui massaient la peau, c'était brûlant. Il ne disait rien, les lèvres serrées.

Et alors qu'on était comme ça, tout près l'un de l'autre dans la petite pièce d'eau, des souvenirs me sont revenus du temps où on partageait ensemble un projet de vie commune, où on se racontait nos journées, moi dissertant des heures sur le profil de mes adhérents, lui se plaignant du caractère de ses bêtes, de celle qui n'était pas assez maternelle, de celle qui faisait la difficile sur les estives. J'ai repensé à l'Afrique et à nos idées de voyage jamais concrétisées, je nous ai imaginés là-bas dans la savane oubliant notre quotidien. Et je me suis rendu compte que tout ça n'existait plus.

Il s'était passé tellement de choses durant cette année qui n'avait ressemblé à aucune autre. J'avais tout fichu en l'air, c'est ce que je réalisais avec un début de nostalgie alors que, la nuit, je rêvais encore secrètement de Joseph. J'ai avalé ma salive et j'ai dit :

— C'est lui ? C'est lui qui t'a fait ça ?

Au lieu de me répondre, Michel a soupiré. Et j'ai compris que c'était inutile. C'était bien Joseph qui l'avait frappé, j'en étais persuadée. Même si mon mari avait une bonne tête de plus que lui, Joseph était costaud, il ne fallait sûrement pas trop le chercher. Mais Michel n'allait pas avouer un truc pareil. Il allait garder ça pour lui et jamais il n'évoquerait le sujet. C'était entre eux, deux paysans qui avaient connu la même femme, moi en l'occurrence.

Alors j'ai continué à masser son bleu mais je me suis tue parce qu'il n'y avait plus rien à dire.

C'est le hasard en fait, qui a voulu que je retourne chez Joseph, sinon je n'aurais peut-être pas osé.

J'étais sur le causse, je conduisais le long de la piste d'aviation. Les températures s'étaient adoucies, les graminées commençaient juste à se dresser sur les parcelles où couraient les vents. Un vert vif jaillissait au fond des dolines. Il y avait un tracteur qui arrivait en face de moi, tirant une remorque où s'entassaient des bottes de foin. En voilà un qui a épuisé son stock de l'année, me suis-je dit, obligé d'en acheter à un autre pour finir la saison. Je n'ai pas fait attention au modèle du tracteur, c'est seulement en le croisant que j'ai réalisé. Au volant, c'était Joseph. J'ai reconnu son visage carré dans l'habitacle surélevé de la machine. Il roulait au pas, droit devant lui, un mégot coincé entre ses lèvres. Je l'ai regardé s'éloigner dans mon rétroviseur, j'ai hésité un peu, puis j'ai fait demi-tour pour me coller derrière ses grosses roues.

Je l'ai suivi en roulant tout doucement comme lui, alors que mon cœur s'emballait dans ma poitrine. On longeait au ralenti les murs de cailloux entassés, les piquets de châtaignier, les barbelés tendus autour des terres Bonnefille dispersées sur le plateau. Il nous a fallu un bon quart d'heure pour arriver chez lui à ce rythme.

Je me suis garée au pied des escaliers comme je le faisais les mois précédents. Lui, il a tiré sa cargaison jusqu'à l'entrée de la grange. En descendant, il a tourné la tête vers moi, m'a lancé un regard agacé, puis il a continué sa tâche, l'air de rien. Il a retiré sa casquette, l'a jetée sur le siège conducteur, et il a grimpé sur sa remorque pour défaire les liens qui retenaient les bottes. Le revoir ainsi affairé après des semaines d'absence, m'ignorant sans vergogne dans son pantalon râpé et son sweat-shirt délavé, ça m'a fait mal. Je l'ai regardé faire un petit moment, il a porté à la main quelques bottes dans sa grange.

Et quand je me suis approchée de lui, j'avais une grosse boule dans la gorge.

— Joseph, ai-je dit comme ça. Il faut qu'on parle.

— J'ai pas le temps. Suis occupé.

— Joseph. Pourquoi tu lui as fait ça ?

Il n'a pas répondu. Comme si frapper mon mari était anodin, comme si ça ne méritait aucune explication. Je suis occupé, je suis occupé, il n'avait que ces mots à la bouche depuis le 19 janvier, je ne voulais plus l'entendre cette maudite phrase. Il ne s'est même pas arrêté devant moi, une botte sous le bras.

— Joseph, arrête. Mais parle-moi, nom de Dieu.

Il enchaînait ses allers-retours en me passant devant, imperturbable. J'étais folle de rage contre lui, sur le moment j'avais envie de le frapper, de lui donner des coups de poing, des coups de pied. Et pourtant je pensais encore à nous, à notre relation qui paraissait si lointaine. Je crois qu'il lui aurait suffi d'un mot, d'un sourire, pour me faire taire. Pour que je m'offre à nouveau à lui. Alors j'ai commencé à le suivre, à faire le même chemin que lui, de la remorque vers la grange.

Mais dès que j'ai mis le pied à l'intérieur, j'ai senti qu'il se crispait.

D'un coup il s'est retourné vers moi et il m'a fixée de ses yeux trop serrés pour qu'on en voie les pupilles.

— Sortez d'ici, a-t-il ordonné en serrant son foin sous son bras.

— Mais Joseph…

— Sortez, je vous dis.

Cette fois dans sa voix, il y avait une agressivité que jamais je n'avais décelée. Je l'ai regardé sans bien comprendre, blessée.

Et doucement j'ai tourné la tête.

Au milieu de la grange, sur la dalle de béton, à côté du silo, du matériel entreposé, il y avait un petit cube de foin. Je dirais une trentaine de bottes soigneusement empilées, autour desquelles il entassait les nouvelles. Ça m'a paru bizarre cette manière d'organiser son stock. Mais ce n'était pas tout. J'ai senti une odeur. Une odeur forte et piquante que sur le moment je n'ai pas réussi à identifier.

— Alice, allez-vous en, a-t-il dit plus calmement, comme pour se reprendre.

Je l'ai regardé encore, j'ai cherché à lire dans son visage. Mais il n'y avait rien.

— Joseph, ai-je glissé doucement, explique-moi.

Et sans que je les sente arriver, des larmes sont venues me remplir les yeux. Oui, je pleurais parce que j'étais perdue, parce que je ne comprenais plus rien. Parce que je l'aimais encore, parce qu'il me manquait le Joseph que j'avais connu, parce que celui-là avait frappé Michel, parce qu'il cachait des choses dans sa grange et que je crevais d'envie de savoir, de refaire partie de sa vie, de l'aider même. Oui, s'il me l'avait demandé je l'aurais aidé, quoi qu'il ait fait.

Mais alors que passaient les secondes, je réalisais que lui, muet comme un mur, n'attendait qu'une chose. Que je parte.

J'ai fait des kilomètres en voiture après avoir quitté la grange de Joseph, avec dans ma tête plus de questions qu'à mon arrivée. J'ai fait des détours par les villages des vallées, entourée par ces reliefs tranchants qui dessinaient des lignes cassées sur le ciel. Les couleurs revenaient peu à peu sur les versants grimés par le soleil, il y avait quelque chose d'apaisant dans ces paysages en renaissance. Dans le rétroviseur central, je me suis regardée et j'ai passé mes doigts sur mes joues et sur mes cernes gonflés par les larmes. Et aussi bizarre que ça puisse paraître, c'est là, pour la première fois, que j'ai fait le lien entre Joseph et la disparition d'Évelyne Ducat, en repensant à ce que j'avais vu dans sa bergerie. Sauf que c'était trop tard.

C'est un soir, une semaine après, que j'ai compris que quelque chose était arrivé.

La nuit d'avant, Michel n'avait pas dormi à côté de moi, mais je ne m'étais pas inquiétée plus que ça, ce n'était pas la première fois qu'il préférait la compagnie de ses animaux ou de son bureau à la mienne. J'étais dehors, assise sur les marches de la maison à ruminer mes idées quand j'ai entendu les vaches meugler dans l'étable. Elles n'avaient jamais été franchement silencieuses mais leurs cris, après une vie entière passée sur une exploitation bovine, je les connaissais comme ma propre respiration et là, j'ai senti qu'elles exprimaient autre chose. Elles se plaignaient.

J'ai tendu l'oreille pour mieux les écouter et j'ai deviné qu'il se passait un truc pas normal. Alors je me suis levée, j'ai marché vers l'étable. Arrivée devant la porte, j'ai agrippé la poignée pour la tirer et j'ai été prise d'une hésitation. Une image venait de me traverser l'esprit. J'imaginais Michel, pendu à la plus haute poutre, comme Popeye quelques mois plus tôt. Ça m'a piquée à l'intérieur, j'ai froncé les sourcils et chassé cette idée de ma tête en me disant Tu regardes trop la télé, toi. J'ai fait coulisser le métal et en effet, il n'y avait pas de suicidé dans l'étable. Par contre il y avait toutes les mères dans leurs crèches avec leurs veaux de quelques mois. On était à une semaine de la mise à l'herbe et peut-être qu'elles commençaient à le sentir, à s'impatienter de retrouver les parcelles du mont où elles pourraient brouter sans entrave jusqu'à l'hiver d'après. Mais ce n'était pas pour ça qu'elles râlaient, plus encore depuis mon entrée.

J'ai fait un tour sous leurs regards agités, j'ai observé ce lieu tout près de chez moi dans lequel je n'avais pas mis les pieds depuis plus d'un an. Et il ne m'a pas fallu longtemps pour comprendre. Elles n'avaient rien à manger, pas une brindille de foin à se mettre dans la panse. Derrière elles, les bouses s'accumulaient sur les grilles. À vue d'œil, j'ai estimé que Michel n'était pas venu ici depuis quarante-huit heures. Et ça, ça ne lui ressemblait pas du tout. Il y avait une balle de foin déjà ouverte dans le fond de l'étable, j'en ai sorti à la main et je l'ai répandu comme je pouvais sous les mufles des vaches qui se sont jetées dessus en se bousculant derrière les râteliers. Revenue dans la cour, j'ai appelé Michel sur son portable mais il n'a pas répondu. Qu'est-ce qu'il fiche ? ai-je murmuré pour moi-même.

Et tout de suite, j'ai pensé à Joseph, à l'œil au beurre noir, à ce qu'il cachait dans sa grange. Bien sûr, il pouvait avoir eu un souci, il y avait mille raisons qui pouvaient expliquer l'absence de Michel, mais sur le moment ça m'a paru évident, j'étais certaine qu'il y avait un lien avec tout ce qui s'était passé ces dernières semaines. Alors c'est en tremblant un peu que je me suis assise au volant de ma Dacia et que j'ai pris la route du causse. J'ai pensé Ça y est, ils se sont entretués à cause de moi. Je me suis maudite, c'était de ma faute, forcément j'avais mis le doigt dans un engrenage et j'avais perdu le contrôle de la situation.

Alors que je descendais les pentes de ma montagne, le cœur serré au milieu des genêts dont les fleurs allaient bientôt parer nos terres de ce jaune si vif, j'ai pensé à papa. J'avais peur pour Michel, bien sûr, c'est à lui que j'aurais dû penser, mais ce qui me venait à cet instant, c'est la tête que ferait papa s'il apprenait que son ancien cheptel était laissé sans soins depuis plusieurs jours. Et je m'en suis voulu d'avoir ces idées-là. J'ai continué de rouler vers la ville et j'allais tourner pour traverser la rivière lorsque je l'ai vue.

J'ai freiné brusquement et j'ai vérifié dans mon rétroviseur. Aucun doute, c'était bien elle.

Garée au bord de la route, il y avait la voiture de Michel, comme abandonnée.

Mais cette place qu'elle occupait, ce n'était pas n'importe quelle place, je m'en suis souvenue sans peine. C'était là, au milieu de l'hiver, alors que la tourmente soufflait tout ce qu'elle pouvait sur les versants enneigés de ma montagne, qu'on avait retrouvé la voiture d'Évelyne Ducat.

Dès le lendemain, tout le département savait qu'une nouvelle disparition était survenue. Sur le marché, je suis certaine qu'ils ressassaient tous cette histoire, à se dire que quand même deux ça faisait beaucoup, à déplorer que même par ici on ne puisse plus vivre en sécurité. J'imagine bien toutes les rumeurs qui ont dû courir au sujet de Michel, de moi, ça ne devait pas être très flatteur. Je ne suis pas sortie de chez moi, je n'ai pas répondu au téléphone qui sonnait sans cesse, papa qui s'inquiétait pour la ferme, Éliane et les collègues qui se faisaient peut-être du souci pour moi, les voisins qui voulaient savoir ce que la télé ne disait pas. Il n'y a qu'aux gendarmes que j'ai parlé. Ou plutôt à un gendarme, le seul en qui j'avais confiance.

Cédric est arrivé seul, dès que je l'ai appelé, serré dans son uniforme, se disant peut-être que pour eux, c'était le début d'une série, imaginant déjà le prochain disparu. J'ai répondu à ses questions de ma voix étranglée, j'ai détaillé le déroulement de ma journée de la veille.

— Alice, on va tout faire pour le retrouver, hein !

m'a-t-il dit en prenant l'air sûr de lui. Dis-moi, Michel, il avait des problèmes ? Est-ce qu'il y a quelqu'un qui avait une raison de lui en vouloir ?

J'ai dégluti et dit doucement :

— Oui. Il s'appelle… Joseph Bonnefille.

— Bonnefille, tu dis ?

Son visage s'est allumé.

— Oui, pourquoi ?

— Parce que Guillaume Ducat nous a contactés il y a quelques jours de ça. Il dit que quelqu'un s'est introduit sur sa propriété. Il n'était pas sûr de lui, apparemment il n'avait pas croisé ce type depuis plus de quinze ans, il ne croyait pas qu'il pouvait y avoir un lien avec la disparition de sa femme. Mais c'est ce nom qu'il a prononcé. Joseph Bonnefille. Alors là, ça commence à faire beaucoup de coïncidences, je trouve.

Et tandis que Cédric décrochait son téléphone, qu'il donnait ses directives, On se retrouve au pied du causse et on monte direct chez lui, J'appellerai Ducat sur la route, moi j'étais en train de me maudire de n'avoir pas compris plus tôt. D'être responsable de tout ça. Il y avait cette image qui me glaçait le sang : j'imaginais mon mari au côté d'Évelyne Ducat, tous les deux morts.

Deux cadavres cachés dans le tas de foin de Joseph.

JOSEPH

Il y a des jours où t'as pas envie de retourner à l'intérieur.

Tu te lèves avec ce soleil d'été qui se traîne en bas du ciel, tu marches à moitié endormi sur la draille derrière ta ferme avec ton chien qui te tourne autour comme un petit démon. Sur la parcelle qu'elles ont broutée toute la nuit, tu rassembles tes brebis, tu les comptes un peu, à vue d'œil, histoire de voir si cette saloperie de loup t'en a pas bouffé une. Tu les emmènes sur les parcours en poussant tes cris qu'elles écoutent plus vraiment après tant d'années, tu dépasses l'aven où ton grand-père avait perdu une bête autrefois, tu fermes la clôture. Et là, au lieu de revenir sur tes pas, tu grimpes en haut de la butte, tu t'assois sur le bord d'un clapas, tu t'allumes une cigarette et tu regardes ton troupeau s'éparpiller entre les buis comme faisaient les bergers d'avant. T'observes leurs mouvements qui t'ont toujours fait penser à une rivière qui coule, qu'apparaît et qui disparaît derrière les rochers. Tu sais que tu dois y aller, que t'as du travail qui t'attend là-bas parce que du boulot il y en a tout le temps. Tu y penses à cette paperasse qui s'entasse sur la table de ta cuisine, aux clôtures à réparer, au fumier à sortir. Mais t'y arrives pas. Tu continues à regarder sans bouger de ton caillou. C'est pas juste dans ta tête, c'est un truc que tu ressens vraiment à l'intérieur de toi. Parce que à force d'être tout seul, t'as appris à te connaître. Tu sais que si ici, au milieu du causse et de tes animaux, tu te sens pas bien, ça veut dire que dedans, ça sera encore pire. Et alors, tes brebis, tu te mets à les détester comme c'est pas permis. Tu sais qu'elles y sont pour rien, que c'est toi qui les élèves et pas l'inverse, ça change rien. Tu les détestes parce que t'as personne d'autre à détester.

Moi, ces jours-là, c'est pas rare que je baisse les yeux et que je regarde mon ombre qui devient plus petite avec les heures. Je suis son mouvement sur les herbes sèches et sur les pierres grises. Je me dis que cette ombre au moins, elle sera toujours là. Que j'ai pas besoin de lui causer ou de faire je sais pas quoi pour qu'elle reste. Je pense aux anciens, à ces histoires qu'on me racontait quand j'étais gosse. Dans le temps, les vieux disaient que ton ombre, c'était l'image de la mort. Comme un double de toi qui s'accroche à tes pas et qui te quittera que le jour où tu seras sous la terre. Des fois j'imagine la vie des paysans d'autrefois et toutes ces croyances qui leur pourrissaient l'existence. Ces histoires de fantômes qui voulaient pas quitter les maisons où ils étaient morts, de loups-garous qui s'attaquaient aux gamins pour leur bouffer le foie, de trèves qui se planquaient dans les bois et qu'attendaient les vivants. Nos ancêtres, ils y croyaient pour de vrai, quand ils passaient près de ces endroits maudits ils se mettaient à courir. Mémé en causait parfois, elle se moquait de sa mère et ça la faisait marrer, mais je voyais bien qu'elle riait pas tant que ça.

Des jours comme ça où t'attends juste d'être demain pour recommencer à attendre encore, j'en ai connu des centaines.

Mais ce matin de mois d'août, c'était différent.

Il était pas bien tard, la lumière rasait les cheveux d'ange de mes parcelles et ça faisait plein de petites vagues poilues au milieu de ce désert de ronces et de caillasses. Les vautours fauves rôdaient déjà là-haut, j'ai jamais trop aimé comment ils me regardent ceux-là. Je savais qu'il allait faire une chaleur à crever dans la journée et les brebis commençaient à chômer en se regroupant autour des pins. Guillaume leur aboyait dessus mais elles s'en foutaient, elles n'allaient rien manger jusqu'à la nuit, c'était comme ça depuis le début de l'été. Moi j'étais en train de retirer les épines des chardons prises dans mon bas de pantalon. Et comme cent fois depuis la veille, je revivais dans ma tête ce qui s'était passé dans ma cuisine.

Un truc incroyable.

J'avais fait l'amour avec l'assistante sociale.

J'avais un peu honte de la manière dont je m'étais comporté, elle avait dû me prendre pour un pauvre gars qu'avait jamais fait ça alors que c'est pas vrai. Elle s'était approchée de moi pour m'embrasser, et comme je m'y attendais pas j'avais reculé d'un coup. Il y avait tout qui s'était serré en moi. Sur le moment je m'étais senti mal à l'aise, vraiment mal à l'aise. Je pourrais même pas dire comment elle était toute nue parce que j'avais envie de la regarder et en même temps j'osais pas bien. Quand même, c'était une femme. Et les femmes, bon, avec elles, faut pas faire n'importe quoi. Enfin je veux dire, faut se tenir, c'est ce que j'avais toujours pensé. Puis c'était l'assistante sociale aussi, c'est pas rien, dans ma tête j'arrivais même pas à l'appeler Alice, c'était toujours ça qui me revenait, l'assistante sociale. C'est pour toutes ces raisons que j'étais mal à l'aise. Mais j'avais aimé, ça oui, je vais pas mentir.

C'est seulement après, le soir et ce matin avec les brebis, que j'ai réalisé. C'était pareil que les autres jours sauf qu'il y avait ce souvenir étrange qu'était là, planté dans ma tête comme une bête qu'aurait rien eu à faire au milieu d'un troupeau. Et ça me faisait du bien. Je me sentais un peu plus fort. Cette boule dans le ventre qui m'accompagnait partout, j'ai eu l'impression qu'elle allait se détendre grâce à ça. J'ai fait un sourire dans le vide avec cette idée que quelque chose de nouveau était en train de commencer pour moi. J'ai encore regardé mon ombre et j'ai balancé un caillou dessus pour la provoquer, lui montrer que j'avais pas peur d'elle aujourd'hui.

Sauf que je me trompais.

En fait, c'est pas grâce à l'assistante sociale que ça allait aller mieux. Et mon ombre, c'était pas trop le moment de la provoquer.

Je sais pas comment c'est pour les autres, mais moi la solitude, je dirais pas que je l'ai voulue. Et elle m'est pas tombée dessus du jour au lendemain. Non, c'est venu lentement, j'ai eu le temps de la voir arriver avec les années, de la sentir m'entourer comme une mauvaise maladie. Ça a commencé avant moi, d'ailleurs. Papa a connu sept fermes dans le bourg, à l'époque il y avait encore cette histoire de solidarité paysanne, les gens se serraient les coudes et se filaient des coups de main. Je crois que c'était plus facile même s'il y avait pas l'eau courante et toutes nos machines. Moi, j'ai connu que deux exploitants, tous les autres ils sont partis petit à petit. Ils ont revendu. Et le dernier, il a pas trouvé de repreneur. On s'est retrouvés seuls ici, moi, papa et maman. Je me rendais pas bien compte de ce qui se dessinait tranquillement, et sur le moment on était pas fâchés de les voir partir ces voisins qu'on pouvait plus encadrer. Après le lycée agricole, je me suis installé en GAEC avec les parents, c'était ce qu'ils voulaient et moi aussi. Enfin, je crois. J'ai pas fait gaffe à ce qui se passait autour de moi, aux autres types qui se trouvaient des femmes à marier et qui commençaient à avoir des gamins dans les pattes. Tous ces gosses qui venaient remplir les résidences secondaires à chaque été, je les regardais de loin, je me disais que j'avais le temps.

En fait, je crois que j'ai oublié de m'occuper de ça.

Je me suis occupé de la ferme, ça oui, de prendre la suite de papa, de convertir le troupeau pour passer à la viande parce que tout seul, la traite deux fois par jour c'était plus possible. Mais de pas être tout seul, j'ai oublié de m'en occuper. Ou j'ai pas fait ce qu'il fallait, je sais pas. Et papa est mort plus tôt que prévu de son foutu cancer. C'est là que j'ai compris que ça allait arriver, pendant les cinq années où maman et moi on a vécu ensemble dans la ferme. J'ai compris que c'était trop tard pour moi. La boule s'est mise à grandir.

Au début, quand l'assistante sociale a commencé à venir me voir sur le causse, elle disait que je faisais une dépression. Que c'était à cause de l'isolement et de la charge de travail avec les bêtes. Elle voulait m'envoyer chez le psychiatre, comme les fous, paraît qu'il y a des pilules pour soigner ça. Mais j'ai dit non. J'allais vivre avec, c'est tout. Pas raconter ma vie à un de ces types qui connaissent rien au monde paysan, tout le plateau l'aurait su et ça aurait causé. Elle me demandait aussi si être éleveur, c'était vraiment ce que j'avais voulu, si mon métier je l'aimais, des questions comme ça. Il faudrait peut-être réfléchir à une autre voie, qu'elle disait, soi-disant que de nos jours les gens font pas toute leur vie la même chose, qu'ils changent plusieurs fois de travail. Mais à ça aussi, j'ai dit non. Je sais pas si je l'aime ce travail, mais ce que je sais par contre, c'est que j'ai pas envie d'en changer. Ou pas la force, ou pas le courage, mais ça revient au même.

Après la mort de maman, j'avais besoin de l'assistante sociale pour m'aider à remettre de l'ordre dans tout ça, pour pas laisser la ferme partir en morceaux parce que j'aurais pas su faire ce qui fallait. Quand elle a commencé à venir me voir, j'étais dans un sale état, je m'occupais plus de grand-chose. Même les brebis je les négligeais tellement je les détestais certains jours, comme si tout était de leur faute à ces pauvres bêtes. Elle avait pas guéri ce truc que je ressentais tout le temps depuis que j'étais seul, mais quand même, elle m'avait aidé. Et pour ça, je pouvais lui dire merci. Elle venait une fois deux fois le mois, elle m'aidait pour les papiers surtout, c'était la partie que j'avais le plus laissé traîner. Ses visites, ça faisait une présence et déjà c'était énorme parce que des fois je rencontrais personne pendant quinze jours de suite. Ça me détendait un peu. Elle parlait beaucoup, pour ça elle était forte. Moi j'essayais d'être aimable avec elle, de dire des trucs pour faire durer un peu parce que j'avais pas très envie qu'elle reparte et de me retrouver tout seul avec ma boule. Mais j'écoutais surtout. Parce qu'il faut dire ce qui est : j'ai jamais vraiment su parler aux gens. Aux brebis oui, je sais quand faut leur causer doucement pour les calmer, quand faut gueuler pour pas qu'elles se barrent sur les terrains des autres. Mais aux gens, non. C'est un de ces trucs que j'ai oublié d'apprendre.

Mais j'attendais pas plus de sa part. Jamais j'avais eu l'idée de, enfin de faire ça avec elle. Pas que je la trouvais pas belle, non ça a rien à voir avec ça. Au contraire, elle était élégante comme on dit. Elle sentait bon le parfum comme les femmes qui font attention à elles. J'aimais bien aussi ces robes à fleurs qu'elle mettait au printemps. Dessous, on devinait ses seins et j'en connais qu'auraient pas perdu une miette du spectacle. Mais pas moi.

Moi je pensais pas à ça, j'ai jamais trop été comme ça.

Il m'a pas fallu bien longtemps pour me rendre compte qu'en fait, il n'y avait rien qu'avait changé. Plusieurs fois elle est revenue chez moi et on a recommencé à faire l'amour. C'était bon de le faire, c'est pas le problème. Non, le problème c'était après, quand elle repartait.

C'est un soir de septembre surtout que c'est devenu clair pour moi. J'étais allé déplacer le troupeau avec le chien. La nuit se posait doucement dans le ciel au-dessus des terrains desséchés par cet été trop chaud qu'on avait eu. Il commençait juste à faire assez frais pour que les brebis se mettent à brouter. Elles m'ont suivi sans broncher, agitées et impatientes de trouver cette herbe fraîche que je leur réservais pour la nuit. Il y avait cette mère qui me lâchait pas les basques comme elle faisait toujours. Pégouse, je l'avais appelée, ça veut dire pot de colle. Je marchais sur la draille et je longeais les murets en agitant mon bâton et en tirant sur mon mégot.

Et d'un coup, juste après que j'ai eu dépassé la croix en pierre, je me suis arrêté.

J'ai regardé ma ferme derrière les rochers et je me suis dit Hé merde.

Dans mon ventre, j'ai senti la boule qui revenait. Ou peut-être qu'elle était jamais partie. C'est là que j'ai compris.

J'ai continué de guider le troupeau puis je suis revenu chez moi. Et j'ai fait comme tous les jours. J'ai bu un verre de gentiane. J'ai ouvert une boîte que j'ai fait réchauffer, je l'ai mangée en regardant la télé. Il y avait un de ces concours de cuisine, les gars faisaient des assiettes avec des produits qui venaient de chez nous et qu'on reconnaissait plus tellement ils les avaient travaillés et je me disais que quand même, d'année en année, on s'en lassait de ces émissions sur la bouffe. J'ai pas rangé et je me suis couché à l'étage, ce qu'à une époque pas si lointaine je faisais même plus.

Là-haut, quand la nuit est installée pour de bon, c'est le pire. C'est là que tu réalises vraiment. T'es sous les draps, encore à moitié habillé dans ce grand lit qui connaît que toi et tout autour tu sens le poids de cette baraque que la vie a désertée avec les années. Il y a des courants d'air entre les fenêtres restées ouvertes. Derrière la porte, tu imagines la chambre de tes parents où un matin tu avais trouvé ta mère qu'allait plus jamais se lever. Tu écoutes tous ces bruits qui se faufilent dans le silence comme des insectes à travers un bois pourri. Dehors, tu entends le sifflement du petit-duc perché quelque part dans le noir du causse, des fois il y a les chevreuils qui se mettent à aboyer ou le cerf qui brame quand c'est la saison. Et puis, en dessous de toi dans la cuisine, à côté du coussin déchiré où dort Guillaume, il y a l'armoire. Celle où sont rangées les affaires de ta mère et fichées les cartes postales qu'elle envoyait de ses voyages à Lourdes. Si tu en parlais à quelqu'un, sûr qu'on te prendrait pour un cinglé, pourtant cette armoire c'est pas rare qu'elle fasse des bruits aussi. On dirait qu'elle bouge. Tu chasses cette idée dès qu'elle arrive avec les fantômes des anciens derrière elle, mais les bruits, eux, ils s'en vont pas. Ça te fait réfléchir, forcément, et tu te demandes si tout ça c'est juste dans ta tête ou si c'est ta mère qu'essaye de te causer parce que cette ferme elle la quittera jamais. Et alors tu te dis que cet endroit il est pas fait pour un homme seul, que c'est pas humain cette vie que tu mènes et que la boule dans ton ventre, elle est en train de te bouffer.

Cette nuit-là, vers onze heures ou minuit je dormais toujours pas. Je me suis retourné dans le lit, j'ai sorti la tête de l'oreiller. Et je les ai entendus. Les bruits de l'armoire sous le plancher de la chambre, ils étaient là. Pas forts, assez discrets même, le bois craquait et crissait tout doucement. J'ai ouvert les yeux et j'ai vu les étoiles immobiles dans le ciel entre les volets qui fermaient plus. Et j'ai compris le message : les bruits, c'était maman qui venait me rappeler que faire l'amour avec l'assistance sociale, ça changeait rien du tout.

Que la solution à mon problème, c'est ailleurs que je devais la chercher.

Plus jeune, je me souviens comment les gars parlaient des filles.

Le week-end, ils sautaient dans les voitures, ils fonçaient sur les routes du causse et ils se ruaient vers la vallée pour aller déconner dans les fêtes de village ou dans les boîtes de nuit. Ils picolaient tout ce qu'ils pouvaient, ils se bourraient à la bière, au pastis, c'est comme ça qu'ils se vidaient de la fatigue accumulée la semaine. Quand je les croisais le lundi sur le chemin des parcelles qu'on allait moissonner, ils racontaient tous les détails en se marrant et moi j'aimais bien écouter leurs histoires, savoir qui tenait le mieux la bouteille, qui s'était fait sortir le premier par les videurs, qui avait failli rater un virage au retour. Je rigolais aussi et je leur disais que, sans faute, je serais de la partie la fois prochaine, qu'on allait bien se marrer, Ah ouais ça allait être l'éclate. Mais je venais jamais, je me trouvais toujours une excuse pour rester à la maison avec les parents, et les gars, ils le savaient.

J'avais pas l'impression que c'était vraiment pour moi ce genre d'endroit même si toute la soirée en regardant la télé je les imaginais et que j'étais un peu jaloux de cette débauche que j'allais jamais connaître. Entendre leurs histoires, ça me suffisait, je me disais, c'était un peu comme si j'y étais allé moi aussi. Mais à chaque fois, il y avait un moment où ils en venaient aux filles, à celles qu'ils avaient rencontrées là-bas et qui venaient de plus loin, des qu'on connaissait pas ici. Et quand c'était le Pierre de l'autre bout du plateau qui racontait en secouant la main au pied de son tracteur, quand il disait Je te jure celle-là, tu peux pas imaginer les trucs qu'elle m'a faits, tout ce qu'elle voulait c'était se faire sauter, alors là je continuais à me marrer mais je trouvais plus ça drôle. D'un coup j'avais plus du tout envie de savoir et j'étais pressé de retourner chez moi.

Une fois, maman m'a dit que j'étais un romantique et que c'était pour ça que je trouvais pas de femme. Parce que en fait elles aimaient pas ça. Moi je crois pas que c'est pour ça, mais pour sûr elle avait pas tout à fait tort. C'est vrai que j'ai jamais trop aimé entendre les gars parler de ces filles des boîtes de nuit et que leurs histoires, j'y croyais qu'à moitié. Bien sûr, ça m'arrive le soir de regarder ces films qu'on trouve partout sur Internet et où ils font des trucs pas possibles, même à quatre ou cinq des fois. Tout ça je connais, faut pas croire. Mais c'est pas pareil, c'est des acteurs, c'est pas comme ça que ça doit se passer normalement. Non, pour moi les femmes ç'a toujours été une sorte d'autre monde que je comprenais pas bien, où j'avais pas trop ma place, mais où il y avait surtout des jolies choses. Je leur parlais pas des masses mais j'aimais bien les regarder et les écouter, il y avait un truc agréable qui se dégageait d'elles et que les hommes, rien à faire, on n'avait pas en nous. J'aurais voulu en avoir une vraie, une comme je les imaginais, une qu'aurait accepté de partager avec moi cette vie sur le causse. Une qu'aurait trimballé son sourire dans toutes les pièces. Une qu'aurait été là quand c'est dur, en hiver, ou quand le loup s'attaque aux brebis et que tu les retrouves les tripes à l'air au matin. Une qu'aurait pas rechigné à filer un coup de main à la ferme. Mais je l'ai jamais trouvée. Ou je l'ai pas vraiment cherchée, je sais pas. Et peut-être qu'en fait, elle existe pas.

Faut pas croire, j'en ai connu pourtant. Une surtout. Elle s'appelait Sophie. Elle était infirmière et s'occupait de papa au début de son cancer. Pour moi elle était là pour lui, jamais j'aurais pensé, enfin jamais j'aurais osé. C'est maman qu'a fait le travail, qu'a mis le sujet sur la table parce qu'elle savait qu'un jour j'allais avoir besoin de quelqu'un et que j'étais pas parti pour prendre les devants. Sophie a dit oui et moi, un moment, j'y ai presque cru à cette histoire. C'était une fille gentille, une brune toujours bien coiffée qu'avait grandi dans les champs, au début les parents pensaient avoir tiré le gros lot. Pendant quelques semaines même, elle a vécu avec nous ici. Mais j'ai pas su m'y prendre. *On* n'a pas su, plutôt. J'ai encore dans la tête les images de Sophie quand elle marchait d'une pièce à l'autre ou qu'elle se mettait à la cuisine et que nous trois, moi, maman et papa on la regardait en se disant que c'était pas comme ça qu'il fallait faire, que ça ça se rangeait pas dans ce placard, que la radio on l'allumait pas avant le retour de la bergerie. Forcément, le jour où maman a décidé qu'il fallait qu'elle parte, j'ai bien vu que la Sophie, ça l'avait soulagée. Et moi aussi un peu parce que, à l'époque, je voyais pas encore bien l'urgence de tout ça.

Alors que passaient les semaines et que l'assistante sociale venait me voir et qu'on faisait l'amour chez moi, je me suis pas senti moins seul. C'était le contraire. Elle venait, elle m'apportait un peu de douceur, elle me disait des trucs gentils qui me faisaient du bien sur le moment. Mais après, elle repartait et ça recommençait, la boule revenait et grandissait même, c'en était douloureux quand je rentrais le troupeau le soir et que je savais qu'allait commencer une nouvelle soirée. Et plus ça allait moins elle me plaisait cette relation bizarre, il y avait un truc pas net là-dedans. Je saisissais pas ce qu'elle cherchait, ce qu'elle attendait de moi, ce qu'elle voulait me donner ou pas. Elle avait beau parler, ça arrangeait pas les choses. En fait si, ce que j'ai fini par comprendre même si de ça elle en causait pas, c'est qu'elle non plus elle allait pas bien à cause de son mari qu'elle aimait plus vraiment mais qu'elle voulait pas quitter pour autant parce que bon voilà, c'était comme ça. Moi, j'étais juste celui qu'elle avait choisi pour mettre un peu plus de bordel dans sa vie. Ç'aurait aussi bien pu être un autre. Et ça, ça me plaisait pas trop. Ça me rappelait les paroles de Pierre à son retour de boîte sur les femmes et au fond, ça creusait le fossé que j'avais toujours vu entre elles et moi. Je me disais que décidément elles fonctionnaient pas comme moi et que leur monde, j'arriverais jamais à y rentrer.

D'ailleurs la suite allait me donner raison.

Une fois, je l'ai vu son mari. C'était à l'automne, juste quelques jours après une de ses visites. J'ai jamais trop été dans ces réunions qu'organisent la Chambre ou les Jeunes Agriculteurs pour parler de notre métier, pour partager nos problèmes ou taper sur les ministères qui préfèrent les loups aux hommes. Pas que c'est pas bien mais c'est pas mon truc et pendant que tu bavasses là-bas, le travail, il y a personne pour le faire à ta place. Mais là, les gars avaient fait le tour des éleveurs du coin, il y avait cette réforme de la PAC, c'était important d'être là, tout ça. J'avais longtemps hésité mais finalement j'avais dit D'accord je vais venir.

Ça se passait à la ville dans une grande salle avec

des fenêtres qui donnaient sur la montagne en face, on voyait les forêts grimper par les vallons et se débarrasser de leurs feuilles au passage, on devinait les branches toutes nues des châtaigniers et les sous-bois jaunes et mouillés. Il y avait du monde, en entrant j'ai serré la main du père Trousselier que j'avais pas vu depuis des années, il a rigolé et j'ai pensé Celui-là, il arrêtera de se marrer que dans sa tombe. Il y avait aussi plusieurs des gars que j'avais connus gamin, avec qui j'étais au pensionnat, le fils Aniel que j'avais dérouillé une fois dans la cour du collège, mais qui aujourd'hui pouvait se vanter d'avoir tout réussi mieux que moi avec son élevage bio, ses ruches, ses panneaux solaires sur sa bergerie et ses trois gosses pas majeurs mais déjà plus futés que beaucoup d'entre nous. Je me suis installé dans le fond, je voulais surtout pas me retrouver dans les premiers rangs. Et pendant une heure, j'ai écouté un Parisien en cravate nous expliquer ce qui changeait dans la nouvelle PAC, comment il allait falloir s'y prendre pour déclarer nos surfaces et remplir leurs formulaires sur Internet, soi-disant qu'on était pas perdants, que c'était juste une autre manière de calculer. Il nous a cassé les couilles avec ses courbettes avant de se faire incendier par les plus énervés qu'avaient eu le temps de préparer leurs phrases. Moi j'avais rien envie de dire. Pas que j'étais pas remonté, au contraire je voyais bien ce qu'était en train de se tramer là-haut, comment d'année en année les types de l'Europe nous poussaient doucement vers la sortie. Mais bon, on sait comment ça finit ces réunions. J'avais pas trop l'impression que de gueuler ça allait changer grand-chose.

Surtout, j'étais occupé à regarder le mari de

l'assistante sociale. Il s'appelait Michel, je connaissais son nom, on s'était déjà croisés une ou deux fois, je savais qu'il avait un beau cheptel d'aubracs qui lui venait du père Brugier. Il s'était bien débrouillé celui-là, passé d'ouvrier à chef d'exploitation rien qu'en enfilant la bague au doigt de la fille. C'était un grand bonhomme baraqué qui portait des chemises trop courtes pour lui, avec des cheveux très noirs et un seul sourcil qui faisait comme une barre poilue au-dessus de ses yeux. Tout ça allait pas mal ensemble et il présentait bien quand même, mieux que moi j'imagine, c'est pas dur. Quand j'ai vu qu'il était là lui aussi j'ai pas su où me mettre. Je me suis senti pas bien et j'ai failli repartir, comme si en me causant il allait tout de suite deviner que sa femme le faisait cocu avec moi. C'est pour ça aussi que j'étais assis à l'autre bout de la pièce. Le Michel, il écoutait pas vraiment ce qui se racontait dans la salle, ni le fonctionnaire ni les collègues. Sur ses lèvres il y avait comme un petit sourire un peu bête, il regardait souvent dehors, on aurait dit qu'il rêvait à je sais pas quoi. Si elle voulait lui faire du mal avec moi, elle était plutôt mal partie à ce que j'en voyais. C'est l'impression que ça m'a fait et encore une fois je me suis demandé où elle menait, notre histoire.

Ce dont je me souviens aussi, c'est que plusieurs fois il a regardé un papier qu'il avait en main, tout ça un peu discrètement comme si c'était pas trop avouable. Quand on est tous sortis et qu'on fumait sur la place en serrant nos manteaux parce que le vent s'était mis à souffler, j'ai jeté un œil pour voir de quoi il en retournait au moment où il est passé près de moi. Je me doutais pas de ce qu'allait arriver plus tard, alors ça m'a pas marqué plus que ça. Ce qu'il regardait, c'était une photo de magazine, une belle fille que j'avais déjà vue quelque part mais que j'arrivais pas bien à remettre.

Enfin, pas encore.

Quand l'hiver est arrivé, je savais plus bien pourquoi je continuais avec l'assistante sociale. Enfin si, je savais, c'était pour, enfin pour faire l'amour, c'est tout. Mais au final ça me faisait plus de mal que de bien parce que à chaque fois ça me renvoyait à la réalité, et je dirais que je m'étais pas senti aussi seul depuis les premiers jours après la mort de maman. Un nouveau Noël est passé comme ça, dans ma ferme entourée par ce désert en noir et blanc, avec juste au loin les bruits d'une fête dans cette bâtisse que les jeunes des vallées squattaient parfois pour faire la bringue à la campagne. Pour que j'entende jusqu'ici, ils devaient bien s'éclater. Ma boule était en moi et elle me quittait plus ni le jour ni la nuit et je me disais qu'il fallait qu'il se passe quelque chose, que je me sorte de cette histoire.

Mais ma solution, je pensais pas qu'elle allait me tomber dessus comme ça cette nuit du 18 janvier.

J'étais couché sous trois couvertures. Derrière les vitres, le vent de nord-ouest imposait sa loi dans le noir à coups de bourrasques de neige qui faisaient claquer les volets. On entendait que lui comme si toutes les bêtes sauvages s'étaient planquées à son arrivée. Ces tempêtes, quand tu vis ici, t'apprends à les connaître et tu sais qu'elles annoncent rien de bon pour les jours d'après. À cette époque-là tes bêtes tu les sors plus du tout, c'est juste le foin et le grain qui les nourrissent. J'avais dû tomber dans le sommeil depuis pas très longtemps quand j'ai entendu le bruit. J'ai ouvert les yeux en grand sur la poutre qui traverse le mur de la chambre. Je suis resté sans rien bouger un petit moment pour être sûr que je me trompais pas.

Mais non, c'était bien ça : dehors, il se passait un truc.

La tempête faisait tout ce qu'elle pouvait pour l'étouffer mais il y avait comme un bruit qu'était pas là les autres nuits. Comme si quelque chose ou quelqu'un écrasait la neige pas loin de ma baraque. Ou alors c'était peut-être une voiture qui roulait au pas. C'était pas clair mais j'étais sûr qu'on s'approchait de ma ferme et qu'à cette heure c'était pas pour boire un verre de gentiane. J'ai attendu un peu pour voir si ça passait. Mais ça continuait.

— C'est quoi ce bordel ? j'ai murmuré en me levant et en serrant les dents.

J'ai attrapé mon fusil de chasse qui quitte jamais le dessous de mon lit. Si le loup se permettait de venir jusqu'à chez moi maintenant que les brebis étaient rentrées, il allait s'en prendre une belle et je me ferais un plaisir de l'enterrer pas loin et de rien dire à personne. J'ai posé l'arme sur les couvertures le temps que je m'habille, j'ai vérifié les cartouches, je l'ai bien tenue entre mes doigts et, mes chaussons aux pieds, j'ai descendu les marches en pierre de l'escalier. J'ai rien allumé pour pas qu'on sache que j'arrivais. J'ai reniflé en débarquant dans la cuisine. Il n'y avait personne, bien sûr, juste la cuisinière au milieu de la pièce et sa cheminée plantée dans le plafond. Guillaume roupillait ferme, lui, il a pas bougé une oreille sur son coussin. J'ai collé mon visage aux fenêtres de derrière, j'ai essuyé la buée. Mais j'ai rien vu d'autre que cette neige qui volait dans la nuit et qui recouvrait doucement les bosses du plateau. On distinguait à peine les murs de ma bergerie à quelques mètres de là. Je suis revenu devant et j'ai pensé Hé merde. J'ai mis mes bottes, fermé mon manteau, rabattu la capuche et j'ai allumé la lumière de dehors. J'ai ouvert la porte et le froid s'est jeté sur moi dès que je me suis avancé sur la terrasse, j'ai frissonné sous mon pull. Au-dessus de moi, ça sifflait comme c'est pas possible autour des lauzes du toit. J'ai plissé les yeux et dans le jaune de l'ampoule, j'ai essayé de distinguer quelque chose à travers la nuit. Il faisait aussi noir que dans le cul d'une brebis. Je tenais le canon du fusil juste devant moi.

— Ho ! j'ai gueulé.

Mais il y a que le vent qui m'a répondu.

J'ai descendu les marches et j'ai regardé sur les côtés. En face de moi, il y avait le bout du chemin qui mène jusqu'à ici, celui que pas grand monde emprunte. J'ai fait quelques pas et j'ai senti la couche de neige craquer sous mes bottes. Puis je me suis baissé pour voir de plus près.

J'avais pas rêvé.

Au sol, il y avait des traces de pneu. Et à ce que j'en voyais, elles étaient pas vieilles. Mais il y avait pas de bagnole dans les parages. J'ai fouillé l'obscurité du regard, je suis resté là un moment à me geler près des murets en pierre. Et j'ai réfléchi. C'est juste un type qui s'est trompé de route, j'ai imaginé. C'est pas grave, ça arrive. Alors j'ai reniflé et j'ai fait demi-tour en tenant mon fusil sous le bras.

Mais avant de refermer la porte, du haut de ma terrasse, j'ai vu une lumière plus loin.

Sur la départementale, au bout du chemin, deux lumières rouges trouaient la nuit. Deux phares arrière de voiture, ceux qui s'allument quand tu freines. Ils sont restés là trois-quatre secondes, on aurait dit qu'ils me regardaient. J'aimais pas trop ça. Et d'un coup ils ont filé vers le sud en disparaissant dans le noir. J'ai froncé les sourcils, mais j'avais pas l'intention de courir après. Sur le moment j'imaginais pas bien ce que ça pouvait être. Alors je suis retourné à l'intérieur, pas fâché de me retrouver au chaud, et quelques minutes après j'étais recouché.

Mais j'ai pas trop dormi. Au bout d'une demi-heure, il y a un autre bruit qui m'en a empêché.

En bas, dans la cuisine, l'armoire de maman, elle recommençait à bouger. Enfin, ça faisait comme si elle bougeait, franchement c'est l'impression que ça donnait. Au début c'était discret, juste un petit grincement étouffé par la tempête. Mais après, elle a fait un boucan comme jamais je l'avais entendue faire. Et cette fois pour de bon, ça m'a foutu la trouille jusque sous mes draps. Si j'avais pas eu toute ma tête, j'aurais juré que quelqu'un était en train de tirer l'armoire sur le sol de la cuisine et alors toutes ces histoires des anciens me sont revenues sans que j'arrive à les chasser. Quand ils entendaient des bruits la nuit, des soupirs, des meubles qui craquent, des sons de cloche dans les cheminées, ils disaient que c'étaient les morts qui revenaient dans les maisons parce que dehors ils avaient trop froid. J'ai des souvenirs de mémé quand elle parlait de tout ça. Dans ces maisons-là, on y allait pas parce qu'il y avait des peurs, qu'elle disait. Des peurs, j'aimais pas bien quand elle causait comme ça. Mais là, ça y ressemblait beaucoup. J'ai pensé à maman, au vide qu'elle avait laissé ici quand elle était morte et j'ai pas pu m'empêcher de me demander si c'était elle qu'essayait de me dire quelque chose avec cette armoire où j'avais gardé toutes ses affaires.

Je sais pas à quelle heure je me suis endormi, mais c'était pas très loin du matin.

J'avais à peine dormi quatre heures quand j'ai ouvert l'œil sur ce jour blanc avec un souvenir pas net de ce qui s'était passé pendant la nuit. Je me suis levé et j'ai vu par la fenêtre toute la neige sur les terres, les roches et les pins. Il devait bien y avoir trente centimètres à vue d'œil et ça tombait encore. J'ai bu un café sur la table dans la cuisine en essayant de me sortir de ce sommeil qui voulait pas me lâcher. Je me suis souvenu que c'était le jour où devait venir l'assistante sociale et à nouveau je me suis dit qu'il fallait que ça s'arrête, que je m'y retrouvais pas dans ce rôle qu'elle me faisait jouer. J'ai fixé l'armoire un long moment dans le silence de la pièce. Elle avait pas bougé d'un pouce, bien sûr, toujours collée à son mur et je me suis dit Tu vois, c'est dans ta tête tout ça. J'ai vidé le fond de ma tasse et je me suis équipé pour affronter le froid.

C'est sûr, l'hiver, il était bien là. Le vent balayait les flocons qui tombaient encore de là-haut en tourbillons et venaient grossir le manteau déposé dans la nuit. J'ai tapé mes gants et soufflé un nuage pour réchauffer tout ça, j'ai cogné des pieds par terre. Puis j'ai marché vers la bergerie en tenant ma capuche contre le vent. Même le chien, il avait froid, il marchait avec la tête baissée et la langue rentrée. Sous la couche de neige, la boue avait gelé en gardant la forme des roues du tracteur. J'ai tiré le portail métallique et un paquet de neige est tombé du toit quand le rail s'est mis à coulisser. Dans l'immense espace de la grange collée à la bergerie où je stockais le foin pour l'hiver, le froid s'était foutu partout, l'eau dans le fond des seaux était devenue de la glace, il y avait du givre sur les robinets. J'ai été voir les brebis. Elles se tenaient chaud en se regroupant contre les barrières, sans trop faire de bruit pour pas se fatiguer. Au-dessus de leur laine, ça fumait, elles dégageaient une petite brume dans l'air. Elles m'ont regardé avec des yeux comme étonnés par ce froid qui les prenait d'un coup. Pégouse est venue se coller près de moi.

— Je reviens, je leur ai dit.

Et je suis allé chercher trois bottes de foin pour les éparpiller dans les râteliers.

Mais en chemin, je me suis arrêté.

Dehors, derrière le portail de la grange, il y avait un truc. Un truc que j'avais pas vu en arrivant. Et qu'était pas à moi, ça, j'en étais sûr. Je suis resté quatre-cinq secondes à regarder l'objet en fronçant les sourcils. C'était comme un grand sac posé à côté des bûches que j'entassais sous un petit toit pour le chauffage. Ça dépassait, la neige l'avait recouvert à moitié.

Je me suis approché et j'ai penché la tête pour mieux voir. Je savais pas ce que c'était ni d'où ça venait mais ça me plaisait pas bien. Je me suis baissé et de mon gant j'ai poussé la neige. En fait, c'était une bâche grise avec de la corde autour. J'étais pas trop inspiré par la forme que ça avait, longue et étroite. J'ai hésité un moment avant de regarder ce qu'il y avait dedans, j'ai jeté des regards à droite à gauche mais plus encore en hiver que le reste de l'année, j'étais bien le seul par ici à me geler pour aller nourrir mes bêtes. Alors j'ai sorti un couteau et j'ai coupé la corde pour dégager le plastique. En dessous, il y avait une couverture, j'ai tiré dessus, ça s'est ouvert.

Et ce que j'ai vu en premier, c'est un paquet de cheveux emmêlés.

— Putain…

Sous les cheveux, il y avait une tête. La tête d'une femme morte. Ce truc qu'était là, posé devant ma bergerie comme si c'était à moi, c'était un cadavre, nom de Dieu. J'ai reculé d'un coup, j'ai trébuché sur la terre gelée et je me suis étalé en arrière contre la porte métallique. Ça a fait un bruit terrible, j'ai encore pris de la neige sur la tête.

J'ai attendu un moment, à moitié allongé là, à deux mètres du corps emballé dans sa bâche. À me demander ce que, bordel, cette morte foutait chez moi alors que même les vivants ils hésitaient à venir. À revivre la scène de cette nuit, les bruits dehors, les phares sur la route, l'armoire qui bouge. Derrière moi les brebis commençaient à râler, elles voulaient leur foin et tout ce vent qui rentrait par la porte, ça leur plaisait pas. Mais ce qui m'a obligé à bouger, c'est pas ça.

Plus loin, sur le chemin, il y avait une voiture qu'arrivait.

L'assistante sociale.

Forcément, c'était elle, j'avais passé trop de temps par ici. Je me suis relevé vite fait et dans ma tête ça s'est mis à tourner à toute allure. Mon cœur cognait sous mes vêtements. Si elle me voyait là avec le cadavre, j'allais lui dire quoi ? Qu'il était arrivé tout seul ? Non, fallait que je bouge, faire quelque chose.

— Joseph ! j'ai entendu crier.

Elle me cherchait, dans quelques minutes elle allait venir par là. J'ai dû me décider vite. C'était peut-être pas la meilleure idée mais j'ai agrippé la bâche à deux mains, en tenant au niveau des cordages, et j'ai tiré le paquet. Je l'ai traîné vers la porte de la bergerie. Ça pesait plus lourd qu'une brebis morte. Le plastique laissait une trace dans la neige.

— Joseph !

Elle était en train de contourner la maison, elle arrivait, putain.

Mes gants glissaient parce que j'avais la peau moite en dessous. J'ai tiré aussi fort que je pouvais alors que le vent me fouettait, me retournait la capuche, et que j'entendais l'autre arriver vers moi avec ses cris. J'ai tiré jusqu'à ce que le tout soit entré à l'intérieur. Et c'était moins une qu'elle me prenne en train de traîner un cadavre, quand elle est arrivée je venais juste de verrouiller la porte.

Elle m'a encore appelé de l'extérieur. Moi j'ai reculé vers le fond et mon regard, il sautait de la porte métallique à ce paquet gris étalé par terre parmi les bouts de foin et de paille. Je savais pas quoi faire, je piétinais le sol et j'avais plus froid du tout d'un seul coup. Juste à côté de moi, les bêtes se plaignaient. Elles avaient faim et elles comprenaient pas pourquoi je leur apportais pas leur ration du matin alors que j'étais bien là.

J'ai attendu un peu qu'elle s'en aille, j'ai fait le mort si je puis dire. Mais elle restait à m'appeler dehors comme s'il fallait absolument qu'elle me voie, la tempête suffisait pas à la faire partir. Elle a tapé sur le métal, ça a fait tout vibrer et les bêtes ont pas aimé. Elle a crié encore. Alors je me suis dit Faut lui parler, il y a que ça à faire. J'ai essayé de me calmer un peu, de pas avoir l'air trop paniqué, j'ai évité de regarder la morte et je me suis approché de la porte. J'ai défait le cadenas glacé, j'ai tiré sur quelques centimètres et j'ai collé mon visage dehors. Sur ma bouche il y avait un sourire mais dedans je me sentais pas bien, je savais pas comment faire et j'avais qu'une envie, c'était qu'elle parte.

J'ai dit ce que je trouvais à dire, que j'étais occupé, que j'avais pas le temps aujourd'hui et je savais qu'à ma gauche il y avait la tête de la morte qui dépassait de la bâche comme si elle me regardait faire. Ça a duré plusieurs minutes, l'assistante sociale a penché la tête pour voir à l'intérieur, elle avait sûrement compris que je cachais un truc. Et moi je savais plus quoi dire alors j'ai plus rien dit. J'ai fermé doucement la porte, je voyais que ça à faire pour lui faire comprendre qu'elle était pas la bienvenue. Son visage a disparu avec le blanc du ciel et les prairies d'hiver et une rafale de flocons est venue tourbillonner à l'intérieur de la grange. Je l'ai entendue souffler derrière, piétiner la neige pendant que je pensais Va-t'en, allez va-t'en et que je sentais mon cœur qu'en pouvait plus de battre. Et enfin elle est partie et je me suis tourné vers la morte.

Et maintenant, qu'est-ce que j'allais faire ?

J'aurais pu appeler tout de suite les flics pour leur raconter la vérité. Mais j'ai pas fait ça. D'abord parce que je me disais que si cette femme était chez moi, il y avait peut-être une raison. Je voulais comprendre. Et aussi parce que mes problèmes, j'avais l'habitude de les régler moi-même.

J'avais fini par nourrir mon troupeau, les bêtes se goinfraient de foin dans mon dos en se bousculant contre les barres de métal alors que Guillaume courait un peu partout. Et j'avais défait la bâche et la couverture. J'étais assis sur un vieux tabouret qui datait de pépé, celui qu'il utilisait dans le temps pour la traite, avant les machines. À un mètre de moi, il y avait le corps que j'avais calé contre une botte de foin. Il était rigide, enfin surtout au niveau des bras et du cou, en bas c'était plus souple.

C'était bien une femme, elle était blonde et même avec sa peau qu'avait commencé à refroidir et à se raidir, on devinait qu'elle devait être belle. En fait, on aurait presque pu croire qu'elle dormait. Elle portait des boucles d'oreilles en or sûrement plus chères qu'un tracteur. Elle était habillée pour l'hiver, pour la marche même, mais avec de l'élégance. Enfin, je crois, je suis pas trop spécialiste de la chose, mais son pull blanc à col roulé sous sa parka, je l'ai trouvé élégant. Il y avait pas d'odeur mais je savais que ça allait venir, quand c'est mort un homme, une femme ou une bête c'est pareil, ça se met à puer. C'est comme ça. Pour maman c'était venu au bout de trois jours dans son lit, c'est à ce moment-là que je m'étais décidé à téléphoner au docteur. Ça puait trop à l'entrée de la chambre. Surtout que c'était l'été.

Je l'ai regardée longtemps sans bouger, à me demander plein de trucs. Ce qu'était sûr au moins, c'est que je la connaissais pas, cette blonde je l'avais jamais vue nulle part. Faut dire des femmes, avec ce que je sortais de ma ferme, j'en voyais pas des masses, alors je risquais pas trop de me tromper de ce côté-là.

Elle était pas morte toute seule. Il y avait une trace

rouge et un peu de sang séché tout autour de son cou et ça, t'as pas besoin d'avoir regardé beaucoup de séries à la télé pour savoir ce que ça veut dire. On l'avait étranglée, j'ai compris ça tout de suite. Un gars, ou une fille, mais j'avais idée que c'était plutôt un gars qu'avait fait ça. Celui qui conduisait la voiture que j'avais vue dans la nuit. Une histoire d'amour ou de fric, ça devait être un truc dans ce genre. Et pour se débarrasser d'elle, il avait pas trouvé mieux que de la balancer devant ma grange. Mais pourquoi moi ? Pourquoi ici ? Ça voulait dire quoi ? J'étais pas un de ces gars des pompes funèbres non plus.

Fallait quand même que je fasse tourner la ferme alors au bout d'un moment je me suis levé et j'ai repris le travail. J'ai nettoyé les râteliers, j'ai sorti le fumier qu'est venu grossir le tas dehors, je suis passé au milieu du troupeau en observant les brebis parce qu'on approchait des agnelages et que c'était sensible comme période. J'ai gratté un peu les plaies qu'elles s'étaient faites pendant l'été et qu'avaient pas encore bien cicatrisé. Surtout celles qui venaient du loup, la nuit où il avait planté ses crocs dans la laine de mes bestiaux avant de se barrer chez les voisins. Et pendant tout ce temps je voyais de loin la forme de la morte calée contre son cube de foin, avec derrière elle tout mon stock, les centaines de bottes fauchées sur mes parcelles au printemps et en septembre. Comme l'été avait été sec, j'avais à peine de quoi tenir l'hiver. Ça faisait comme un immense paquet qui montait jusqu'aux tôles du toit, avec des trous là où j'avais commencé à piocher. Pour le moment j'osais pas trop la déplacer, je savais pas encore bien quoi faire d'elle. C'était bizarre de la voir comme ça, qui bougeait pas avec ses yeux vides qu'avaient l'air de me suivre dans tout ce que je faisais.

Le midi j'ai bu un verre de gentiane et j'ai mangé une boîte dans ma cuisine et je sentais bien que c'était pas un jour comme les autres. Son visage, il me sortait pas de la tête. Mais il me faisait pas peur, je trouvais pas ça horrible ni rien, pas comme dans les films d'horreur où tout le monde se met à gueuler au premier macchabée. Non, moi j'étais redevenu calme, la mort je la connaissais un peu déjà. Je trouvais juste ça étrange qu'elle soit là. Comme si c'était pas réel.

Je l'ai retrouvée l'après-midi, elle avait pas bougé bien sûr. J'ai encore sorti du foin pour les brebis qui se sont jetées dessus, j'ai nettoyé la neige devant la porte parce qu'elle coinçait un peu. Et le soir est arrivé vite, je me suis retrouvé dans la grange allumée par les néons du plafond avec la nuit tout autour. Les flocons tombaient plus. Le ciel, c'était plus que du noir et la forme un peu plus claire des nuages qui se bousculaient là-haut. Le froid me pinçait le visage. C'était l'heure d'éteindre et de rentrer chez moi. Je suis revenu devant la morte et je me suis demandé quoi faire, si je pouvais la laisser passer la nuit ici, si c'était pas risqué ou si ça se faisait pas. J'ai hésité un long moment en la regardant. Et finalement je me suis décidé. J'ai redressé son dos comme je pouvais, c'était pas simple parce qu'elle était devenue toute raide, j'ai poussé un peu les brindilles qui lui traînaient autour, et j'ai marché vers la sortie. J'ai coupé la lumière et tiré la porte et alors que je m'allumais une cigarette, derrière j'ai entendu les brebis bêler. Mais pas comme d'habitude : elles avaient compris elles aussi que quelque chose avait changé. Que cette nuit, elles étaient pas seules.

Plusieurs fois je me suis réveillé dans mon sommeil. J'imaginais la morte assise dans l'obscurité de ma grange comme si elle veillait sur les bêtes à ma place. Et en bas, l'armoire s'est tenue à carreau.

... *Une victime de la tourmente ? C'est la question que se posent les équipes de la gendarmerie, vingt-quatre heures après...*

Sur le moment, j'ai pas fait gaffe. La radio le matin, c'est plus un bruit de fond, comme la télé le soir. Tu l'allumes surtout pour être un peu moins seul. Les animateurs, ils font partie de la maison même si tu voudrais que parfois ils causent de ce monde qu'est le tien et dont tout le monde se fout. Le poste est toujours posé sur la table quand tu reviens de la bergerie, mais tu l'écoutes qu'à moitié. C'est ta fenêtre sur l'extérieur, sur la vie de ceux qui viennent ici que l'été pour faire respirer leurs gosses.

... *Évelyne Ducat a disparu alors qu'elle...*

C'est le nom qui m'a fait me retourner. Ducat. Ça, oui, ça me disait un truc. Je le connaissais très bien même, ce nom. J'ai monté le son.

... *Guillaume Ducat, originaire du département, n'a plus de nouvelles de son épouse depuis mardi. Lorsqu'il part à sa recherche au matin et qu'il découvre sa voiture abandonnée à l'entrée de la ville, au pied d'un sentier de randonnée, il contacte aussitôt la gendarmerie pour signaler sa disparition...*

— Bordel de merde... j'ai dit tout bas.

Je suis retourné vite fait dans la bergerie et je me suis

collé devant le visage glacé de la morte. Je l'ai observée en détail, elle et sa cicatrice bleue autour du cou, mais pas de la même manière que la veille.

Parce que maintenant je savais que c'était l'épouse de cette pourriture de Guillaume Ducat.

J'avais plus entendu ce nom depuis quinze ans et j'espérais que c'était pour toujours. Mais le voilà qui revenait en traînant avec lui des souvenirs de famille vieux de mon arrière-grand-père.

Les Ducat, c'étaient nos voisins autrefois. Comme nous, ils étaient là depuis des décennies et ils élevaient les mêmes races ovines sur cette même terre pierreuse et fissurée. Ils menaient leur troupeau sur les parcours d'à côté et nos parcelles et les leurs s'imbriquaient les unes dans les autres, c'était pas bien fichu tout ça. Ça aurait pu bien se passer, les deux familles auraient pu se filer des coups de main quand c'était dur, partager le matériel, s'entraider au nom de la solidarité paysanne. Mais c'était pas le cas. C'était plutôt la haine, même. On savait plus trop comment tout ça avait commencé d'ailleurs, nous on disait que c'était une histoire de partage d'eau, que les Ducat d'avant avaient dévié un de nos canaux pour alimenter leur ferme. Eux ils disaient que non, ça venait pas de là, que déjà mon arrière-grand-père respectait pas les limites de ses terres. On savait pas qui avait raison, mais ce qu'on savait c'est que jamais on pourrait s'entendre avec ces salopards qui respectaient rien ni personne, et eux, ils disaient sûrement la même chose sur nous.

Des souvenirs des coups tordus qu'ils nous ont faits, j'ai que ça dans ma tête. Le pire, c'est peut-être quand j'étais gosse et qu'un matin deux brebis de papa avaient crevé en se tordant de douleur au milieu du troupeau. Le vétérinaire était venu, et il avait trouvé des aiguilles dans leur estomac. Ils l'ont jamais avoué mais pour nous c'était pas dur de deviner que dans le foin qu'elles avaient bouffé, les Ducat les y avaient foutues, ces aiguilles. Des aiguilles dans du foin, si c'est pas une idée vicieuse, ça ! C'est à ce moment-là qu'on a eu un nouveau chien et que j'ai eu l'idée de l'appeler Guillaume. Comme le fils Ducat. Je revois encore papa en train de caresser la tête du chiot sur les marches de la maison. Ouais, ça c'est bien un nom de bâtard, il avait dit les yeux braqués sur les bâtiments des Ducat à cent mètres des nôtres. Depuis ce jour, tous nos chiens on leur a filé ce nom-là, pour jamais oublier combien on les détestait nos voisins.

Les années ont passé comme ça avec les haines et les conflits toujours plus mesquins, j'ai grandi avec et c'est pas moi qu'allais changer ça. C'est pas pour rien qu'ils ont été les derniers à partir d'ici avant que j'y sois le seul rescapé à traîner mes bêtes sur les parcours. Ils se sont accrochés à leur domaine autant qu'ils ont pu pour pas qu'on leur prenne. Mais le Guillaume qu'était le seul fils, reprendre le troupeau c'était pas vraiment son idée. Il avait de l'ambition le con, le fric, il avait que ce mot à la bouche et nettoyer la merde des brebis c'était pas fait pour lui. Alors il s'est barré à la ville, j'ai entendu dire qu'il avait fait fortune à Paris, même. Je faisais semblant de m'en foutre mais quand même quand on parlait de lui je tendais l'oreille et des fois je me disais Bordel, qu'est-ce que je fiche encore ici, moi.

Quand le père Ducat a plus pu gérer les bêtes et qu'il est allé finir sa vie en maison de vieux quatre étoiles sur la côte, il y a eu la vente de leurs terres. Merde, ces terres elles auraient dû nous revenir, on était là depuis toujours avec eux et notre propriété toute morcelée, ça lui aurait fait du bien. On aurait plus eu à déplacer le troupeau à droite à gauche toutes les semaines du printemps et de l'été. Papa était mort déjà alors avec maman, on a fait une offre pour toutes leurs parcelles même si lâcher de l'argent à ces gens-là ça nous amusait pas bien. Mais les Ducat, qu'on achète leur ferme, ça leur aurait arraché les boyaux. Ils ont tout fait pour pas que ça arrive, ils ont fait durer pendant deux ans. Et c'est pas arrivé. Finalement les terrains sont partis en confettis, il y en a qu'ont été achetés par des exploitants de l'autre bout du causse, ceux qu'auraient acheté n'importe quoi pour avoir plus de surface et de primes. D'autres qu'ont été vendus à la commune pour je sais pas quel projet jamais réalisé, et le plus beau lopin, ils l'ont gardé et loué à un jeune qui s'installait dans le bourg d'à côté. Un beau gâchis, c'est ce que j'en pense de leur affaire. La maison, elle, elle reste vide presque toute l'année, c'est devenu une résidence secondaire et chaque été c'est des gens différents que j'y vois et qui viennent me causer avec leur ribambelle de gosses en faisant semblant de s'intéresser à ma vie.

Mais le Guillaume, lui, il mettait plus jamais les pieds ici. Quinze ans que j'avais plus revu sa tête sur le causse. Je savais même pas qu'il était revenu vivre dans la région, je le croyais citadin pour de bon et le savoir aussi loin ça m'allait assez bien. C'était le seul avantage que je voyais à être tout seul ici, au moins il y avait plus les Ducat.

Sauf que là, devant moi, dans ma grange, il y avait sa

femme assise au pied de mon tas de foin. Et alors que je la regardais sous tous les angles comme si elle était qu'à moi, j'ai pas eu de mal à deviner ce qu'elle faisait là, finalement. Je sais pas bien parler mais réfléchir, ça, je sais faire. Le Guillaume, il avait épousé cette belle blonde qu'avait à peu près notre âge, quarante-cinq ans je dirais. Il avait sans doute vécu avec elle quelques années, il en avait bien profité, il lui avait fait des enfants. Et puis un jour ça avait plus marché. Il avait toujours été comme ça, il prenait et il jetait.

Alors sa femme, c'est lui qui l'avait butée, tout simplement.

C'était peut-être un coup de tête, une engueulade qu'avait mal tourné, ou peut-être qu'il avait réfléchi à ça pendant des mois, j'en savais rien. Mais faire un truc pareil, je pensais bien qu'il en était capable. Comme ses parents : entre tuer deux brebis avec des aiguilles ou étrangler sa femme, il y a qu'un pas, moi je crois. Sauf que quand t'as étranglé ta femme, qu'elle se retrouve au milieu de ton salon, faut bien en faire quelque chose. Tu peux la cacher dans ta cave ou l'enterrer dans ton jardin, mais c'est risqué, les gendarmes, ils finiront bien par la retrouver. Alors tu cherches une solution. Et là, tu repenses à ce vieux Joseph qu'est toujours là-haut, tout seul dans son hameau sur le causse et que t'as jamais pu encadrer. Tu te dis que ta parole de riche, elle vaudra toujours plus que celle d'un paysan qu'était encore en dépression il y a pas si longtemps. Et pas de n'importe quel paysan : un qui te déteste depuis ta naissance au point d'appeler son chien comme toi. T'as plus aucun contact avec lui mais il doit bien savoir que t'es revenu dans le coin et, jaloux et aigri comme il est, il y en a qui pourraient le croire que c'est lui qu'a tué ta femme.

Alors tu réfléchis pas plus longtemps. Le cadavre, tu le déposes chez lui pendant la nuit. Et le lendemain, tu dis qu'elle a disparu, ta femme. Parce que d'une manière ou d'une autre, tu sais que le Joseph, il aura pas le choix. Que s'il prévient les gendarmes, tu seras en première ligne pour l'accuser et rappeler tout ce passé que beaucoup ont oublié. Il y aura bien deux-trois anciens pour confirmer ça et aussi que le Joseph, il était furieux que t'aies pas voulu lui vendre tes terrains dans le temps.

Dans ma tête, ça tournait à deux cents à l'heure. Et je voyais pas d'autre explication. À aucun moment j'ai pensé que ça pouvait ne pas être lui.

Il m'avait piégé, ce salopard.

Les routes du plateau étaient glissantes, la neige commençait à fondre sur le bitume et ça faisait une couche grise qui pouvait t'envoyer valser sur les parcelles d'à côté avant que t'aies eu le temps de dire Merde. J'ai roulé tout doucement en fixant les murets de pierre à travers la buée sur le pare-brise. Le vent avait sculpté des congères derrière chaque relief. Les éleveurs sortaient le moins possible et attendaient que la température remonte en veillant sur leur cheptel avant les agnelages.

J'avais retourné cette histoire dans tous les sens depuis le matin. Et j'avais compris qu'en fait, j'avais pas beaucoup d'options. Si j'appelais les gendarmes, je savais pas bien où ça allait me mener, ils allaient me cuisiner comme dans les séries télé, jamais personne allait croire que j'avais trouvé la morte déjà refroidie devant ma bergerie. Si je débarquais chez le Guillaume, dans sa maison de bourge dans la vallée pour m'expliquer avec lui, c'était pareil. Et j'en avais pas franchement l'envie. Il avait sûrement bien pensé à tout ça lui aussi et il savait que faire des vagues, aller causer à des flics ou à des journalistes, j'aurais tout fait pour l'éviter. Alors là, en roulant sur le causse au milieu des terres blanches, je faisais ce qu'il voulait que je fasse à sa place : m'occuper du corps moi-même. Comme j'avais toujours fait.

Et j'avais mon idée sur la question.

Ce plateau, c'est un vrai gruyère, partout sur nos terrains il y a des avens, ces trous creusés par les pluies dans le calcaire et qui relient la surface aux profondeurs. Là-dessous dans le temps, ils croyaient que c'était le début de l'enfer, qu'à côté des cadavres de chiens, de brebis, d'enfants et de vieillards tombés sans faire gaffe, il y avait aussi des esprits et des monstres. Ils disaient que la nuit, on pouvait entendre tout ce monde d'en bas se plaindre, que les voix des morts remontaient parfois des entrailles de la terre. J'en connaissais deux-trois que j'avais clôturés pour pas y perdre une bête comme ça arrivait autrefois. Alors j'avais toujours eu ça en tête, que si un jour je devais faire disparaître un truc, ce serait dans un de ces gouffres.

Derrière la butte où certains juraient avoir vu le loup l'an passé, j'ai contourné les gros rochers qu'avaient des formes étranges, qui ressemblaient presque à des hommes un peu tordus et un peu bossus. Mais à l'entrée du chemin, j'ai dû m'arrêter.

Il y avait deux gendarmes qu'étaient déjà là.

Emballés dans leurs manteaux bleus, ils discutaient autour d'une carte ouverte sur le capot de leur bagnole. Quand ils m'ont vu arriver, ils m'ont fait signe et ils sont venus près de ma vitre. J'ai encore senti mon cœur s'emballer dans ma poitrine et un coup de chaleur a glissé le long de mes bras. J'ai ouvert la vitre et le froid s'est jeté sur moi. Le gars a dit Bonjour. J'ai fait pareil. Il s'est présenté, Major Vigier, ça faisait sérieux. Il a demandé si j'étais du coin, j'ai dit que Oui, j'avais une ferme là-bas derrière. Il avait une tête de gamin, la peau toute lisse sous son képi et le visage pointu aux pommettes et au menton.

— Vous n'avez rien remarqué d'anormal depuis hier ? il a lancé.

J'ai fait semblant de réfléchir, puis j'ai secoué la tête.

— Cherchez celle qu'a disparu ?

— Oui, il a soupiré comme s'ils étaient dessus depuis déjà deux semaines. On a déployé des équipes un peu partout. Elle est peut-être venue par ici d'après ce qu'on nous a dit. On attend le matériel et les collègues pour fouiller les avens.

Merde, j'ai pensé. Mais j'ai juste dit :

— Ah.

— J'insiste, hein. Si vous avez vu quoi que ce soit, même un truc insignifiant, ça peut être utile.

— Ouais. Mais je sors pas trop, savez.

— Je comprends. Vous devez avoir du travail en ce moment, j'imagine.

Voilà qu'il s'intéressait à mon boulot. Il a frissonné un peu en serrant son col avec son gant. Puis il m'a regardé à nouveau.

— Vous allez où comme ça ?

J'ai hésité. J'aimais pas bien le ton qu'il avait pris ce coup-ci.

— Là-bas. Je vais récupérer une balle de foin, j'ai menti.

— O.K. Je ne vais pas vous retarder alors.
— Ouais.

J'ai fermé la vitre et il a rejoint son collègue. J'ai continué à rouler sur la route en faisant un grand détour pour plus qu'ils me voient. J'ai longé les pins noirs aux branches affaissées par le poids de la neige, les résidences secondaires abandonnées pour l'hiver, les dolines qu'on distinguait même plus sous la couche blanche. Et je suis revenu me garer devant chez moi et en sortant j'ai fumé une cigarette dans le froid.

Les avens, fallait que j'oublie cette idée pour le moment.

J'avais pas le choix, il fallait que la morte reste là au moins pour quelque temps. Histoire que les recherches se tassent. Un jour ils décideraient qu'elle avait disparu pour de bon. Le Guillaume, il ferait semblant de s'être résigné. Et tous, ils passeraient à autre chose, la radio trouverait d'autres sujets plus vendeurs. Mais en attendant, l'endroit le plus sûr, c'était encore ici. Chez moi, il y avait pas grand monde qui venait.

Alors j'ai ressorti le corps du coffre de ma voiture, je l'ai ramené dans la grange et je l'ai adossé contre le silo. Il était redevenu souple, c'était plus facile que la veille. Je sais pas pourquoi mais déjà je trouvais important de l'asseoir, je me voyais pas la laisser couchée ou mal installée n'importe où. Je me disais que ça se faisait pas. Le chien arrêtait pas de tourner autour, je lui ai gueulé de la laisser tranquille. Il y avait toujours pas d'odeur, sûrement à cause du froid qui faisait, et de ce qui arrivait déjà des bêtes juste derrière, aussi.

Ensuite j'ai été chercher le tracteur qu'était rangé

derrière le bâtiment, les roues dans la neige. J'ai grimpé dans la cabine, j'ai enlevé mes gants et j'ai démarré. Je l'ai fait rentrer dans la grange par le portail ouvert et j'ai fixé le pique-bottes à l'avant de l'engin. C'était un attelage à trois pointes que j'avais acheté d'occasion avant la mort de maman pour me faciliter le travail. J'ai fait face à ma montagne de foin, j'ai enfoncé les pointes dans les cubes du dessus et j'ai commencé à déplacer les bottes en manœuvrant sur le sol en béton. J'ai déposé à terre, j'ai replacé au-dessus, j'ai fait glisser sur le côté. Ça a pris du temps mais je savais faire. C'était un peu comme assembler des cubes quand j'étais gosse, fallait surtout veiller à ce que l'ensemble tienne et s'effondre pas contre les murs. J'ai continué et enfin, après pas mal de déplacements, j'avais tout réaménagé en libérant juste un petit espace derrière trois rangées de bottes, avec une sorte de couloir pour y accéder. Alors je suis descendu de la cabine, j'ai été vers la morte et je l'ai traînée sur le sol, je suis rentré avec elle dans cette maison de foin et je l'ai assise là, dans ce trou au milieu de mon stock d'hiver. Comme une petite pièce rien que pour elle. Et à la main, j'ai bouclé l'entrée avec quelques bottes empilées.

J'ai reculé jusqu'au mur du fond et j'ai regardé ce que ça donnait. On aurait dit que j'avais plus de foin comme ça. Mais si personne te le disait, tu pouvais pas deviner qu'il y avait une femme cachée là-dedans.

J'étais assez fier de moi.

Plusieurs jours ont passé.

La neige a fondu un peu et les steppes jaunes et grises sont revenues barrer le paysage comme elles l'avaient toujours fait. L'herbe était sèche en dessous et les chardons pointaient leurs piques parmi les cairns. J'ai réussi à sortir un peu le troupeau pour que les brebis se fassent les muscles, elles allaient en avoir besoin bientôt. C'était une période étrange, avoir cette femme cachée derrière mon foin, je saurais pas dire ce que ça me faisait. Mais c'était pas horrible ou désagréable. Chaque matin et chaque soir je venais sortir des bottes que j'étalais dans les râteliers. Et à chaque fois je fixais cette drôle de porte végétale qui fermait la cachette. J'essayais d'imaginer comment c'était dedans, à l'intérieur de la petite cavité que j'avais creusée pour elle.

Je pensais pas trop au Guillaume et à ce coup qu'il m'avait fait. Je m'en foutais un peu, c'était pas ça qui m'intéressait. Aux infos ils en parlaient beaucoup, on voyait des images des gendarmes et des pompiers qui se baladaient sur la montagne ou sur les sentiers des vallées en espérant retrouver la disparue entre les troncs des châtaigniers. Il y avait le procureur ou je sais pas qui qui faisait le point sur la situation certains jours, il y avait les journalistes qu'imaginaient un assassin venu d'ailleurs, il y avait les gens du coin qui faisaient revivre les vieilles histoires oubliées, qui causaient tourmente. Et moi, le soir devant ma télé, j'aimais bien me dire qu'elle était chez moi, que jamais ils pourraient la retrouver et que ça allait devenir une sorte de légende locale dont je serais le seul avec le Guillaume à avoir l'explication. Ça, ça me plaisait. Mais les moments que j'écoutais le plus, c'est quand ils parlaient d'elle. Parce que j'avais envie de savoir qui j'hébergeais dans ma grange. Je savais qu'elle était morte et que ça avait pas de sens, mais n'empêche, ça m'intéressait.

Évelyne, c'est comme ça qu'elle s'appelait, je trouvais que c'était un joli nom. Elle avait quarante-neuf ans, trois de plus que moi. C'était une femme de la ville, une citadine qu'était venue vivre dans notre pays paumé juste pour suivre les affaires de son mari qui voulait monter un business dans sa région de naissance. Elle bossait pas à ce qu'ils disaient, ses gosses étaient grands et ils faisaient des études dans les meilleures facs, alors quand elle allait pas les voir, elle restait à la maison. Des fois elle aimait bien randonner parce que quand même elle était sportive, elle faisait gaffe à elle. Ils montraient des photos d'elle et c'était une femme très belle, une comme jamais j'en avais rencontrée avant. Et surtout comme jamais j'aurais pu en avoir. Pas une femme à vivre sur ce plateau pelé, pour sûr elle aurait pas tenu longtemps. J'imaginais bien l'image qu'elle devait avoir des paysans d'ici, elle parlait sûrement de nous avec du mépris dans la bouche ou avec cette fausse gentillesse que je connaissais trop.

Mais tout ça c'était avant. Maintenant elle était là. Et il y a personne qui pouvait rien contre ça.

Quand le téléphone a sonné ce midi-là, ça m'a fait sursauter. C'était pas souvent que des gens appelaient chez moi. Les acheteurs des fois, pour les agneaux, mais le plus souvent ils passaient sans prévenir, c'était plus simple et j'étais toujours là. La sonnerie a rempli la cuisine et j'ai froncé les sourcils. Je me suis levé en posant ma fourchette sur la table, j'ai marché vers le combiné fixé au mur. J'ai décroché. Et au début, j'ai rien entendu.

— Allô, j'ai dit.

Personne répondait.

— Allô, c'est qui ?

Là, j'ai entendu comme une respiration dans mon oreille. Et un moment j'ai imaginé que c'était le Guillaume. Il avait pas résisté à m'appeler ce con, il devait se demander comment ça se passait là-haut, ce que j'avais fait du corps, pourquoi j'avais rien dit à personne même si ça devait bien l'arranger. Parce que plus j'attendais avec sa femme morte chez moi, moins les flics y croiraient à mon histoire, là-dessus je me faisais pas d'illusions. J'étais l'assassin tout craché, celui que les journalistes inventaient pour se faire peur. Le type pas commode dans sa ferme qu'avait craqué pour se venger de son ennemi d'enfance.

Mais c'était pas le Guillaume.

— Oh, c'est qui ? j'ai répété plus fort.

Et enfin elle a parlé. J'ai reconnu sa voix tout de suite.

— Joseph. C'est… C'est moi. Alice.

Alice, l'assistante sociale, quoi. Sa voix, elle tremblait un peu comme si elle allait se mettre à pleurer. Je suis resté muet quelques secondes.

— Joseph. Qu'est-ce qui se passe ?

J'ai reniflé.

— Pourquoi tu ne me donnes aucune nouvelle ?

Je savais pas quoi lui répondre. Et j'en avais pas envie. Alors j'ai trouvé des excuses :

— Suis occupé, y a du boulot ici avec les animaux.

— Je sais, Joseph. (Elle répétait mon nom, un truc de psy qu'elle avait toujours fait.) Mais il y a autre chose, non ? J'ai fait quelque chose qui t'a déplu ?

— Non.

— Je peux venir te voir ? Je ne sais pas, demain par exemple ? On pourrait parler.

Elle faisait celle qui s'inquiétait pour moi, mais j'avais surtout l'impression que c'était elle qu'allait pas bien.

— Non, demain j'ai pas le temps.

— Joseph…

— Désolé.

Elle a insisté encore et je savais vraiment pas comment lui expliquer que je voulais pas qu'elle revienne ici. J'avais pas envie de lui dire un truc méchant, elle avait toujours été correcte avec moi. Mais finalement j'ai pas eu choix.

— Au revoir, j'ai dit.

Et j'ai raccroché.

Je suis retourné m'asseoir, j'ai allumé une clope et un moment j'ai pas bougé. Je comprenais pas. J'avais jamais compris ce qu'elle avait cherché dans cette histoire avec moi. Mais là, je comprenais encore moins pourquoi elle avait tellement envie de venir alors qu'elle avait son mari chez elle. Je la trouvais vraiment bizarre sa manière de se comporter et en repensant à tout ça je me suis demandé si toutes les femmes étaient pareilles. Si les relations entre elles et les hommes, c'était toujours aussi compliqué.

Alors d'un coup je me suis levé. J'ai pris ma boîte de conserve ouverte avec la fourchette dedans, et je suis sorti de la pièce. J'ai laissé le chien dans la maison pour qu'il me lâche un peu et j'ai marché jusqu'à la grange. Là, à l'intérieur, je me suis approché de ma montagne de foin qu'avait un peu diminué ces derniers jours, et j'ai retiré les bottes qui fermaient la cachette. Je me suis faufilé là-dedans, j'ai atteint la chambre d'Évelyne Ducat. Et mon déjeuner en main, je me suis assis en face d'elle.

Je l'ai encore regardée cette femme dont la peau du visage commençait à virer au vert et dont les cheveux tombaient et se mélangeaient par terre aux tiges de foin. Elle n'avait plus grand-chose de la belle Parisienne qu'avait marié le Guillaume, elle commençait à sentir et il y avait un truc moche qui coulait de son nez. Mais ça faisait rien. J'ai redressé son buste, je l'ai calée contre un coin, j'ai remis en place son pull tout sale et affaissé sur elle. Et c'est à ce moment que j'ai réalisé.

Ma boule au ventre, celle qui me suivait partout, qui jamais me lâchait et qui me faisait tellement de mal.

Elle était plus là.

Ça peut paraître bizarre, je sais. Mais depuis que j'avais décidé de garder le corps chez moi, de l'installer dans ma grange, depuis qu'elle était là près de moi quand je venais m'occuper de mon troupeau, je me sentais moins seul. En fait, je sais pas si je devrais le dire mais ça faisait longtemps que je m'étais pas senti aussi bien. J'étais calme et presque détendu. C'était comme si Évelyne Ducat, elle était un peu à moi et plus à l'autre qui l'avait jetée ici. J'avais l'impression qu'elle avait besoin de moi.

Jamais j'avais réussi à vivre avec une femme. Jamais j'avais compris ce qu'elles attendaient d'un homme, pas plus pour Sophie que pour l'assistante sociale qui s'accrochait à moi pour je sais pas quelle raison. Alors ça me faisait un peu triste de me dire ça mais peut-être qu'au fond, la seule relation que j'étais capable d'avoir, c'était celle-là. Veiller sur une morte comme je l'avais déjà fait pour maman autrefois.

Pégouse a été la première à mettre bas. Un petit agneau qu'est sorti sans problème, je la connaissais, je me faisais pas de souci pour elle. Mais quand même je suis resté pas loin, tu sais pas ce qui peut arriver. Les agnelages, c'est une période difficile, faut que tu sois toujours disponible pour appeler le véto si une de tes mères a besoin d'une césarienne. Même la nuit, tu te relèves souvent pour vérifier que tout va bien. Ceux qu'ont les moyens, ils ont installé des caméras dans leurs bergeries et ils suivent ça peinards depuis leur chambre. Mais moi, je fais comme faisait papa : la bergerie, je la quitte pas. J'ai perdu deux-trois bêtes comme ça, à l'époque où je m'occupais presque plus de la ferme, maintenant je fais gaffe. Le jour, je vis au milieu du troupeau, je mange à côté aussi. Et la nuit, je m'installe sur un ballot de paille dans un coin. C'est sûr, avec le bruit qu'elles font, tu dors qu'à moitié, mais au moins t'es près d'elles. Certains soirs tu les détestes, tu leur gueules dessus un bon coup en espérant qu'elles la ferment et te laissent un moment tranquille. Et d'autres fois tu fais avec parce que tu sais que c'est comme ça chaque année et que ça recommencera encore l'hiver prochain.

Mais cette année, c'était pas pareil. J'ai passé mes nuits là, à me retourner sur mon petit tas avec de la paille qui me piquait sous mon pull, à ouvrir l'œil dès qu'une brebis commençait son travail, à surveiller l'arrivée des agneaux dans le parc, à m'assurer que les mères les laissaient bien téter. Mais parfois, quand le sommeil venait pas, alors que dehors le vent faisait vibrer les parois métalliques et qu'aboyaient les chevreuils, je me dirigeais vers ma pile de bottes, je dégageais l'entrée et j'allais m'asseoir près de la dépouille d'Évelyne. Je restais là, silencieux comme je l'avais toujours été. Et j'aimais bien ça. J'étais plus à l'aise sans rien dire avec elle qu'à chercher mes phrases avec d'autres. Ça me convenait. Je m'occupais un peu d'elle, j'aménageais l'espace autour, je défaisais les plis de ses vêtements quand il y en avait. J'étais bien conscient qu'elle était morte, je la sentais cette odeur de charogne qui la rapprochait des animaux à moitié bouffés par le loup que je trouvais parfois sur mes terrains. Je me rendais compte que son corps se décomposait de jour en jour, qu'elle avait plus d'yeux dans ses orbites creusées, qu'on voyait ses veines noires sous la peau de son cou, qu'il y avait des trucs qui coulaient d'elle et qui imbibaient ses vêtements. Mais avec le froid, ça allait moins vite que je l'aurais pensé, j'arrivais à le supporter. Chaque jour je sortais plusieurs bottes de mon stock que j'apportais aux brebis. J'allais les prendre sur les côtés en manœuvrant le tracteur dans la grange, je tournais autour de la cavité pour pas qu'elle s'effondre. Et alors qu'on avançait dans la saison, je voyais mes piles diminuer et les bords se rapprocher doucement de ce que je cachais derrière.

La maison était calme, jamais j'entendais l'armoire les nuits où je revenais dans ma chambre. On aurait dit que tout avait été apaisé par la présence d'Évelyne, qu'aucun de mes fantômes n'avait rien à y redire. Ça me rassurait les jours où je me demandais si j'étais pas un peu cinglé à vivre avec ce cadavre comme si je m'étais marié avec.

Finalement, c'est sûrement dur à croire mais c'était une période plus douce que les autres années. J'y repense encore des fois.

La télé parlait d'elle de temps en temps, comme

quoi les recherches se poursuivaient maintenant qu'il y avait plus de neige, mais le mystère restait entier. Ils y croyaient de moins en moins. Une fois les gendarmes sont passés par chez moi. Ils avaient avancé dans leur enquête, ils savaient que les Ducat avaient vécu dans la baraque d'en face autrefois. Mais contre moi, ils avaient rien, bien sûr le Guillaume, il leur avait rien dit. Ils m'ont posé des questions, j'ai donné des réponses mais c'est pas allé bien loin. Ils m'inquiétaient pas. Pas encore, en tout cas.

Celle qui m'inquiétait, par contre, c'était l'assistante sociale. Des fois, le soir, le téléphone sonnait et quand je décrochais il y avait personne qui répondait. Je savais que c'était elle et je me demandais pourquoi elle faisait ça, je comprenais pas à quoi elle jouait. Certains jours même, je la voyais sur le causse. Elle garait sa voiture à l'entrée du chemin et elle restait là-bas à rien faire, à regarder de loin ma ferme et ce que j'y fabriquais. Je pensais pas qu'elle se doutait d'un truc, mais j'avais peur qu'à force de me surveiller, elle finisse par découvrir mon secret. Et qu'elle devienne un problème.

Parce que, à part elle, je faisais en sorte de voir personne. Les agnelages de cette année, j'avais envie que ça reste entre moi, mes bêtes, et la morte.

Du foin, j'en avais pas assez, je le savais déjà au début de l'hiver. L'été avait été trop sec, j'avais pas pu récolter ce qu'il fallait pour passer l'année. J'ai vu mes bottes partir une à une vers les râteliers, j'ai vu mon tas rétrécir et un jour, j'en avais presque plus. Elles étaient plus qu'une trentaine empilées pour faire une sorte de cube qu'avait l'air minuscule sous le toit de la grange. Et juste derrière la première rangée, il y avait la cachette. Ce cube, c'était la maison d'Évelyne d'où sortaient les odeurs de la mort. Et dans pas longtemps, il allait falloir que je pioche dans les murs.

Alors j'ai pas eu le choix.

Un matin, j'ai décroché mon téléphone comme j'aime pas le faire, j'ai appelé mon fournisseur pour le prévenir que j'arrivais. J'ai attelé la remorque au tracteur et, au pas, j'ai pris la route des vallées. Ça faisait un moment que j'avais pas quitté le plateau et ça me faisait bizarre de m'éloigner comme ça de chez moi en sachant ce qu'il y avait dans ma grange. C'était pas encore le printemps mais déjà c'était moins gris, entre les pierres commençaient à verdir les touffes d'herbes qu'allaient brouter les brebis à l'été. Dans le ciel, les vautours avaient l'air de les attendre en tournant tranquillement. L'alouette était revenue de son voyage, je l'apercevais sur les rochers, les rouges-queues sautillaient parmi les genévriers. Je regardais passer les bandes blanches à travers les vitres sales de la cabine, serré dans ma veste et les doigts agrippés au volant. Ça allait être long à cette vitesse, je savais bien, j'avais des voitures au cul qui devaient me détester. Le tracteur a rugi dans les virages.

J'achète toujours mon foin chez le même type, un agriculteur qu'a de belles surfaces en herbe à flanc de montagne et en bord de rivière. Il pose jamais trop de questions, ça me va bien. Il m'a aidé à charger les bottes sur la remorque, j'ai sanglé tout ça pour pas en perdre en route, et j'ai relancé le tracteur sur le bitume. J'ai roulé deux petits kilomètres en suivant le cours de la rivière et en pensant un peu à Évelyne toute seule là-haut. J'ai dépassé un embranchement.

Et je me suis arrêté d'un coup sur le bord de la route.

Ce chemin qui grimpait en haut d'une petite colline avec un rocher blanc à l'entrée, je le reconnaissais. Je l'avais vu à la télé.

C'est là qu'habitait le Guillaume. Et c'est peut-être là qu'il l'avait tuée, sa femme.

J'étais souvent passé par ici quand je descendais de mon plateau, mais j'avais jamais fait gaffe à cet endroit. Et depuis qu'Évelyne était chez moi, j'avais pas eu l'envie de venir. Mais maintenant que j'étais là, juste devant, c'était différent. D'un coup j'étais curieux. Je voulais savoir dans quel genre de villa ce salaud s'était installé en quittant sa capitale. Et surtout, je voulais voir où sa femme avait vécu avant de mourir. Pour la connaître un peu mieux. J'ai hésité dans ma cabine de tracteur, merde, c'était une connerie je risquais de tout foutre en l'air. Mais finalement j'y suis allé. J'ai garé mon engin et sa remorque un peu plus loin, au bout d'une petite piste pour pas qu'on les voie de la route, et je suis revenu à l'entrée.

De chaque côté du chemin qu'allait chez le Guillaume, il y avait une petite forêt. J'ai marché dedans, au milieu des troncs gris des bouleaux, un peu caché. Le sol était mou et couvert de feuilles décomposées. J'ai avancé sur quoi, cinquante mètres je dirais. Derrière les arbres, j'ai commencé à voir apparaître la maison. Et c'était une putain de maison. Un truc d'architecte tout carré, avec un toit plat et des sortes de lattes de bois verticales sur les murs, et aussi une grande baie vitrée qui devait donner sur toute la vallée. Sûr que ça avait rien à voir avec la baraque caussenarde où il avait grandi pas loin de la mienne. Ça devait coûter les yeux de la tête une villa comme ça. Il y avait un 4 × 4 garé devant mais au début je voyais personne, j'ai fait le tour en restant caché derrière mes arbres. J'ai vu la terrasse à l'étage et j'ai essayé d'imaginer Évelyne en train de boire du vin ou de fumer une cigarette là-haut, assise comme une bourgeoise élégante et profitant de la vue ou des passereaux volant dans les branches. C'était agréable de penser à ça, comme si je la faisais revivre un peu. J'ai continué à tourner. Ils avaient même fait construire un petit bâtiment à côté, un établi ou un sauna ou je sais pas quoi de ce genre. J'ai regardé l'heure. Fallait pas trop que je traîne, les brebis allaient avoir faim dans pas longtemps. J'allais repartir quand j'ai entendu sa voix. Je me suis retourné.

Le Guillaume, il était là, debout sur les marches de son château moderne.

À quelques mètres de moi.

Il était en train de téléphoner. Il avait changé, c'est sûr, mais j'aurais pas eu de mal à le reconnaître. Il avait un gros bide en avant et on aurait dit qu'il en était fier, il essayait pas de le cacher. Sur son crâne, il y avait presque plus de cheveux. Il portait un jean et une chemise blanche, c'est comme ça qu'ils s'habillent ces gens-là pour avoir l'air classe. Je me suis souvenu de nous gamins, de toutes ces histoires entre nos deux familles, de la fois où le père Ducat avait coupé nos clôtures et où tout notre troupeau s'était barré sur la route. Pour lui qu'avait vécu ailleurs, elle devait être bien loin cette époque.

Je me suis approché, sans me faire voir, et comme il y avait pas d'autre bruit, j'ai réussi à entendre un peu de ce qu'il causait.

— … Oui, j'aimerais que tu viennes… Oui, j'en suis sûr, j'ai besoin de toi.

C'était pas dur de deviner qu'il parlait à une femme. À une autre femme.

— … Ils ne l'ont toujours pas retrouvée, et ils n'y croient plus, c'est ce qu'ils m'ont dit.

Il faisait semblant de pas savoir où elle était. Le connard.

— … Je vais te prendre ton billet. Tu vas venir t'installer ici, d'accord ? Ça va aller, tu verras. On va…

Il s'est arrêté net. Le regard dans ma direction.

J'avais marché sur une branche et fait du bruit dans le bois.

J'ai arrêté de bouger et de respirer aussi. Il pouvait pas me voir, avec les troncs et tout ça il pouvait pas me voir, je me répétais ça. Il bougeait et il fouillait avec ses yeux. Ça a duré plusieurs secondes.

— Excuse-moi, il a dit enfin en recalant son téléphone. J'ai cru… Non, c'est… C'est rien.

Il s'est décalé et il s'est remis à causer.

Je crois qu'il m'a pas vu finalement, il a dû se dire que c'était une bestiole.

J'ai attendu encore pour être sûr, il a marché vers l'autre bout de la maison. Et j'ai reculé dans la petite forêt en écrasant les feuilles par terre. En restant à bonne distance, je suis retourné sur la route en pensant au Guillaume qu'avait l'air de l'avoir déjà remplacée sa femme. Et ça confirmait toutes les saloperies que j'avais toujours pensées sur lui.

Je me suis dépêché de rejoindre mon tracteur.

J'ai mis plus de deux heures à remonter sur le causse. Le tracteur, en pente avec la remorque pleine, il aime pas trop. Et quand j'ai passé les falaises qui se dressent au bord du plateau, quand j'ai retrouvé les routes qui se faufilent à travers ces terres qu'ont toujours été les miennes, j'étais pas fâché. En bas, je me sentais pas chez moi, et encore moins maintenant que j'avais revu la sale gueule du Guillaume.

J'ai vu ma ferme depuis assez loin avec la croix qui se dresse à l'entrée du chemin, pressé d'y arriver. Mais ce que j'avais pas prévu, c'était de croiser l'assistante sociale. Elle m'est passée devant avec sa bagnole et j'ai bien vu qu'elle avait reconnu mon tracteur. J'espérais qu'elle allait continuer son chemin mais c'est pas ce qu'elle a fait. Elle a fait demi-tour et elle s'est collée derrière moi. C'était pas bon, ça, fallait que je m'occupe de mes bottes de foin et je voulais surtout pas qu'elle rentre dans la grange. Avec l'odeur et ce tas au milieu, c'était risqué. Alors j'ai avancé, je me suis garé. Et même si j'étais désolé d'être désagréable, j'ai fait mon boulot comme si elle était pas là. J'ai sorti les bottes à la main, et je les ai apportées dans la grange. Une par une, je les posais autour de la cachette d'Évelyne, l'air de rien.

L'assistante sociale m'a rejoint devant le portail. C'était la première fois qu'on se revoyait vraiment depuis le jour où j'avais découvert la morte chez moi. Et je la reconnaissais pas. Elle était énervée, elle me suivait dans tous mes pas. Elle a recommencé avec ses questions et moi, j'avais pas envie de les écouter. Il faut qu'on parle, elle répétait, comme si de causer ça allait changer quelque chose. J'aimais pas du tout cette manière de se comporter, je comprenais de moins en moins ce qu'elle me voulait, pourquoi elle faisait ça. J'avais fait quoi pour qu'elle soit comme ça avec moi ?

J'ai même pas fait gaffe quand elle a dit cette phrase qu'avait pas de sens pour moi :

— Pourquoi tu lui as fait ça ?

Je me disais qu'elle racontait n'importe quoi et puis c'est tout. J'ai continué mes allers-retours et il y avait tout en moi qui me criait Faut qu'elle s'en aille, Faut qu'elle s'en aille. J'ai dû faire cinq-six trajets sous son nez.

Et à un moment, elle m'a suivi dans la grange. Là, j'ai eu peur. Oui, c'est ce qui me faisait peur, qu'elle découvre ce que je cachais là-dedans. Alors je sais que c'était pas ce qui fallait faire, mais c'est parti tout seul : je l'ai engueulée. Je lui ai dit Sortez, Sortez de là ! Et j'étais encore plus énervé que je croyais, l'imaginer là-dedans ça, je le supportais pas, c'était juste un endroit pour moi et pour la morte. Et bien sûr elle a remarqué qu'un truc allait pas chez moi depuis qu'elle avait mis le pied dedans. Alors je l'ai vue tourner la tête vers mon foin et il y a mon cœur qu'a tout secoué dans ma poitrine. J'ai pensé Ça y est, elle a compris. Elle a dû sentir l'odeur d'Évelyne.

C'est là, quand l'assistante sociale a regardé derrière moi, que j'ai senti que la fin approchait…

Une semaine a passé et tous les jours, je suis rentré dans la cachette et je suis resté un moment avec Évelyne. On reconnaissait plus grand-chose sur elle, sa peau était devenue noire et elle séchait un peu comme du carton, à certains endroits même elle se décollait. Au niveau des doigts, elle se barrait comme si c'était des bouts de gants. J'avais du mal à regarder. Heureusement, l'odeur, elle était plutôt moins forte qu'avant. J'avais l'impression que son corps commençait à disparaître et j'aimais pas ça. Ça me rendait un peu triste de me dire que ça allait s'arrêter et que j'y pouvais rien, je m'étais habitué à sa présence à côté du troupeau. Tous les agneaux étaient sur pattes maintenant et ils chahutaient entre les pieds des mères. Je savais qu'un jour ou l'autre, j'allais devoir me séparer d'elle, qu'elle pouvait pas rester là pour toujours parce qu'un jour ou l'autre quelqu'un allait finir par la trouver et j'allais me retrouver en taule alors que j'y étais pour rien dans sa mort. Mais j'arrivais pas à me décider, à chaque fois je repoussais ce moment. Allez, encore un jour ou deux, je me disais.

Je me souviens du dernier soir, juste avant la fin. Quand est venue l'heure de me coucher, je suis pas monté dans ma chambre. Je me suis rhabillé chaudement pour sortir, j'ai allumé une cigarette, et j'ai marché vers la grange avec une lampe torche qui dessinait un rond jaune sur la boue. Il y avait pas un nuage au-dessus de moi, je pouvais voir toutes les étoiles trouer le ciel en un milliard de petits points blancs. On entendait le vent dans la nuit et le chant bizarre du crapaud accoucheur quelque part dans les herbes. J'ai tiré le portail. Les brebis ont dû m'entendre arriver, elles ont fait un peu de bruit derrière le mur.

Mon tas de foin avait encore diminué. J'ai ouvert la porte de la cachette et je me suis glissé à l'intérieur. J'ai pas éclairé le visage d'Évelyne, je savais trop bien à quoi il ressemblait maintenant. Ça puait de moins en moins. J'ai rassemblé un peu de foin par terre, et je me suis allongé là dans le noir. J'ai attendu longtemps que le sommeil vienne me chercher, en me disant que c'était une des dernières nuits de cette saison si différente des autres. Que bientôt ma vie allait reprendre son cours normal, qu'à nouveau je serai ce paysan solitaire avec ni femme ni frère ni parent pour partager un peu de mon temps.

L'avantage quand tu vis ici, c'est que les problèmes, tu les vois arriver de loin. Souvent c'est une voiture que tu connais pas et que tu peux regarder venir à toi dès qu'elle dépasse les blocs de calcaire. T'as le temps de te préparer, d'aller chercher le fusil si tu sens pas bien le truc. Comme ça quand ils se garent en bas de tes marches, tu es prêt à les accueillir comme il faut.

La voiture bleue des gendarmes, je l'ai reconnue tout de suite, après qu'elle a tourné sur mon chemin avec son châssis trop bas qui raclait sur les bosses. C'était la fin de l'après-midi, je venais juste de rentrer le troupeau, il avait brouté les parcours derrière les pins. Je fumais un mégot sur ma terrasse et je me suis mis debout en croisant les bras pour faire celui qu'était chez lui et qui voulait pas qu'on vienne l'emmerder.

Ils se sont garés de travers avant de monter jusqu'à moi.

— Monsieur Bonnefille ?

— Ouais.

— Major Vigier. Vous vous souvenez de moi ?

J'ai hoché le menton. C'était le même type que l'autre fois, celui qu'était près des avens avec son collègue. Mais cette fois, il avait l'air plus sérieux. L'autre, c'était un jeunot qu'a pas décroché un mot.

— On peut entrer ? le major a demandé comme ça.

— Y a un problème ?

J'ai dit ça sans trop le regarder.

— Je préfère qu'on en parle à l'intérieur si ça ne vous dérange pas.

Ça me dérangeait. J'ai jeté des regards autour de moi, j'ai vu deux vautours fauves au loin qui tournaient autour de je sais pas quelle carcasse.

— O.K.

Il a remercié pour être poli et on est allés tous les trois s'asseoir dans ma cuisine. J'ai reniflé en attendant qu'il crache son morceau. J'aimais pas bien voir ce genre d'uniformes chez moi, mais j'avais pas le choix.

— Monsieur Bonnefille, est-ce que le nom d'Évelyne Ducat vous dit quelque chose ?

J'ai hésité. Puis j'ai fait :

— C'est pas celle qu'a disparu ?

— Oui, c'est elle. Vous la connaissez ?

J'ai secoué la tête pour dire que non.

— Je ne vais pas y aller par quatre chemins. Guillaume Ducat, son mari, prétend qu'autrefois, vos deux familles ne s'entendaient pas très bien.

J'ai passé une main sur mon menton en cherchant quoi leur dire.

— C'est pas faux mais c'est loin tout ça. C'est quoi le rapport avec sa femme ?

— Je ne sais pas, vous avez une idée ?

— Non.

Il a toussé. Et il a pris une voix très sérieuse pour balancer :

— Vous pouvez me dire ce que vous faisiez la nuit du 18 au 19 janvier dernier ?

— Je devais dormir, j'ai répondu tout de suite.

— Il y a quelqu'un qui peut le confirmer ?

J'ai soupiré. Comme si ces deux-là savaient pas que je vivais seul.

— Mes brebis.

Ils se sont regardés avec l'air de penser que j'étais mal barré. J'ai tourné mes yeux sur le côté et à travers la fenêtre j'ai vu ma bergerie dressée derrière la maison.

— Voyez-vous, il y a quelques jours, Guillaume Ducat affirme avoir reçu une visite à son domicile. Un homme qui se serait caché sur sa propriété. Et d'après lui, cet homme c'était vous, monsieur Bonnefille.

— Ah ouais ?

— C'est ce qu'il a dit.

Le fils de chien, j'ai pensé en moi-même.

— Ben il a dit des conneries. L'a pas changé.

Personne a plus parlé pendant un moment. Moi parce que je voulais pas, eux parce qu'ils me laissaient mariner comme font les flics à la télé.

— Ça vous dérange si on fait petit tour de votre propriété, monsieur Bonnefille ?

— Un peu.

— Pourquoi, vous avez quelque chose à cacher ?

— Non.

— Même dans votre grange ?

Encore un silence. L'assistante sociale, elle leur avait parlé, forcément.

Ils se sont levés et le major m'a fait un signe de tête vers la sortie pour dire Allez on y va. J'ai réfléchi un peu, et finalement je les ai suivis dehors. On s'est dirigés tous les trois vers l'arrière de la ferme. Leurs grosses godasses faisaient des traces profondes dans la boue du chemin.

— Je vous laisse ouvrir, qu'il a dit devant la porte métallique.

J'ai hésité, j'ai mis mes yeux dans les siens. Mais j'y ai rien trouvé pour m'aider. Alors j'ai tiré sur la poignée et la paroi s'est mise à coulisser en grinçant. Ils sont rentrés comme si c'était chez eux. Le major a levé la tête.

— C'est grand.

J'ai haussé les épaules. À croire qu'il avait jamais foutu le pied dans une bergerie. Il a marché sur le béton, il a jeté un œil aux brebis derrière les barrières. Elles non plus elles avaient pas l'air emballées par cette intrusion.

— Vous en avez combien ?

— Y a deux cent quarante mères.

Il a fait celui qu'était impressionné. Et il s'est approché de mon stock de foin alors que l'autre le suivait. Ils ont longé les murs de bottes empilées, en passant la main dessus.

— On m'a dit que vous avez dû en acheter cette année.

J'ai pas répondu. À plusieurs endroits, il a poussé les bottes pour voir si ça bougeait. Il cherchait pas au hasard.

Et il a fini par trouver.

Les trois cubes se sont effondrés vers l'intérieur. Ils se sont regardés comme s'ils venaient de trouver un trésor.

— C'est quoi ça ?

— Un trou, j'ai dit.

— Je vais aller voir ce qu'il y a au fond, d'accord ? J'ai ma petite idée sur ce que vous cachez là.

J'avais plus rien à dire. Il a bougé les bottes et il s'est avancé dans le couloir de foin alors que le jeunot l'attendait dehors en me tenant à l'œil. On entendait ses pas sur le béton et le foin qu'il balayait au sol.

— Major, vous voyez quelque chose ?

Du fond de la cachette, le major a pas répondu.

— Major, il y a quoi là-dedans ?

— …

— Major ?

Il est finalement ressorti. Il a attendu, puis :

— Rien, il a soufflé à son collègue. Il n'y a rien du tout.

Et il avait l'air déçu. Il m'a lancé un regard accusateur, j'ai haussé les épaules.

— Juste un trou.

Il a secoué la tête en soupirant. Il s'est remis à marcher dans la grange, il a observé mon silo, mon pique-bottes posé dans un coin, mes sacs de grains. Il a gratté le béton avec ses pieds. Et il est revenu vers moi.

— Donc, vous dites que vous ne connaissiez pas Évelyne Ducat ?

— C'est ça.

— O.K. Et est-ce que le nom de Michel Farange vous dit quelque chose ?

Là, c'est moi qu'ai été étonné. Je voyais pas le rapport.

— Je vais vous aider, c'est le mari de votre assistante sociale.

— Ouais. Ouais je l'ai déjà vu. Mais y a un moment déjà.

— Vous êtes sûr ? Parce qu'elle dit que vous l'avez frappé. Récemment.

Frappé ? De quoi il me parlait, là ?

— Ah non. Doit y avoir erreur, j'aurais jamais fait ça.

— Évidemment… Et bien sûr, vous n'êtes pour rien non plus dans sa disparition.

Cette fois, j'étais vraiment perdu. J'ai cherché mes mots.

— On a retrouvé sa voiture abandonnée ce matin. Au même endroit que celle de Mme Ducat.

J'ai regardé la voiture des gendarmes repartir en cahotant sur mon chemin au milieu des genêts qu'allaient fleurir dans pas longtemps. Ils reviendraient un autre jour, ça j'en étais certain. Pour le moment ils avaient rien sur moi, juste des idées qu'ils se faisaient eux et l'assistante sociale. Sans corps, ils avaient pas de victime et sans victime, ils avaient pas de meurtre, j'avais appris ça à la télé. Mais si je faisais pas gaffe, le vent pouvait tourner pour moi, et alors je risquais gros. Jamais j'arriverais à leur faire gober que le cadavre que j'hébergeais depuis si longtemps, c'était pas moi qui l'avais refroidi.

Mais c'était pas tout. Il y avait aussi la disparition du mari de l'assistante sociale. Ça, je l'avais pas vu venir. Et ça me dépassait. Pourquoi le Guillaume serait allé tuer ce type qu'avait rien à voir avec lui à ce que j'en savais. Ou alors il avait juste fait ça pour me rendre encore plus suspect ? Il était tordu ce con, mais pas à ce point quand même. Non, là je voyais pas. Mais ce qu'était sûr, c'est qu'elle arrangeait pas mon cas cette affaire-là. Je repensais à Michel Farange, la fois où je l'avais vu dans cette réunion avec les Jeunes Agriculteurs. Son côté paumé, qu'écoutait rien de ce que racontait le fonctionnaire sur la nouvelle PAC. Et cette photo de fille de magazine qu'il regardait comme s'il en était amoureux. Il m'avait fait une drôle d'impression.

J'ai attendu qu'il fasse nuit sans faire grand-chose. Cette fois, j'avais plus le choix, il allait falloir que je mette un terme à mon histoire avec cette femme qu'avait rien à faire chez moi. Ça avait pas de sens, je le savais depuis le début, mais je m'étais laissé embarquer dans cette pensée bizarre qu'elle aurait pu rester là longtemps, continuer à vivre avec moi si je puis dire. L'idée de m'en séparer, elle me plaisait pas du tout. J'aurais du mal à expliquer pourquoi, mais ça me rendait triste. Comme si c'était la fin de quelque chose, d'une époque où j'avais presque été heureux et qui jamais reviendrait. Comme quand t'es gamin et que tu te dis que le causse c'est le plus bel endroit du monde sans voir ce futur qui se prépare, sans savoir que plus tard ces steppes sans fin tu pourras plus les regarder sans avoir envie de chialer. Et en moi j'ai senti revenir les nœuds de la solitude. Alors pour me donner du courage, j'ai bu deux verres de gentiane.

Dans l'obscurité j'ai fait le tour de la bergerie avec mes bottes aux pieds et une paire de gants. Le petit-duc sifflait pas loin de moi, il me regardait peut-être faire ce que j'avais pas envie de faire en se marrant. J'ai pris une fourche au passage, je l'ai traînée par terre. Et je suis arrivé devant mon tas de fumier. Toute cette merde de brebis que chaque jour je sortais des bâtiments et qui s'accumulait sur une dalle de béton avant que je me décide à en faire quelque chose. L'odeur était forte mais je la connaissais tellement que je la sentais presque plus. Je me suis mis sur le côté et j'ai planté doucement les pointes de ma fourche dans le tas. J'ai raclé vers moi. J'ai recommencé plusieurs fois. Et j'ai vu apparaître les vêtements chics d'Évelyne. Son pantalon de randonneuse, son pull en laine qu'avait plus rien de blanc. Je l'avais traînée ici quand j'avais vu arriver les gendarmes, c'était moins une qu'ils me trouvent avec elle au milieu de la grange. J'étais désolé d'avoir dû la mettre là-dedans, ça m'avait coûté, bordel. Mais c'était la seule idée que j'avais eue. J'avais fait ça vite, en veillant juste à ce que rien dépasse.

Par petits paquets j'ai dégagé le fumier. Et je l'ai sortie de là.

La peau collée à ses os, couverte de merde sur elle et sur les tissus, elle était pas belle à voir. C'était un spectacle que pas grand monde aurait aimé. Et pourtant cette femme, c'était celle auprès de laquelle je m'étais senti le mieux de toute ma vie. Ce que je ressentais pour cette carcasse toute sèche, c'était peut-être ce qui se rapprochait le plus de l'amour. De cet amour que maman disait que je trouverais jamais parce que j'étais trop romantique. Parce que les femmes, elles étaient pas comme je croyais et que tant que j'aurais pas compris ça j'en trouverais pas une qui resterait avec moi.

J'ai déplié une bâche et j'ai fait rouler le corps dessus. Puis j'ai refermé, attaché comme je pouvais avec des ficelles. Ce qui restait de son visage a disparu sous le plastique bleu. Je l'ai portée dans le coffre de ma voiture et j'ai mis le contact mais pas les phares. J'ai roulé tout doucement dans le noir, avec juste la lumière de la lune pour éclairer mon chemin. La nuit était fraîche et sèche, le vent pliait les herbes et je devinais les vagues des cheveux d'anges un peu partout. J'ai pas croisé une seule voiture, c'était mort sur le plateau. Personne me voyait.

Je me suis garé, j'ai sorti Évelyne du coffre, et j'ai commencé à la traîner sur le sol. Les fibres de la bâche se prenaient dans les rochers coupants, la tirer comme ça c'était pas une partie de plaisir. Autour de moi je devinais les buttes et les dolines qui dessinaient des courbes sur la nuit.

Je suis arrivé au bord de l'aven.

Ça faisait comme un rond de pierres effondrées au milieu d'un pré. Je suis descendu en faisant rouler le paquet, tout doucement pour pas l'abîmer. J'ai dégagé l'entrée du gouffre en déplaçant des bouts de rochers. Quelques semaines plus tôt, les gendarmes étaient rentrés là-dedans avec tout leur matériel, ils avaient fouillé les grottes pour retrouver Évelyne. Mais je faisais le pari qu'ils allaient pas recommencer, pour eux c'était plié, elle était pas là. Je me suis penché un peu et j'ai vu le noir complet. Les entrailles du causse, je savais que celui-là il plongeait d'un coup, que juste derrière les rochers il y avait un trou sur trente mètres. Au fond il y avait au moins deux-trois cadavres de brebis, celles que mes aïeux avaient perdues. Elle serait pas toute seule, là-dedans.

J'ai placé le corps à l'entrée. J'ai hésité un moment et ça ressemblait à une séparation qui me remplissait d'une émotion que je pourrais pas décrire. De la mélancolie, je crois que c'est ça le bon mot pour dire ce que je ressentais. J'ai allumé une cigarette et j'ai attendu autant que possible, avachi là contre les pierres pointues avec Évelyne à côté de moi sous les étoiles.

Et enfin je l'ai poussée vers le trou.

Le paquet a glissé d'un coup, sans s'accrocher ni rien. Je l'ai même pas entendu toucher le fond. J'ai tendu l'oreille pour percevoir peut-être les gémissements des morts comme les anciens disaient qu'ils remontaient parfois du fond de la terre, de ce début de l'enfer où les perdus côtoyaient les monstres et les démons. Mais il y avait rien d'autre que ce silence qui me rappelait que j'étais à nouveau tout seul. Que j'avais personne pour me causer, pour pleurer ou faire je sais pas quoi de vivant à côté de moi.

L'armoire a fait du bruit cette nuit-là. Je cherchais le sommeil qui voulait pas de moi, j'écoutais les bruits de la nuit depuis mon lit. Et en dessous de ma chambre, ça s'est mis à bouger. Mais il y avait rien d'effrayant là-dedans, c'étaient pas des bruits violents. Non, c'était comme si l'armoire se déplaçait à pas de loup sur les pierres de la cuisine. J'écoutais en regardant la poutre de mes yeux grands ouverts. Et je me suis dit que ça voulait dire quelque chose. Que ces sons, c'étaient pas des fantômes qui me voulaient du mal ou maman qu'était piégée dans la maison, mais juste le souvenir d'Évelyne. Elle venait me dire au revoir, pour me remercier de m'être occupé d'elle. J'ai passé une bonne partie de la nuit comme ça, éveillé alors que tout dormait autour de moi et que dehors j'entendais rien que le silence. Je retrouvais cette ambiance à laquelle j'allais devoir me réhabituer.

J'ai repensé à cette histoire, au Guillaume, aux gendarmes, à l'assistante sociale, à son mari qu'avait disparu. J'ai commencé à me dire que peut-être je m'étais planté, qu'en fait j'avais rien compris et que c'était pas le Guillaume qu'avait tué sa femme. Que c'était plus compliqué que ça. Et alors que tout ça tournait à toute berzingue dans ma tête et que je devinais que ça allait m'empêcher de dormir jusqu'au matin, d'un coup il y a une image qu'est revenue et je me suis dit Putain, c'est ça !

Je me suis levé, j'ai mis deux-trois vêtements pour pas avoir froid, j'ai allumé la lumière et j'ai descendu les marches. J'ai jeté un œil de travers à l'armoire qu'avait pas bougé de sa place, énorme contre le mur du fond. Et dans la petite pièce qui me sert de bureau, j'ai allumé mon ordinateur. Je suis allé sur Internet et j'ai cherché un peu avant de trouver.

Voilà, je l'avais devant moi.

La photo de cette fille que Michel Farange regardait comme si c'était sa maîtresse. C'était elle. Alicia More, elle s'appelait. Et là où je l'avais vue plus d'une fois, j'en étais pas trop fier. Parce qu'elle était… Enfin c'était…

C'était une actrice de films porno. Voilà.

Michel Farange en pinçait pour une actrice de films X.

MARIBÉ

C'est moi qui l'ai tuée.

Dans cette histoire, il y a plein de trucs que je n'ai toujours pas compris, mais ce dont je suis sûre, c'est que j'en sais plus que tout le monde dans cette vallée où je n'ai passé que quelques mois. Plus que les flics surtout, eux ils sont complètement à la rue.

Aujourd'hui j'évite de repenser à tout ça, à ce que j'ai vécu là-bas. Ça me fait trop mal, putain. Pourtant je crois que si elle revenait, je serais encore capable de tout plaquer pour la rejoindre tellement elle me manque. Je m'en veux, c'est un truc de fou comme je m'en veux. Parce que c'est vrai : c'est moi qui l'ai tuée.

Si ce jour où on s'est rencontrées n'avait jamais existé, elle serait encore là.

C'était à la fin de ma vie numéro trois.

Pendant cette période interminable où j'attendais celle d'après comme on attend un putain de messie. Parce que cette vie-là, sérieux, c'était un merdier pas possible, il était temps que j'en voie le bout.

Je ne sais pas comment c'est pour les autres, mais moi, à vingt-six ans, j'avais déjà l'impression d'avoir vécu plusieurs fois. Dans ma tête, une vie c'était deux-trois années, jamais plus et plutôt moins. C'était un mec ou une fille avec qui je partageais mes journées en croyant à l'amour, le genre bien fusionnel. C'était un nouveau monde, le plus éloigné possible de celui d'avant, histoire de bien marquer le changement. Mais surtout c'était un début, une rencontre qui me faisait espérer avoir enfin trouvé ce que je cherchais depuis mes seize ans ; et une fin, généralement le jour où je foutais tout en l'air avec le plus de dégâts possible. Un genre de petit suicide, en fait, parce que cette vie j'avais fini par la détester autant que je l'avais aimée. À chaque fois ça se passait comme ça.

Et pourtant à chaque fois je replongeais. Je me jetais dans le vide en attendant qu'on me rattrape, et quand je le tenais je m'agrippais à mon sauveur comme à une bouée en plein naufrage, en me persuadant que cette fois c'était pour la vie.

Pour la vie entière, je veux dire.

Je sais, je sais. Je suis instable, influençable, trop ceci, pas assez ça. Borderline. Je connais le couplet, merci, maman me l'a servi pendant des années avec son psy qui s'intéressait plus à moi qu'à elle. Et je ne vois pas en quoi ça m'a aidée à trouver mon chemin ses analyses.

Putain.

Donc voilà, à cette époque, au lieu de valoriser mes études en cherchant un poste de styliste dans une boîte de prêt-à-porter comme elle l'aurait voulu, je bricolais à droite à gauche et je me remettais de ma rupture avec Fred en espérant que c'était plus dur pour lui que pour moi. Avant de claquer la porte, j'avais passé mes nerfs à coups de talons sur son matos d'enregistrement, celui qu'il venait de s'offrir après six mois à me saouler avec en zonant sur les forums Internet. Sa carte son, son micro, son préampli, je crois qu'il n'y avait rien à sauver, cinq mille boules à la casse. Il pouvait dire adieu à ses morceaux, à ses instrus pourries et à sa voix blindée d'Autotune, j'avais au moins cette petite victoire à savourer quand je faisais le bilan de ma vie avec lui.

Deux années foutues en l'air.

Les migraines me reprenaient et me cognaient le crâne toute la journée, je ne sortais pas beaucoup de mon studio sinon pour traîner dans les friperies. Je n'avais même pas envie d'écouter de la musique : le rap, ça me rappelait trop ce connard que je venais de quitter avant que lui-même ait les couilles de le faire. Je dessinais vaguement en fumant clope sur clope, j'inventais des fringues improbables que jamais je ne fabriquais ensuite.

Mais le pire, ce n'était pas de manquer d'argent ou de broyer du noir entre quatre murs, ça je peux m'y faire. Non, ce qui me faisait le plus peur, c'était de me retrouver seule.

Vraiment seule.

Passé le sentiment de liberté, ça m'a reprise comme la fois d'avant. L'angoisse totale. Ne pas retrouver quelqu'un, voir s'installer dans la durée cette solitude, je trouve ça trop flippant. Comme si tu t'enfonçais dans un tunnel pour ne jamais en ressortir. Au bout d'une semaine déjà, j'étais en chute libre. Et je guettais avec impatience l'ouverture du parachute.

Le début de ma vie numéro quatre.

Quand j'ai recommencé à mettre le nez dehors, je

n'ai pas eu de mal à trouver des mecs pour passer la nuit, pour ça je ne m'inquiétais pas. Dans les bars, une paire de seins comme les miens, ça les attire tout de suite, je les vois me mater de travers et rôder autour de moi comme des chacals affamés. Je sais qu'ils en bavent ces crevards, je connais ça par cœur. Et deux-trois fois je n'ai pas dit non, j'en ai suivi chez eux. J'ai même passé quelques bons moments dans leurs apparts de hipsters avec la vue sur les quais et la douche à l'italienne. Mais rien qu'à voir leur tête d'adolescent pas fini le lendemain matin je n'avais plus qu'une envie, c'était de prendre la fuite. Parce que derrière leur belle gueule et leur drague bien rodée, il n'y avait pas l'ombre d'un début de futur.

Non, ce que j'attendais c'était quelqu'un pour me prendre par la main.

Et c'est tombé sur elle. Pas de bol.

— C'est les ondes.

C'est comme ça qu'elle m'a abordée, ses premiers mots c'étaient : C'est les ondes.

Là, je tourne la tête et je la vois, comme si elle venait d'apparaître à côté de moi, son verre de mojito dans la main gauche. C'est drôle, mais je me souviens très bien de la première pensée qu'elle m'a inspirée. C'était un truc du style Qu'est-ce qu'elle fout ici, celle-là ? Le bar s'appelait Les Pirates, c'était un de ces endroits pour étudiants de première année de fac où passé minuit tu peux avoir un shot gratuit en offrant ton soutif au patron. Même moi des fois je me trouvais trop vieille ici, alors elle…

Avec le recul, j'ai fini par réaliser : elle était là pour moi, elle me cherchait. Enfin, elle cherchait une paumée dans mon genre, d'autres auraient sans doute fait l'affaire.

Sur le coup je reste muette, alors elle insiste :

— Je te vois te masser les tempes. Tu as des migraines, c'est ça ?

Je réponds Ouais en fronçant les sourcils. C'est vrai, ça me tape dans le crâne, je suis sur le point de rentrer chez moi.

— C'est les ondes électromagnétiques. Dans les grandes villes, il y en a partout maintenant. Tu es sans doute hypersensible.

Je mets du temps à comprendre ce qu'elle raconte. Elle a au moins vingt ans de plus que moi, ça se voit tout de suite. Elle est belle, bien conservée on dira, le genre dame, blonde, distinguée. La bourge qui s'assume et qui côtoie le petit peuple à la nuit tombée. Le genre pas du tout mon genre, en fait.

Je souris, parce que la situation a quelque chose d'improbable.

— Quoi ? dit-elle en lissant sa chevelure. Je te jure, tu devrais te renseigner.

Elle a l'air tranquille, elle déroule calmement ses idées bizarres. Elle me parle encore, elle dit que c'est pour ça qu'elle ne vit plus en ville, que ces ondes elles vont nous tuer à petit feu. Et très vite, moi je ne souris plus. Je l'écoute, je ne sais pas pourquoi, ça ne m'intéresse pas vraiment, mais je l'écoute. Enfin si, je sais : dans ses mots il y a un truc rassurant. Quelque chose de chaleureux qui se dégage d'elle. Visiblement elle est très à son aise dans ce bar pour jeunes adultes, elle se fond parmi nous avec un naturel désarmant.

Elle lève la tête, esquisse un sourire qui veut dire

Toi, t'es mignonne, elle m'offre un verre. Ma migraine s'adoucit, donc je dis oui, je prends une bière alors que dans mon dos chante Bowie, un de ces artistes qui traversent les générations. Comme un signe qu'aucune barrière ne me sépare réellement d'elle.

Elle me raconte des conneries, les huiles essentielles et tout ce qu'on peut en faire, les graines à bouffer, des trucs de vieux hippies, elle me parle de cette vallée encaissée où elle habite. Aucune question sur moi, tant mieux, je suis entre deux vies, il n'y a rien à dire, juste à guetter l'arrivée du train. Mais à mesure que les minutes passent, je réalise que je la regarde différemment, que je détaille sa bouche, que j'observe ses mains qu'elle fait danser entre nous comme si c'étaient deux piafs en parade nuptiale. Je bois ma bière, je m'essuie les lèvres et ça la fait sourire encore.

Il se passe un truc.

Putain. Je suis en train de l'envisager.

Oui, c'est dur à expliquer mais c'est bien ça : il y a quelques minutes elle me faisait juste sourire, tout semblait nous séparer et d'un coup elle me plaît. Même son âge, il me plaît, putain. C'est là, un fil qui nous relie. Déjà je devine que je ne dormirai pas seule ce soir.

On sort fumer une cigarette. En tirant sur sa Vogue, elle me dévisage en silence, je sens son regard courir sur moi. Et j'aime ça.

— Tu habites où ? demande-t-elle en grattant les pavés de son talon.

— Plein nord.

Elle hausse les sourcils : ça fait loin.

— J'ai une chambre à l'hôtel, à trois rues d'ici.

Au-dessus de nous la nuit d'été s'installe doucement

entre les murs jaunis par les lumières de la ville. De cette ville immense que j'étais sur le point de fuir, pleine de monde et pleine d'ondes.

Comment raconter ce qui s'est passé cette nuit-là dans sa chambre quatre étoiles ?

Ça ne se dit pas, je n'ai pas les mots pour ça. Mais ce que je sais, c'est que c'était dingue. Sérieux, jamais je n'avais été touchée de cette manière, ni par un homme ni par une femme. Elle semblait tout savoir de moi, connaître mon corps comme si c'était le sien, la sensibilité de chaque parcelle de peau, les territoires à ménager, ceux à choyer. Ses mains, ses lèvres sur moi, rien n'était maladroit, tout était dosé, ferme quand il le fallait, doux quand je redescendais.

Je me suis abandonnée à elle. Oui, face à elle j'ai capitulé. Littéralement. L'impression de découvrir seulement ce que faire l'amour voulait dire.

De repartir à zéro.

Puis enfin sont venus les mots. Les précisions presque accessoires après l'intimité qu'on venait de partager.

— Je m'appelle Évelyne.

Évelyne, ma mère aurait pu s'appeler comme ça. Pour de vrai, elle avait quelque chose de maman avec son côté bourge décomplexée. Je me suis fait cette réflexion et une seconde ça m'a fait flipper.

— Maribé, je dis doucement.

Elle fronce les sourcils.

— Maribé ? ! C'est un surnom ?

— Oui, tout le monde m'appelle comme ça. Et crois-moi c'est mieux.

— Mieux que… ?

Je souris.

— Marie-Bénédicte ? (Je fais non.)... Marie-Béatrice ? Marie... Brigitte ?

J'hésite, je ne l'aime tellement pas ce prénom. Puis je me dis Allez, lâche-toi un peu.

— Marie-Bérangère.

— Ma-rie-Bé-ran-gère ? Non, tu te moques de moi.

— Si seulement...

— Tu viens de la haute en fait, ma belle...

Je hausse les épaules, pas envie de parler de cette famille avec laquelle je me débats depuis des années, du pavillon en banlieue chic, de tout ce fric sur un compte épargne que jamais je n'utiliserai même si je devais crever de faim.

Évelyne n'insiste pas, elle me regarde en souriant. Ça me gêne.

— Quoi ?

— Rien, esquive-t-elle.

— Mais si, quoi ? Je vois bien que tu as envie de rigoler.

— Non, c'est juste que ton prénom, ça va tellement pas avec...

— Avec quoi ?

— ...

— Allez...

Elle hésite.

— Bon, O.K., je te dis. Tu sais à qui tu ressembles ?

Je fronce les sourcils, je m'attends au pire.

— Avec tes seins refaits et tes yeux de coquine, tu me fais penser... Tu me fais penser à cette actrice de X.

Elle laisse passer une pause et de sa voix la plus sensuelle elle fait rouler les deux noms :

— Alicia More.

— N'importe quoi !

— Si, c'est vrai. More, more, more…

Elle éclate de rire et moi aussi, pour ne pas casser l'ambiance même si j'avoue, elle ne me plaît pas beaucoup sa comparaison. Elle promène ses doigts sur ma poitrine trop ronde, elle en fait le tour en dessinant des huit avec son index.

— Pourquoi tu as fait ça ? Je suis sûre que tu n'en avais pas besoin.

— Une erreur de jeunesse. C'est fait, c'est tout.

Elle se tait, elle a compris : de ça non plus je n'ai pas envie de parler. Cette poitrine siliconée, c'est tout ce qui me reste de ma vie numéro deux. Richard, ambiance Brésil et brega, lui aussi je lui aurais tout donné au début quand on s'est installés ensemble. Il en avait tellement envie, j'étais dans le trip, pour un peu je tatouais son nom en dessous des deux obus. J'y croyais, comme à chaque fois.

Tout ça avait fini en drame, bien sûr.

Sauf que lui, maintenant, il est papa, cet enfoiré.

— On se revoit quand ?

Je pose la question et je me rends compte que dans mes mots il y a de la fébrilité. Que déjà Évelyne me tient, que j'ai envie d'elle, d'être à elle, d'être avec elle, de ne plus la lâcher. J'ai le trac, la peur qu'elle me glisse entre les doigts.

— Quand je reviens dans ta mégalopole. Dans un mois, je pense.

Mon visage se décompose. Elle recoiffe la mèche noire qui me barre la joue.

— Tu ne serais pas du genre à t'emballer un peu vite, toi, ma jolie ?

Bien sûr que je m'emballe. Je suis déjà partie, putain je suis en plein vol.

Alors elle dit les mots qu'il ne fallait pas dire :

— Tu n'as qu'à venir vivre près de chez moi. Le grand air, ça te ferait du bien.

Pour elle, c'était histoire de détendre l'atmosphère, on venait de se rencontrer, il n'y avait rien de sérieux là-dedans. Pour moi, c'était le signal.

Je ne savais rien d'elle, mais dans ma tête j'avais déjà fait mes valises.

J'ai tourné en rond dans mon studio pendant plusieurs jours, revivant sans arrêt ma nuit avec Évelyne. Je rêvais d'elle dans mon sommeil, elle ne me quittait plus, comme un ange gardien, toujours à mes côtés. Elle avait remplacé mes angoisses par une immense envie. Oui, je suis comme ça : quand c'est là, ça ne part plus. C'est l'obsession.

J'ai passé des heures sur Internet. J'ai regardé des trucs sur cette actrice porno. Une Italienne. Il y avait sa biographie, juste quelques films, elle était encore débutante. À se demander comment Évelyne la connaissait. Ou peut-être c'est moi qui suis à côté de la plaque, tellement pas attirée par ces films formatés pour n'exciter que les mecs. Il y avait une petite ressemblance, c'est vrai : les nichons mis à part elle avait un visage allongé, un peu comme le mien, de longs cheveux bruns. Mais il fallait y croire quand même. C'était la première fois qu'on me comparait à une star du X.

Surtout j'ai lu des articles sur ces histoires d'ondes, sur l'hypersensibilité, sur les migraines. Il y avait de la matière. L'idée que certains puissent être affectés par ces saloperies, elle faisait son chemin, il y en avait qui témoignaient de problèmes plus graves que les miens. Alors les paroles d'Évelyne qui dans le bar m'avaient paru si bizarres ont commencé à s'imposer en moi comme une vérité cachée. Comme si d'un coup j'accédais à un savoir secret. Évidemment, elle avait raison, c'est de là qu'elles venaient mes migraines : j'étais hypersensible. Le wifi de toutes les box de l'immeuble, les portables, il y en avait partout, ces trucs étaient en train de me griller le cerveau, soudain j'avais l'impression de les sentir autour de moi.

Je sais, je sais, je suis trop influençable. Mais quand même, ça expliquait tout, il faut comprendre dans quel état j'étais à ce moment-là, aussi.

Et puis ça faisait sens. Fred, le rap, cette ville énorme et trop peuplée, cette frénésie qui me tapait sur le système, et maintenant les ondes. J'avais encore un pied dans ma vie précédente, c'est pour ça que j'allais mal. Il fallait que je me barre d'ici, que je quitte toute cette merde pour de bon. De la campagne, il me fallait de la campagne, putain, du naturel, des huiles essentielles, des graines, de l'air pur. C'est devenu une évidence, un besoin. Bien sûr, ma vraie raison c'était Évelyne, mais je m'en étais trouvé mille autres pour rendre mon projet un peu raisonnable. Et pour l'expliquer à maman aussi, Non non ce n'est pas un coup de tête, j'y pense depuis longtemps tu sais, ça me fera du bien.

Deux semaines après, j'étais partie, au volant de ma Twingo surchargée. Une valise, ma machine à coudre et ma surjeteuse, deux sacs-poubelle bourrés de vieux tissus, et surtout mon mannequin en travers des sièges.

Toute ma vie, en fait, plus un stock d'huiles essentielles auxquelles je venais de me convertir.

Persuadée de rouler vers le bonheur.

Quand j'y repense, j'étais vraiment trop conne.

C'était magnifique. Oui, en débarquant dans le coin je n'ai pas été déçue, c'était pile ce que j'attendais, en bonne citadine pleine de clichés que j'étais. Une ville minuscule, avec des rues piétonnes, une rivière au milieu du bourg, des petits commerces, de belles maisons en vieille pierre et des toits en ardoise. Le calme, enfin le calme, ça me faisait un bien fou. Tout autour, c'était la vallée. Des pentes boisées qui dévalaient des corniches, des routes qui s'y accrochaient en lacets tortueux, des crêtes qui déchiraient le ciel, des gorges à la verticale au-dessus des torrents. La nuit, les étoiles s'invitaient dans l'obscurité. Tu vas être bien, je me suis dit les premiers jours, tu vas tout reconstruire.

Pour le quart de ce que je payais mon studio d'avant, j'ai trouvé un deux-pièces sympa qui donnait sur la rue, à deux pas du centre-ville. Enfin, du centre-ville, je me comprends, de la place principale on va dire. Et dès le premier soir, toute seule dans ma chambre à peine meublée, ma machine calée sur une table de récupération, je me suis remise à coudre. Je me sentais bien, putain j'y croyais à ma nouvelle vie, à cette renaissance qui avait trop tardé, en une heure j'ai transformé un sweat-shirt usé en une tunique sexy.

Avec une énergie qui m'étonnait moi-même.

Dès le lendemain j'ai fait des rencontres. Il y avait un bistrot près de la fontaine, au bord de la rivière, un endroit où les gens du coin avaient l'air de se retrouver le matin. Et alors que j'y buvais mon premier café, emmaillotée dans mon châle parce que dès l'automne, ici, ça commençait à cailler sévère, un gars se pointe, la banane aux lèvres, pour me parler. Bien sûr, il y avait l'effet gros seins, des comme les miens ce n'était pas fréquent par ici, mais franchement si c'était de la drague c'était soft. Ce gars-là, il ne ressemblait pas à tous ces crève-la-nique des capitales que je ne pouvais plus encadrer.

— T'es nouvelle dans le coin ?

— Oui, je suis dans le textile, ai-je menti comme si c'était le seul but de ma venue par ici. Je voudrais essayer de vendre un peu mes créations.

— Ah ouais, c'est quoi ton rayon ?

— Je fais du surcyclage : je récupère des fringues d'occase et j'essaye de leur redonner de la valeur. De les customiser, quoi.

Dit comme ça, ça faisait sérieux, on y croyait presque. Vu le style du gars, gros pull effiloché et dreadlocks en bataille, je ne me voyais pas lui parler d'Évelyne.

— Cool... Bah bienvenue chez nous. Moi, c'est Pom. Si ça t'intéresse, je suis dans un collectif, une petite asso. On est une vingtaine, on se file des coups de main, tu vois. Chacun son domaine : dessin, sirops, confiture, un peu de zik. Il y en a qui font de la sérigraphie, aussi. Parfois on achète un cochon aux éleveurs pour le partager, on fait des récoltes chez les maraîchers, on se démerde, quoi. Moi, j'ai une brasserie artisanale plus bas dans la vallée, je vends mes bières sur le marché. Sans rire, si t'as besoin d'aide, n'hésite pas.

— C'est noté, O.K.

— T'es logée ? Sinon il y a des colocs, tu sais.

— Ouais, c'est bon, j'ai trouvé. Mais merci, c'est vraiment sympa.

J'étais sincère, pour une fois. Il n'a pas insisté ni rien, il m'a juste laissé un numéro et je l'ai regardé s'éloigner en souriant. Ça s'annonçait bien, très bien même, je m'étais imaginé un atterrissage plus chaotique.

J'ai attendu une semaine, histoire d'être posée, pas dans les cartons. Et un soir, je me suis décidée à faire ce pourquoi j'avais tout quitté. J'ai respiré trois gouttes d'huile essentielle de pin sylvestre contre l'anxiété, j'en ai avalé deux d'estragon avec de l'huile d'olive, à la place d'une clope. Puis j'ai décroché mon téléphone fixe et j'ai composé le numéro d'Évelyne. Putain, j'avais la gorge toute sèche. Le cœur à deux doigts de l'explosion, comme si j'allais passer un entretien.

— Allô ?

Sa voix, tout de suite, qui me réchauffe et qui me pétrifie en même temps. Calme-toi, merde, je me répète. Trop émotive.

— C'est moi. Maribé.

— Oh, ma jolie ! Tu vas bien ? Ça me fait plaisir d'entendre ta voix.

Et moi donc ! J'ai les mains moites, les mots ne viennent pas comme je voudrais.

— Je… Je suis là.

— Comment ça ?

— Enfin, je suis installé dans le bourg… Ça fait une semaine. Tu sais, comme tu m'avais dit, que ça me ferait du bien, pour les ondes, tout ça. Ben je l'ai fait, je suis venue… Je suis là, quoi.

Long silence.

— Évelyne, tu es toujours là ?

— Oui, oui.

Plus aussi enthousiaste, d'un coup.

— Mais je me débrouille, hein ! Je ne te demande rien.

— Quoi ? Mais non, ce n'est pas ça, pas du tout. C'est juste que je ne m'y attendais pas. C'est bien, c'est une super nouvelle, ma chérie.

Un peu forcé, son ma chérie.

— Alors... On peut se voir ?

— Un peu, oui, qu'on va se voir... Je dois juste vérifier deux-trois trucs. Je te rappelle, d'accord ?

— Euh... D'accord.

— Je t'embrasse.

Je raccroche, refroidie.

Et je me raisonne : c'est vrai, je ne l'avais même pas prévenue, je débarque comme ça dans sa vie, c'est déroutant. Pour me détendre, je respire encore un peu d'huile de pin. Je couds, je termine une robe. Dehors, il n'y avait plus un bruit, plus une voiture. Juste la quiétude d'une petite ville plongée dans la nuit d'automne. Par la fenêtre, je pouvais deviner la corniche à la limite du ciel.

Évelyne m'a rappelée à minuit. J'ai tellement hâte de te revoir ma belle, j'ai beaucoup aimé cette nuit passée avec toi, le ton avait changé. On pouvait se retrouver dans trois jours, proposait-elle. Elle passait me prendre devant chez moi.

— Je m'occupe de tout, pense juste à être belle, O.K. ?

Un sourire de gamine s'est dessiné malgré moi sur mon visage.

Ce soir-là, je me suis endormie vers deux heures du matin, des étoiles plein la tête.

Je sais, trop naïve.

— Alors, tu aimes la vue ?

— Oui. C'est… C'est splendide.

Qu'est-ce que je pouvais dire d'autre ? Il n'y avait presque pas de murs, une immense baie vitrée sur toute la longueur du salon. Et derrière le verre, après la terrasse, la vallée s'étirait vers le sud, on devinait les méandres de la rivière lovée dans son lit. À droite, les falaises se dressaient, abruptes et grises, jusqu'au rebord du causse étalé au ras des nuages.

Mon verre de rouge à la main, habillée comme une adolescente qui veut faire la grande, je regardais ça, je regardais l'intérieur de la villa d'Évelyne, ces trucs en bois partout, ces meubles impossibles à loger dans un appart comme le mien.

Putain, cette baraque, je n'osais même pas imaginer ce qu'elle valait. Plus d'un million, à tous les coups. Mais clairement, elle avait cent fois plus d'allure que celle où j'avais grandi.

Cet univers, le fric, le confort, j'avais passé des années à essayer de m'en détacher, et voilà que j'y revenais. Et que ça me plaisait en plus. Oui, je sais, j'ai toujours voulu tout et son contraire. Mais je crois que là, ce qui m'attirait, c'était cette impression d'y entrer par moi-même. Par effraction. Comme un doigt d'honneur à Fred et à ses rimes de merde. À tous les autres avant lui. À maman aussi.

Sérieux, il y avait de ça, un côté Je couche avec une riche et je vous emmerde tous. Parce qu'ils auraient pu raconter ce qu'ils voulaient, Évelyne, je lui plaisais vraiment, c'était évident. J'adorais la voir me bouffer des yeux depuis le canapé. J'aimais ça, être avec une femme de vingt ans de plus que moi, je me sentais au-dessus des autres. Importante.

Je suis revenue me blottir contre elle, le corps encore moite de ce qu'on venait de vivre ensemble dans cette pièce ouverte sur le monde. Elle m'a serrée contre elle, elle a plongé son visage dans ma tignasse emmêlée.

— Marie-Bérangère… a-t-elle murmuré de sa voix chaude.

Je me suis raidie.

Et c'est là que j'ai découvert le revers de la médaille. Enfin, découvert… Disons qu'elle m'a expliqué ce que j'avais déjà deviné sans vouloir me l'avouer.

Voilà le topo : Évelyne était mariée. Guillaume, c'était son nom. Ils avaient deux enfants ensemble. Tout cet argent, c'est à lui qu'elle le devait. Il travaillait à l'international, il participait au financement de projets structurants dans les pays en développement, c'est ce qu'elle a dit sans que je comprenne très bien ce que ça signifiait. Mais à mon avis, il était plus dans la finance que dans l'humanitaire, le mec. Ils s'étaient rencontrés à Paris, et ils y avaient vécu jusqu'à ce que les enfants aient l'âge de quitter le giron familial. C'est seulement à ce moment-là qu'ils avaient fait construire cette maison. Pour lui, c'était un moyen de revenir sur sa terre de naissance, et peut-être de nouer de nouveaux contacts pour développer son business. Elle, ce qu'elle voulait, c'était quitter la capitale. Les grandes villes, elle n'avait connu que ça depuis toute petite et elle n'en pouvait plus. Comme moi, en fait. Son mari partageait sa vie entre ici et le tiers-monde alors forcément, elle était souvent seule. Elle peignait, elle randonnait, elle allait voir ses fils de temps en temps en dormant à l'hôtel dans leurs villes étudiantes.

— Et tu n'as jamais bossé ?

— Si, deux-trois ans. Mais je crois que le travail et moi, on n'était pas faits pour s'entendre. Et je ne vois pas bien ce que ça m'apporterait d'avoir un salaire.

Évidemment, vu sous cet angle…

— Au fait, a-t-elle demandé, toi, financièrement, ça va ?

— Oui, oui. Je me contente de peu, tu sais, j'ai un tout petit loyer.

— Tu me dis, hein, si tu as des problèmes.

— D'accord, ai-je dit, mais jamais je n'aurais imaginé lui demander de l'argent. Et… dis-moi. Ton mari, il sait que tu as d'autres… enfin que tu vois quelqu'un d'autre quand il est absent.

— Disons que ça l'arrange de ne pas savoir. Et moi aussi : j'ai arrêté de me demander à quoi il passe ses nuits là-bas. C'est une sorte d'accord implicite entre nous. Chacun y trouve son compte.

J'ai hésité, puis d'une toute petite voix, je me suis risquée à dire :

— Mais… Tu n'as pas l'intention de le quitter pour une fille comme moi, hein ?

Silence. Petit sourire.

Ses yeux se sont promenés sur mon visage, le détaillant comme si c'était une œuvre d'art trop fragile. Puis, pour toute réponse à ma question, elle m'a embrassée. Et moi, je l'ai laissée faire.

La bouche ouverte, à sa merci.

Qu'est-ce que je croyais, putain ? Je pars comme ça, sur un coup de tête, pour rejoindre une femme dont je ne connais que le corps. Je pensais quoi ? Qu'elle était célibataire, un truc de ce genre ? Qu'elle vivait toute seule dans sa maison paumée à flanc de montagne, que sa seule raison de vivre c'était de m'attendre, moi et mes nichons d'actrice porno ?

Non, bien sûr, je me doutais bien qu'elle devait avoir une vie, je ne suis pas conne à ce point non plus. Mais quand même, il y avait un petit bout de moi qui espérait autre chose. Je ne sais pas, un divorce difficile, un décès récent peut-être. Une situation douloureuse dans laquelle j'aurais pu me faire une place.

Un minimum de réciprocité dans ce besoin d'elle qui ne me lâchait pas.

Mais voilà, dès le début notre relation a été déséquilibrée : Évelyne était à la barre, et moi je ramais derrière.

C'est elle qui dictait le calendrier, on se voyait quand le mari courait le monde, quand les fils n'avaient pas besoin d'elle pour régler leurs problèmes d'adultes débutants. D'autres auraient dit non, l'auraient envoyée bouler, Je ne suis pas ta pute, Faut savoir ce que tu veux ma vieille.

Mais pas moi, pas à ce moment-là en tout cas.

Moi, j'ai accepté de faire avec.

J'ai pris ces miettes d'amour et ces plaisirs fugaces qu'elle me concédait comme on nourrit un petit animal abandonné. Peut-être que j'espérais autre chose, pour plus tard, genre Sois patiente ton heure viendra, je ne sais plus trop. La seule chose dont je me souviens, c'est combien j'étais accro. On aurait dit qu'Évelyne m'avait envoûtée, putain elle ne me sortait pas de la tête.

Et en fin de compte, les premières semaines, je crois que j'ai été heureuse.

Oui, avec tout ce qu'elle avait de bancale, cette vie avec Évelyne, je l'ai aimée comme j'avais aimé les précédentes avant l'implosion. Les nuits dans son palace, les réveils au matin face aux remparts des causses, avec rien d'autre à faire que de profiter de l'instant avant le retour des siens, c'étaient des beaux moments.

Elle me faisait du bien, tellement sûre d'elle dans ses deux vies cloisonnées, sans remords ni doute. Elle décidait à ma place, en fait, Viens me voir ma jolie, Ça va aller, tu verras.

Et finalement de l'amour, même en pointillé, elle m'en a donné pas mal. Parce qu'elle m'aimait, ça, putain j'en suis certaine, je la faisais triper avec mes formes qui étaient sans doute les siennes autrefois, avec ma jeunesse dans laquelle elle se perdait.

Parfois on allait marcher ensemble en journée, elle me faisait découvrir les sentiers qui veinaient les plateaux, les terres arides où broutaient les brebis des éleveurs sur les hauteurs embrumées, la montagne et l'odeur sucrée des genêts massés autour des blocs rocheux. On observait les vautours fauves tournoyer au-dessus de nos têtes, on cherchait le gypaète barbu, on rêvait de croiser le loup.

Un jour de fin d'automne même, on s'est caressées là-haut, alors qu'autour de nous on ne voyait rien d'autre qu'un désert minéral et quelques touffes d'herbe toutes sèches. Et ce jour-là, isolée des assauts du monde extérieur, unie à Évelyne par ce désir qui n'avait rien de rationnel, j'y ai cru à notre histoire.

Si ce n'était pas de l'amour, c'était quoi, putain ?

Je sais, je sais, je me fais des films, c'était voué à l'échec depuis le début. Mais cette idée, dès qu'elle m'effleurait, je la chassais comme une sale bête qui n'avait rien à faire dans ma tête.

Moi aussi, j'avais deux vies en parallèle. Il fallait bien parce que, au final, j'étais plus souvent sans Évelyne qu'avec elle.

Tout est parti de Pom, ce gars qui m'avait abordée au bistrot. C'était un type sympa, bienveillant, jamais à rechercher son intérêt. Un mec qui vit en accord avec ses principes, en fait, des comme lui, ça court pas les rues. Il m'a introduite dans son monde, dans ce collectif qui réunissait tous ceux qui dans le coin avaient envie de faire quelque chose par eux-mêmes, de bâtir leur avenir plutôt que de le subir. Des Belges, des Parisiens, c'était un peu la deuxième génération de néoruraux, décidés à faire ce que leurs parents n'avaient pas eu le courage d'entreprendre. Des gens différents de tout ce que j'avais connu, qui me prenaient juste pour ce que j'étais, qui jamais ne m'ont jugée pour mes origines bourgeoises auxquelles j'avais tourné le dos.

J'ai aidé une fille à vider sa maison qu'elle quittait pour aller retaper une ferme plus au sud dans la vallée, en échange elle m'a filé la moitié de ses meubles. Tranquille.

Je me suis un peu impliquée dans l'association, je participais aux rencontres, à l'organisation des soirées. Un samedi par mois, dans un local prêté par une mairie sur le causse, c'était la coutume. Électro, rock, latino, ça tournait en fonction du responsable désigné, on passait des bons moments là-haut, c'était bon enfant même si ce n'était pas du goût de tout le monde, il arrivait que les paysans débarquent au milieu de la nuit avec leur fusil pour nous faire flipper un coup. Forcément ça a dérapé plus d'une fois, on avait nos deux-trois alcooliques incontrôlables aussi, ceux qui étaient parmi nous plus pour fuir quelque chose que pour construire.

Mais l'idée du collectif, ce n'était pas de foutre le bordel. Au contraire, le but c'était de faire vivre ce coin de France que les citadins ne connaissaient que l'été. On essayait de favoriser l'économie locale, on boycottait les supermarchés au profit des producteurs locaux. Viande, légumes, miel, boissons, on trouvait tout ce qu'il nous fallait.

Pour moi, c'était un autre monde, une vraie découverte.

J'ai rencontré un couple qui était dans le textile, aussi. Ils faisaient de la sérigraphie : elle, elle concevait les vêtements et lui, il imprimait des motifs avec des pigments organiques. Des trucs assez stylés. On échangeait, on a commencé à imaginer des projets communs. Ils m'ont aidée à faire la démarche pour avoir un stand sur le marché et ça, ça a changé beaucoup de choses. Mes fringues surcyclées, contre toute attente, elles ont trouvé un public. Ce n'est pas avec ça que j'allais racheter la baraque d'Évelyne, mais oui, ça se vendait.

Une fois par semaine j'étais là, installée au milieu de la rue piétonne avec mes portants bricolés ployant sous les tissus assemblés les semaines passées. Les femmes du coin venaient me voir, elles aimaient bien regarder ces robes, ces jupes, ces hauts qui sortaient de l'ordinaire. Moi, je les imaginais dans mes créations, espérant peut-être raviver l'amour dans leur couple qui battait de l'aile.

Je me rappelle qu'une fois l'assistante sociale est venue me voir. Enfin, à l'époque je ne savais pas qui c'était, je n'avais aucune idée du lien incompréhensible qui allait nous unir ensuite. Elle a fait défiler mes cintres et failli essayer une robe avant qu'une amie à elle ne vienne l'interrompre. Je la vois encore se retourner d'un coup, toute gênée, et je ne sais pas pourquoi mais sur le moment, je me suis dit Celle-là, à tous les coups elle a un amant. Je ne saurai peut-être jamais la vérité, pourtant je pense que je n'en étais pas si loin ce jour-là.

Sérieux, je suis sûre que toute cette histoire, elle est partie de là.

Mais s'il n'y avait que les femmes qui achetaient, les hommes, eux, ils en avaient pour leur argent. Ils mataient comme des malades. Ça, ils ne se gênaient pas pour apprécier mes seins dans les pulls moulants à l'approche de l'hiver. Je les sentais, ces regards sur moi dans la petite foule des clients du marché qui me passaient devant, pendus au bras de leurs épouses comme à une potence et rêvant de cette fontaine de jouvence que je représentais sûrement pour eux.

Je ne suis pas aveugle, je les remarquais les coups de menton et les sourires entendus entre quinquagénaires mal baisés et agriculteurs solitaires. Et au fond, ça ne me gênait pas tant que ça. On en riait même avec Pom et les autres. Parce que dans cette envie qu'ils me renvoyaient tous ces types, il n'y avait rien de malsain.

Plusieurs fois aussi, quand je marchais dans les rues, j'ai eu l'impression qu'on m'observait. J'ai ressenti comme une présence, tout près de moi, comme si quelqu'un me suivait. Mais je n'y ai pas prêté attention.

Je me disais que ça faisait partie de l'ambiance locale. Du décor.

Trop naïve, encore une fois.

Quand j'ai trouvé la première enveloppe sous ma porte, je n'ai pas réalisé.

C'était un matin, fin novembre. La neige n'avait pas encore pointé le bout de son nez mais le froid, lui, il était bien là. Je découvrais doucement ce que ça voulait dire de vivre ici à l'année, de voir les touristes déserter la région, le temps ralentir, le ciel s'affaisser comme pour nous enfermer dans notre petit monde plus enclavé que jamais. Sur les versants des vallées, les arbres gris et déplumés me faisaient penser à des barreaux de cellule. On sortait de moins en moins, reclus dans nos intérieurs alors que sur les hauteurs les vents s'éclataient.

Malgré mes ventes sur le marché, malgré la solidarité qui régnait au sein du collectif, c'est vrai que côté finances, je ne roulais pas sur l'or. Finalement, je vivais de quoi ? D'un équilibre instable entre RSA, couture et petits boulots au black chez les maraîchers des vallées au moment des récoltes. Juste de quoi payer mon loyer, la bouffe et quelques extras à droite à gauche. L'argent de maman, celui qui dormait sur un compte à mon nom depuis des années, je n'avais pas l'intention d'y toucher. J'avais parlé de tout ça à Évelyne une fois, mais j'essayais de faire la part des choses. Je crois que je faisais bien la différence entre le confort auquel j'accédais quand j'étais avec elle et la précarité de ma situation. Et même si ça a pu m'arriver d'y penser, jamais je ne lui aurais demandé de faire ça.

J'étais en train de boire mon café, les mains collées au mug chaud, le nez encombré malgré l'huile essentielle d'eucalyptus que j'inhalais à longueur de journée, quand j'ai vu le bout de papier blanc qui dépassait sous ma porte, à côté de mes sacs de tissus. Forcément, je fronce les sourcils, je me demande C'est quoi ce truc ?

J'hésite un instant avant de me lever, à cause du froid, et finalement je retire mon plaid et je m'avance pour ramasser l'objet.

Une enveloppe.

Oui, c'était une enveloppe blanche, toute simple, glissée sous la porte qui donnait directement sur la rue. Je la fais tourner entre mes doigts, pas de timbre, pas d'adresse, certaine que ce n'est pas le facteur qui l'a mise ici. Je l'ouvre.

Dedans, il y a deux trucs : un bout de papier avec un gros cœur dessiné dessus au stylo-bille.

Et un billet de cinq cents balles. Rien que ça.

Là, je reste un moment figée avec cette thune entre les doigts. Rien d'autre, pas de mot, aucune explication. Je n'ai pas besoin de chercher très loin, pour moi c'est évident, c'est Évelyne qui a fait ça. Ça me paraît bizarre, j'ai du mal à l'imaginer venir devant chez moi en pleine nuit sans en profiter pour s'introduire dans mon lit, mais si ce n'est pas elle, qui d'autre ? Sûrement pas un des potes de Pom : je veux bien croire qu'un ou deux tripent sur moi, mais ils sont complètement fauchés.

Je me rassois, je m'apprête à décrocher mon téléphone. Lui dire merci, entendre sa voix réchauffer mon matin, j'en souris avant même de composer le numéro. Son mari est dans les parages, je le sais, mais avec de la chance elle aura peut-être une heure à me consacrer dans la journée.

Pourtant, j'interromps mon geste.

C'est une mauvaise idée. Si elle m'a donné cet argent

avec autant de discrétion, ce n'est pas pour rien. C'est pour nous éviter d'avoir à en parler. Pour m'aider en m'épargnant la discussion qui m'aurait fait passer pour une clocharde.

Oui, c'est pour ça.

Le billet est resté vingt-quatre heures posé sur ma table, à côté de ma machine à coudre, comme un cadeau interdit. Ça me gênait, je n'avais pas envie d'y toucher à ce fric, j'étais bien capable de me débrouiller toute seule. Ça me rappelait maman, cette famille à laquelle je ne voulais rien devoir.

Mais j'ai changé d'avis. Cinq cents boules, ça me dépannait bien finalement.

Et pour elle, ce n'était pas grand-chose. Autant en profiter, après tout moi aussi je lui donnais beaucoup, à Évelyne. Je lui donnais tout, en fait, j'étais à elle. Alors le lendemain, je me suis dit Hé merde, et j'ai glissé le billet au milieu des pièces dans mon porte-monnaie.

Jamais je n'ai douté qu'il venait d'Évelyne, ce blé. Enfin, jusqu'à… jusqu'au mois de janvier au moins. Quand j'y repense, putain, quelle conne.

Mais sérieux, quelle raison j'aurais eu de faire un lien avec ces regards masculins posés sur moi au marché ? Pourquoi un de ces types aurait voulu me donner de l'argent ?

C'est arrivé trois fois.

Trois fois j'ai trouvé une enveloppe sous ma porte au matin, déposée par mon ange gardien pendant la nuit. Alors voilà, je me suis faite à l'idée. Ça me rendait bien service j'avoue, deux cents euros par-ci, cinq cents par-là, ce n'était pas du luxe dans ma situation. Parfois il y avait juste le billet, d'autres jours une petite surprise, une fleur séchée, un brin d'herbe noué.

C'était mignon, j'avais l'impression de découvrir une autre facette d'Évelyne, plus intime. J'essayais de bien l'utiliser, cet argent, je voulais qu'elle se rende compte que je ne me laissais pas aller. Mais jamais je n'ai évoqué le sujet avec elle. C'était comme un secret qu'on faisait toutes les deux semblant de ne pas connaître mais qui nous arrangeait bien.

Je n'en ai parlé à personne, d'ailleurs. Pom et les autres, c'était impossible de leur parler de ça, pas plus que de cet amour que je vivais depuis mon arrivée ici et dont ils ne savaient rien. C'étaient deux mondes tellement opposés, ils n'auraient pas compris, et encore moins accepté de savoir avec qui je passais mes nuits. Pour eux, avec tous leurs idéaux, Évelyne et son mari homme d'affaires, c'était le diable en personne. La mainmise des grosses fortunes des villes sur les terres locales au détriment des gens du coin, la multinationale déployant ses tentacules empoisonnés jusque dans les pays les plus pauvres. J'imaginais trop bien leur réaction.

Du coup, je veillais à maintenir une frontière étanche entre mes deux vies. Et à ne jamais me montrer avec Évelyne en ville. Ce qui l'arrangeait bien elle aussi.

Un groupe m'a proposé de quitter mon appartement pour rejoindre l'immense baraque en pierre de schiste qu'ils avaient rénovée dans le respect des traditions architecturales des vallées, un genre d'habitat communautaire où s'organisait une vie à trente au service d'un projet commun. L'homme et la nature avant tout, c'était leur mot d'ordre. Je voyais bien l'idée, c'était séduisant, ils allaient brasser leur bière sur place. Mais j'ai dit

Non. J'étais au milieu du gué, entre deux mondes, je ne pouvais pas rentrer là-dedans. En fait, je crois que leurs idées anarchistes ou d'extrême gauche (je n'ai jamais très bien saisi la différence), je n'y adhérais qu'à moitié. Je n'étais pas prête à sacrifier ma petite personne au nom du collectif.

Je sais : c'est égoïste.

Mais au fond de moi, malgré moi, j'appartenais à Évelyne plus qu'à mes nouveaux amis. Pour le meilleur et pour le pire, je dirais.

Mon idylle ne pouvait pas durer éternellement, j'aurais dû m'y attendre. Pourtant, j'avoue, je ne pensais pas que ça allait se dégrader aussi rapidement. J'espérais, enfin, je ne sais pas, qu'on s'aimait suffisamment pour que ça tienne. Je me trompais : quand Noël est arrivé, déjà ma vie numéro quatre ne ressemblait plus à grand-chose.

Comme chaque année, maman s'est réveillée début décembre. Quand même, une fois par an, ce serait bien qu'on soit tous réunis, ton frère, ton grand-père qui ne te voit jamais, on ferait ça à la maison. La maison, c'était ce pavillon de banlieue huppée que j'avais passé dix-neuf ans à rêver de quitter. Avenue du Château, trop classe. L'idée même d'y passer une nuit me foutait le cafard. Et pour quoi faire ? Pour répondre à leurs questions, pour leur raconter ce que je vivais, ma communauté de néo-soixante-huitards, mon aventure avec une femme de vingt ans plus vieille, mariée en plus ? Génial, je voyais ça d'ici.

Rien à faire, c'était Non, et je n'y ai pas mis les formes.

— Putain, elle me fait trop chier !

C'est ce que j'ai dit en raccrochant, juste avant de me masser le thorax à l'huile essentielle de marjolaine pour faire redescendre la colère.

La bande de Pom préparait une teuf énorme sur le causse. Ils s'associaient avec un autre collectif de la vallée voisine : gros moyens, grosse sono, du bon son, des gars allaient jongler avec du feu, la totale.

— Ça va être un truc de malade ! m'avait dit Pom en m'expliquant le projet, excité comme un gosse sous sa touffe de dreadlocks. Tu seras avec nous, hein ?

— Yes, à fond. Je ne vais pas rater ça.

Je ne sais pas si j'ai été convaincante dans cet enthousiasme simulé. Je savais que j'allais finir par y aller à leur soirée de Noël délurée, et j'étais sûre que ça allait être réussi.

Mais en fait, la seule chose dont je rêvais, c'est de passer ces moments avec Évelyne. Je sais, c'est con. D'ailleurs ça n'a jamais été mon truc les fêtes de fin d'année, cette liesse obligatoire, les Alors, tu fais quoi pour le nouvel an ? Putain, l'année d'avant avec Fred j'aurais donné n'importe quoi pour être toute seule ce soir-là plutôt que dans sa soirée hip-hop avec ses potes rappeurs. Mais là, je ne sais pas pourquoi, j'avais cette envie qui était en moi.

Envie de chaleur, envie de confort, envie de bien manger en tête à tête.

Envie d'Évelyne, c'est ça en fait, j'avais envie d'elle comme si on était un couple comme un autre, une famille en devenir et pas ce machin précaire qu'elle m'avait imposé.

Alors un soir, allongée contre elle sur les draps froissés, l'air de rien, j'évoque l'idée.

— Ça pourrait être bien, non ?

Sourire d'Évelyne. Ce sourire que j'avais appris à déchiffrer, qui me faisait craquer autant que souffrir. Parce que ce qu'il voulait dire, c'est T'es mignonne mais tu rêves ma chérie. Parce qu'il me rappelait la triste réalité : j'avais beau être sexy, tripante, bien foutue, tout ça, lui procurer plus de plaisir au pieu que jamais elle n'en avait eu avec son mari friqué, dans sa vie, je n'occupais qu'une toute petite place. Et pour rien au monde elle n'avait l'intention d'y changer quoi que ce soit.

C'était le deal, dès le départ, je l'avais accepté. Comme une conne.

— Tu veux reboire un verre ?

Elle dit ça et elle se rhabille pour rejoindre la cuisine. Je la suis, muette et crispée. De part et d'autre du bar en chêne massif, face aux crêtes acérées qui barrent le ciel nocturne derrière la baie vitrée, on fait tourner le vin dans nos verres à pied. Elle le déguste en experte, se lèche les lèvres. L'air sérieux, comme agacée par ma question.

Comme si j'avais franchi une ligne interdite.

Elle fixe la nuit, ou elle fuit mon regard, je ne sais pas. Et elle annonce ce qui pour moi ressemble à une punition.

— Je ne serai pas là, à Noël. Je vais être absente pendant deux semaines.

— Ah… Vous passez les fêtes en famille ?

Elle pince la bouche et, les yeux toujours dans le vague, elle fait oui de la tête.

Évidemment, qu'est-ce que j'allais imaginer ?

Quand je l'ai quittée ce soir-là, quand elle m'a déposée devant chez moi et qu'on s'est embrassées, je savais que la fin était proche. Enfin, je sentais que c'était la dernière fois qu'on allait se sentir bien ensemble. Alors que j'étais encore dingue de cette femme, de cette assurance, de cette classe, de cette supériorité qu'elle dégageait, elle, elle se lassait de moi. Je m'en rendais compte, putain j'aurais tout fait pour empêcher ce qui se dessinait doucement, mais plus j'en faisais, plus je l'ennuyais.

Je n'avais plus de prise, elle m'échappait.

Du coup, quand le lendemain j'ai trouvé une nouvelle enveloppe sous ma porte avec cent balles dedans, tout m'a paru terriblement clair. Ce n'était pas pour s'excuser, elle n'était pas de ce genre-là. Non, ce blé, comme tous ces petits cadeaux qu'elle me concédait avec clémence, c'était un moyen de me tenir. De souffler le chaud et le froid pour mieux m'avoir à sa merci.

C'est ça, Évelyne, elle était perverse : ce qui l'excitait le plus, c'était de me savoir à sa botte.

Et putain, elle y arrivait.

Il a neigé à Noël. Les flocons poudraient les cimes sous un voile blanc qui allait se perdre là-haut dans la brume. Pom s'émerveillait devant ces paysages en noir et blanc, cette vallée qui n'était plus la même quand l'hiver se pointait, qui dévoilait ses richesses les plus secrètes à ceux qui voulaient bien se laisser apprivoiser. Et sa soirée improbable au milieu des steppes du causse, dans la salle à peine chauffée autour de laquelle se déchaînaient les vents, c'était une réussite. On était quoi, deux cents peut-être. Oui, deux cents fous, moitié alcoolisés moitié défoncés, fringués façon père Noël punk, entièrement consacrés à célébrer cette fête catho qui ne représentait rien pour nous sinon une occasion de se défouler quand la vie d'ici tournait au ralenti.

On aurait dit que la nouvelle année qui s'approchait, les gars l'attendaient avec impatience, comme s'ils croyaient vraiment qu'elle allait être mieux que celle qui finissait. Comme si ce monde meilleur, plus solidaire, plus équitable, qu'ils pensaient être en train de construire, il avait une chance d'émerger un jour. Leur utopie en ligne de mire, toujours en tête malgré les mille contradictions qu'ils s'employaient avec force à minimiser.

J'y étais, bien sûr. J'ai dansé même, avec des gars, avec des filles. J'ai repoussé quelques avances, au milieu de la nuit. De Pom, d'ailleurs. Je ne lui en veux pas, il était bourré quand il a essayé de m'embrasser. C'était mignon, même, quand j'y repense, dans son regard flou il y avait un désir qui me faisait penser à mes premières amours d'ado. Peut-être que dans d'autres circonstances je me serais laissé faire, pour le fun, pour lui faire plaisir, j'avais déjà fait ça avec des potes.

Le souci, c'est que je n'avais pas la tête à m'éclater. Qu'au milieu de cette bande d'idéalistes grisés par leur vie hors du système, je ne me sentais pas à ma place.

Dans ma tête, je rêvais d'un monde inavouable. Celui d'Évelyne, à des kilomètres de celui-là.

En fait, pendant ces deux semaines d'hiver qu'elle a passées loin d'ici, c'était la déprime totale. Je me shootais aux huiles essentielles, verveine citronnée en infusion pour l'humeur, estragon bien au-delà des doses conseillées pour me retenir de reprendre la clope, mais tous les jours je broyais du noir. Impossible de positiver, de me concentrer sur ce qu'il y avait de beau dans ces parois rocheuses et mouchetées de neige qui encerclaient la ville.

C'était comme si j'avais oublié tout ce que j'avais aimé en arrivant ici, je commençais presque à regretter ma vie d'avant. Je passais des heures sur ma machine à coudre, à fixer les va-et-vient de l'aiguille dans le tissu qui rythmaient les minutes, les heures, cette attente interminable. Oui, c'était ma seule occupation, en fin de compte : j'attendais le retour d'Évelyne comme un gamin attend sa mère, avec impatience et crainte à la fois.

Je guettais l'approche de la fin de cette vie à peine commencée, réalisant que ce qui m'effrayait le plus au monde était arrivé : malgré cette bande de gentils cinglés qui m'entourait, je me sentais plus seule que jamais.

Aucune nouvelle.

À son retour, elle n'a pas appelé, pas un mot, rien. Chaque matin je vérifiais sous ma porte, je sortais le moins possible pour rester près du téléphone, j'attendais le moindre signe de vie en me répétant Ça y est, elle t'a oubliée. Et de jour en jour, avec la peur et la tristesse montait la colère. Cette colère que je connaissais bien, celle qui se libérait à la fin de chacune de mes histoires, quand tout explosait. Celle que Fred s'était mangée le jour de notre séparation, les coups de pied dans son matos, les coups de sac dans sa sale gueule. Malgré les massages à la marjolaine, je la sentais qui venait, mes potes aussi d'ailleurs, ils me faisaient des petites réflexions, comme quoi j'étais moins détendue, parfois je m'emportais contre Pom, sans raison.

Le pauvre, il n'y était pour rien.

Alors finalement, un matin, l'air de rien, je l'appelle.

— Évelyne ?

J'avais une voix d'enfant.

— Oui.

— Je… J'attendais ton appel, tu es rentrée depuis une semaine, non ?

— Oui. Oui, désolée, je n'ai pas eu le temps.

Pas eu le temps. Elle n'a pas eu le temps, je me répète.

— Ah. Tu veux qu'on se voie ? Je ne sais pas, on pourrait aller marcher un de ces jours, non ?

Silence, soupir, puis d'une voix froide comme une pierre du causse :

— Moi non plus je ne sais pas. Je suis un peu occupée en ce moment. Un peu plus tard, d'accord ?

Je reste muette un instant avant de tenter un :

— Attends, il y a un problème ?

— Non, non.

— Mais si, qu'est-ce que tu as ? On dirait que tu fais la gueule.

Merde, je parle comme ma mère quand on se voit.

— Mais non. Bon, je te laisse, on se rappelle, O.K. ? Bisou.

Bisou, putain, elle a dit Bisou.

Je ne suis plus sa jolie, sa chérie, son super-coup. Non, mon appel, il l'emmerde, rien qu'au son de sa voix je m'en rends compte. Et ça me fait mal, putain ça me bouffe de réaliser ça. Je raccroche. Je fixe le mur, le combiné toujours en main.

Furieuse et paumée à la fois. Je serre les dents.

Et ça sort d'un coup.

Je tire sèchement sur le fil du téléphone qui décolle de la table et vient s'écraser sur les pierres froides. En pièces.

— La pute ! je gueule, toute seule dans mon mini-salon. Non, mais quelle pute !

Et je ne sais pas bien si c'est d'elle ou de moi que je parle.

18 janvier. La date fatidique. Je garde en mémoire chacun des mots qu'on s'est balancés toutes les deux pendant cette soirée.

Je sortais du local du collectif. On avait passé l'après-midi à coller des étiquettes sur des pots de miel pour un apiculteur du mont. On faisait ça pour récolter un peu de fric pour les caisses de l'association, histoire de pouvoir au moins se payer du matériel de sonorisation. Ça me détendait.

Une fille était venue nous motiver, il y avait une manif qui se préparait le week-end d'après devant la préfecture, un truc énervé et pacifique à la fois, contre les autorisations de recherche de gaz de schiste dans le sud du département.

— C'est pas avec des projets comme ça qu'on va développer le territoire. Ce gaz, faut qu'il reste sous terre, point barre !

Bien remontée, la fille. J'avais dit que j'allais voir, mais je savais que je n'irais pas. J'étais plutôt d'accord avec elle, c'est vrai c'était un scandale cette affaire, le ministre avait signé ses arrêtés en loucedé, la veille de son départ du gouvernement. Mais je n'arrivais pas à me sentir concernée. Je prévoyais plutôt de rester chez moi.

Je marchais dans les rues piétonnes de la ville, les mains blotties au fond des poches de ma veste, il faisait un de ces froids. La météo annonçait de la neige et de nouvelles tempêtes pour la nuit qui commençait à s'emparer du ciel. Il n'y avait pas un chat, les gens étaient cloîtrés chez eux, collés devant leur télévision, en famille. Pour rentrer à l'appart, je passais par cette rue qui marque la frontière entre ville et montagne. À ma gauche s'élevaient les talus escarpés, jusqu'aux falaises qui semblaient nous observer de là-haut avec pitié. Tout ça disparaissait lentement dans l'obscurité naissante.

J'avançais toute seule, le pas pressé.

D'abord il y a eu ce bruit, derrière moi, cette impression d'être suivie que plusieurs fois j'avais ressentie ces dernières semaines. Je me suis retournée, mais il n'y avait personne, Tu te fais des idées, Maribé. Alors j'ai continué d'avancer.

Puis je l'ai vue.

Un peu plus loin, à vingt mètres en face de moi, j'ai reconnu la silhouette assurée d'Évelyne. Oui, c'était bien elle, chaussures de marche aux pieds, parka hors de prix sur les épaules, sac à dos bien garni. Retour de randonnée, tranquille, comme si on n'était pas en hiver.

D'un coup, je me fige. Elle arrive jusqu'à moi, l'air pas franchement heureuse de me croiser.

Ma gorge se serre.

— Salut.

Sourire forcé.

— Qu'est-ce que tu fais là ?

— Je vais récupérer ma voiture, dit-elle. À l'entrée de la ville.

— Tu étais partie marcher ? Avec ce temps ?

— Oui, je suis juste montée sur les hauteurs, histoire de me dérouiller un peu.

— Toute seule ?

Elle hoche le menton.

— Pourquoi… Pourquoi tu ne m'as pas proposé de venir avec toi ?

Elle fronce les sourcils.

— J'avais envie d'être seule.

— Tu veux dire… sans moi, c'est ça ?

— Non, je veux dire seule. C'est tout.

La voix sèche comme une branche morte.

— Tu avais l'intention de me rappeler ?

— Oui, j'allais le faire. C'est quoi cet interrogatoire, là ?

— Quand ?

Soupir.

— Quand ? Réponds-moi.

Je vois bien que plus j'insiste plus je la fais chier. Qu'elle a envie de se débarrasser de moi. Je suis en train de tout foutre en l'air. Mais c'est plus fort que moi, mon cœur s'écrase sous mes seins. Elle s'allume une clope.

— Qu'est-ce qui se passe, Évelyne ?

— Mais rien, arrête.

J'inspire un grand coup, et alors que les larmes me montent dans les yeux, j'enfonce le clou.

— Tu as rencontré quelqu'un d'autre ? (Pas de réponse.) C'est qui ? C'est un homme, hein ? Il a quel âge ?

Elle tire une taffe, la souffle dans le noir qui nous encercle peu à peu.

— Tu sais quoi ? dit-elle avec un calme glaçant. Tu m'emmerdes, là, O.K. Je n'ai pas envie de te répondre. Je te demande, toi, avec qui d'autre tu couches ?

— Mais, avec personne. De quoi tu parles ?

— Ta bande de PLP, là, il ne s'est rien passé ?

— Ma bande de quoi ?

— Tes potes pseudo-anarchistes, tes barbus. Tes pue-la-pisse, quoi !

Silence. Elle fume devant moi, pleine de mépris, impériale. Je ne la reconnais plus.

Je sens que ça monte, à cet instant je la déteste autant que je l'aime, j'ai envie de me jeter à ses pieds autant que de la frapper. Du bout de la rue, des bruits de pas nous parviennent, mais je les entends à peine, je ne suis plus là.

Ma voix s'étrangle quand je lui reparle. Enfin, quand je crie, parce que je ne maîtrise plus rien.

— Tu es un monstre, Évelyne. Tu… Tu te rends compte de ce que tu me fais ?! Putain, tu t'en rends compte ?

— Arrête… dit-elle, à peine attendrie.

— Mais toi, arrête !

— Oh, c'est pas vrai… Bon, je dois y aller, là. On réglera ça quand tu seras calmée, d'accord ?

— Non ! Non, tu ne peux pas me laisser comme ça !

— Si. Tu te calmes et on se rappelle demain. Je suis crevée, tu vois, je n'ai pas envie de ça.

Pas envie de ça. Je reçois ses mots comme des putains de coups de couteau. À l'intérieur de moi c'est l'incendie, tout s'effondre. Elle écrase son mégot sur les pavés glacés, et elle commence à me dépasser. Je l'attrape par la manche.

— T'es vraiment…

Elle se dégage, elle avance dans la ruelle sombre. Déjà plusieurs mètres nous séparent quand je hurle ces paroles que je vais regretter pendant des jours :

— T'es vraiment une salope, putain je te hais !

Elle se retourne, me fixe avec de la pitié dans les yeux. Et là, enragée, je repense aux enveloppes sous ma porte. Je fouille ma poche, j'en sors deux billets chiffonnés.

— Et ton fric, là. Tu sais quoi, j'en veux plus de ton fric ! Tiens, reprends-le !

Je jette dans sa direction les billets qui s'échouent à terre, mouillés par la neige fondue.

Je me souviens très bien du regard qu'elle m'a lancé à ce moment-là. Son dernier regard. Enfin, je crois me souvenir, peut-être qu'avec le temps j'ai reconstitué la réalité comme ça m'arrangeait. Mais ce que j'ai en tête, ce sont ses deux yeux clairs et soudain détendus dans la nuit. Sérieux, pendant un instant, je suis sûre qu'elle a hésité à revenir vers moi, à me prendre dans ses bras pour qu'on tire un trait sur tout ça. Tout aurait été différent, sans doute.

Mais elle ne l'a pas fait.

Elle a disparu dans le noir des rues alors que je gueulais une dernière fois :

— Évelyne !!

C'est la dernière fois que je l'ai vue.

C'est moi qui l'ai tuée.

Je ne sais pas ce qui est arrivé à Évelyne cette nuit-là, je ne le saurai sans doute jamais. Mais aujourd'hui, j'ai mon idée sur la question. Je crois bien qu'elle est morte. De me dire ça, j'ai encore le cœur qui se serre, il y a tout qui remonte en moi. Mais je ne vois pas d'autre explication. Elle est morte. Et avec le temps, j'ai fini par me persuader que c'est de ma faute.

Oui, quelque part, c'est un peu moi qui l'ai tuée.

D'ailleurs, j'avoue, j'en ai eu envie.

Sérieux, si elle avait été devant moi quand je suis arrivée à l'appart après l'avoir quittée, je crois que j'aurais pu la buter. Je tremblais de partout, j'étais hors de moi. La rage. Je me suis défoulée sur mon mannequin de couture, le pauvre je n'avais que lui sous la main, j'ai déchiré des fringues que je venais de terminer. Dans ces moments-là, il ne vaut mieux pas être dans les parages, tous mes ex peuvent en témoigner. La pute, la pute, la pute, je répétais ça à voix haute. Je repensais à tout ce qu'on avait vécu ensemble et qu'elle venait de balayer comme si rien n'avait existé.

Oui, je n'avais qu'une envie, c'était de lui taper dessus. Faire sortir tout ce qui me déchirait le ventre, tuer cet amour insensé dans lequel je m'étais engouffrée comme une adolescente. Mettre fin à ma vie numéro quatre, avec violence comme à chaque fois. Toute la nuit je l'ai maudite.

Je sais, je sais : trop impulsive.

Trop sensible aussi, putain.

Quand j'ai appris sa disparition, le lendemain soir, j'ai tout de suite fait le lien avec notre dispute. D'abord, j'ai pensé Elle s'est barrée avec l'autre, celui ou celle dont elle ne voulait pas me parler. J'imaginais le truc : pendant ses vacances, elle s'était trouvé une autre proie, une petite jeune aussi naïve que moi pour tromper son mari. Et tellement je l'avais énervée l'autre soir, elle avait filé chez elle.

Pour nous faire chier, moi, son mari, tout le monde. Ça se tenait, c'était bien son genre, à nous provoquer comme ça.

Mais les jours ont passé et elle n'a pas refait surface. On parlait d'elle un peu partout, il y avait son visage dans les journaux. On vantait ses qualités, on l'idéalisait comme si elle était déjà sous terre. Ma bande de PLP comme elle disait, ils se foutaient d'elle, ils inventaient des scénarios improbables, des drames familiaux dignes des pires séries télé, des machinations politiques, des trucs qui n'arrivent qu'aux riches. Je les écoutais en me forçant à sourire, gardant pour moi ma relation secrète avec cette femme de la haute qu'ils méprisaient autant qu'elle les méprisait.

Pour la première fois, j'ai vu à quoi ressemblait son mari, Guillaume Ducat, quand les journalistes l'ont interrogé. J'ai longuement fixé son visage sur la photo dans le quotidien, cette tête de quinquagénaire content de lui, du moins c'est l'idée que je m'en faisais. Je me demandais s'il savait pour moi.

Et pendant cette période où tout le département cherchait Évelyne, je me suis enfoncée dans ce qui ressemblait à une dépression. Ruminant tous ces trucs contradictoires qui se bousculaient en moi, la colère, la tristesse, la haine et l'amour, l'incompréhension et la culpabilité, ça me rongeait. L'impression que ma vie numéro quatre avait été fauchée avant que je puisse y mettre fin, qu'on m'avait volé mon suicide. Et putain, Évelyne, elle me manquait, c'était un truc de dingue. Un sentiment d'abandon tellement brutal, j'étais comme perdue sans elle dans les parages : même méprisante et lointaine, quand je la savais chez elle je me sentais sécurisée par sa seule existence.

J'ai arrêté de sortir. Je me suis cloîtrée chez moi, sourde aux appels de Pom, des autres, de ma mère aussi sûrement, abusant des huiles essentielles sans plus respecter aucune des limites conseillées.

C'est de ta faute, c'est de ta faute, je tournais en boucle là-dessus, je repensais à tous ces mots que jamais je n'aurais dû lui dire. Tu es trop conne, tu as tout foutu en l'air, c'est tout ce que tu sais faire.

Devant les gendarmes, j'ai fait mon innocente.

Ils sont venus me voir un matin, à mon appart. Major Vigier, quand j'ai vu l'uniforme je me suis raidie. Mais je m'attendais à ce qu'ils me retrouvent, avec les relevés téléphoniques, forcément avant qu'elle commence à merder notre histoire, on s'en était passé des coups de fil. Alors j'avais réfléchi, mon speech était tout prêt. Un gros pipeau.

— Oui, on se connaissait un peu, elle et moi. On s'était rencontrées sur le marché, elle s'intéressait à mon travail. On avait sympathisé.

Le type a haussé les sourcils. C'est bizarre, il avait l'air dépassé par l'ampleur de l'affaire.

— Sympathisé ? Qu'est-ce que vous voulez dire par là ?

— Ben… C'est clair, non ? On était amies, on se voyait de temps en temps. Comme elle était souvent seule et que moi j'étais nouvelle dans le coin, parfois on allait marcher ensemble. Elle aimait beaucoup marcher.

— Je vois. Et la journée du 18 janvier, vous étiez avec elle ?

J'ai soupiré, l'air désolé.

— Non, on ne s'était pas revues depuis presque un mois. J'imagine qu'elle est partie randonner seule, ça lui arrivait.

— Hmm… Vous étiez avec quelqu'un ce jour-là ? Je veux dire… (Il hésitait un peu.) Quelqu'un peut confirmer que vous n'étiez pas avec elle sur les sentiers ?

— Oui, oui. J'ai passé la journée dans les locaux de mon association. On était au moins une dizaine.

Il pouvait vérifier, et aussi qu'Évelyne et moi, on ne s'était presque plus téléphoné depuis Noël. Il s'est contenté de ça, il n'a pas cherché beaucoup plus loin. Il faut croire que je suis une bonne menteuse. Je ne me voyais pas leur dire la vérité. Pas à ces gens-là. À tous les coups je serais devenue suspecte, celle qui couchait avec la disparue, celle qui l'avait vue en dernier, j'étais foutue putain.

Pourtant, je savais un truc que personne d'autre ne savait.

Les rumeurs disaient qu'Évelyne avait été emportée par l'hiver. Qu'elle s'était aventurée dans une randonnée trop risquée, que les vents et la neige l'avaient surprise sur le plateau. C'était le plus probable, un marcheur ou un berger finirait par retrouver son corps au printemps, à la fonte des neiges, et tout le mystère qui avait grandi autour de cette femme retomberait comme un soufflé, venant seulement rappeler aux imprudents les dangers qui continuent de nous guetter là-haut.

Mais ce que tout le monde semblait ignorer, c'est que de sa randonnée, elle en était revenue. Moi, je l'avais croisée à son retour, regagnant sa voiture à travers la ville, fatiguée mais en vie. La tourmente n'était pour rien dans sa disparition.

Ce que j'avais appris aussi, dans la presse, c'est que sa voiture avait été retrouvée à l'entrée du bourg, autrement dit là où elle l'avait garée avant de s'engager sur le sentier.

J'avais beau retourner le truc dans ma tête, chercher d'autres options, je ne voyais qu'une explication : s'il lui était arrivé quelque chose, ça n'avait pu se passer que sur le chemin entre cet endroit où on s'était engueulées et sa bagnole. Voilà pourquoi je me sentais coupable.

Mais ce n'était pas tout.

Un détail m'est revenu de notre dispute. Un détail passé presque inaperçu, auquel je n'avais prêté aucune attention tellement j'étais furieuse contre elle.

Les bruits de pas, au bout de la rue, juste avant que je me mette à crier.

Putain, ai-je pensé quand je me suis souvenue de ça.

Cette rue, elle était déserte. Mais on n'était pas seules. Il y avait quelqu'un d'autre, quelqu'un qui nous a vues. Et si ce type (ou cette fille, mais déjà j'imaginais plutôt un gars) n'avait pas parlé aux gendarmes, pour moi ça ne pouvait vouloir dire qu'une chose. Que c'était lui.

Celui qui l'avait empêchée d'atteindre sa voiture.

Son assassin.

J'aurais dû me barrer tout de suite.

Je n'avais plus rien à faire dans le coin, dans cette vallée enfoncée dans un hiver qui n'en finissait pas, avec ces neiges qui fondaient et revenaient avant qu'on ait eu le temps de les oublier. En fait je crois que jamais je n'aurais dû venir ici, c'était une erreur dès le départ.

Mais je n'arrivais pas à partir : ne pas savoir, continuer d'espérer, rêver du retour d'Évelyne, c'était plus fort que moi.

Oui, c'est ça, c'est le doute qui me retenait.

Juste le doute.

Certains jours moi aussi je me prenais au jeu de la

recherche, j'allais rouler sur les routes du mont, des vallées, du causse, scrutant le paysage à la recherche de celle que j'aimais. Il m'arrivait d'aller me garer pas loin de sa villa et de suivre les allées et venues des visiteurs. Son mari sortait peu, son gros 4 × 4 rangé sur la pelouse au pied de la baraque où j'avais fait l'amour avec Évelyne. Une fois je me souviens de ce paysan que j'ai vu s'introduire sur la propriété, à pied, comme un voleur.

Sur le moment, je me suis dit C'est lui !

Mais ce n'était pas lui, comme j'allais le découvrir ensuite.

Mes quelques mois passés dans la région, je les ai ressassés mille fois pour essayer de comprendre ce qui avait pu arriver. Et de semaine en semaine, je voyais les choses différemment. Je repensais à l'assassin dans la rue, et aussi à tous ces regards sur moi quand je vendais mes vêtements sur le marché, ces gars qui mataient mes nichons refaits comme des objets de désir interdits. C'est ça, je me disais, il y en a un qui s'est monté la tête. Et alors je réalisais que plusieurs fois, quand je marchais dans la ville, j'avais senti comme une présence, comme si j'étais suivie.

Non, tu refais l'histoire, tu inventes, j'essayais de me persuader.

Et pourtant.

Il a frappé chez moi un soir, alors que le nom d'Évelyne commençait à se faire rare dans les journaux. Trois coups secs contre la vitre. J'étais dans ma chambre, allongée sur le lit et fixant le blanc du plafond.

Je me lève, je marche vers le salon, les sourcils froncés. Je me demande qui c'est. Pom, peut-être, il s'inquiète pour moi, c'est sympa.

Mais dès que je vois la silhouette floue derrière le verre, je me dis Non, ça c'est pas Pom. Une baraque, un mètre quatre-vingt-dix et une carrure qui remplit toute la porte. À côté, mon mannequin de couture collé au mur a l'air minuscule.

Il frappe encore.

J'hésite, un peu inquiète.

— C'est qui ?

Un temps passe, puis :

— C'est moi.

Moi ? Qui ça, moi ?

— Ouvre, s'il te plaît.

Il parlait comme si on se connaissait. Je reste un instant derrière la porte, la main sur la bouche, fouillant ma mémoire, balayant les visages de tous ceux que j'ai rencontrés dans le coin, sur mon stand, dans le collectif. Finalement j'ouvre.

Et je détaille ce type planté au seuil de mon appart.

Un mec carré, jean usé, chemise à carreaux en toile épaisse. Le visage massif, une barre de poils à la place des sourcils. Mais rien de menaçant, pas encore en tout cas, l'air plutôt sympa même. Un peu paumé, je dirais. Il se passe les doigts sur la lèvre du bas, il se racle la gorge comme s'il cherchait ses mots.

— Je sais, tu voulais qu'on attende, dit-il enfin, la voix basse. Mais je n'ai pas pu m'en empêcher.

— Quoi ?

Il me faisait une impression étrange. Je ne le connaissais pas. Pas vraiment, en tout cas. Pourtant il me disait quelque chose. Un physique vaguement familier, déjà croisé dans les rues de la ville, au marché. Plusieurs fois. Souvent, même.

En fait, c'est bizarre, mais c'était comme s'il faisait partie du paysage.

Comme s'il avait toujours été là, dans les parages. Dans ma vie.

Il continue :

— J'ai… J'ai besoin que tu m'expliques.

— Que… ?

— Ce type qui m'a téléphoné l'autre jour. C'était… c'était un policier. Il m'a parlé de toi, il connaissait ton nom. C'était une blague, hein ?

Là, je le regarde, complètement paumée.

— Je ne vois vraiment pas ce que… Je ne comprends rien du tout, O.K. ?

Il passe sa grosse main dans ses cheveux, les sourcils affaissés.

— S'il te plaît, dis-moi que c'était une blague.

Il dit ça et je vois sa lèvre qui tremble. Il me regarde avec dans son regard un truc que je connais. Ce n'est pas juste de l'envie, c'est plus fort que ça. On dirait de l'amour, quelque chose de puissant. Comme si on avait partagé toute une vie ensemble. Ça me met mal à l'aise alors d'un coup j'ai envie qu'il s'en aille. Je commence à fermer la porte, doucement.

— Je crois qu'il y a une erreur. Je n'ai rien à…

— Attends.

Le pied calé dans l'ouverture, il m'empêche de fermer. Je fronce les sourcils en forçant sur la poignée.

— Bon, ça suffit, là. Je ne sais pas qui vous êtes, et vous commencez à me faire flipper avec vos histoires.

Il écoute à peine, toujours sur sa lancée.

— Mais… tu ne peux pas me faire ça. Après tout ce

qu'on s'est dit, tous les deux, tout ce que j'ai fait pour toi depuis le début. Non…

— C'est pas possible, vous délirez complètement.

Il se tait quelques secondes, interloqué, plus confus que jamais. Cherchant visiblement à comprendre lui aussi. Je me dis C'est bon, il va se barrer. Mais non, l'instant d'après, il baisse le regard. Il mate mes seins, putain, il les fixe comme deux melons sur un étalage de supermarché. Avec une envie qui ne me plaît pas du tout. Son expression change, de perdu il devient affamé. Je sens monter la tension, je vois dans ses yeux que ça va basculer.

Et il se jette sur moi.

Il me prend dans ses bras, je pars en arrière, la porte s'ouvre en grand.

Je mets mes avant-bras entre lui et moi, j'essaye de le repousser alors que sa bouche cherche mes lèvres. Je me débats comme je peux mais bâti comme il est il peut faire de moi ce qu'il veut. Il va me violer, putain il va me violer ce taré. Je n'écoute rien de ce qu'il raconte, je m'applique juste à éloigner son buste trop près du mien, je tourne la tête dans tous les sens pour éviter son baiser. Je me penche en arrière et on bascule tous les deux, son épaule heurte la table qui se renverse, ma surjeteuse par terre. Je m'agite sous son poids, il m'attrape les mains, serre mes poignets entre ses doigts râpeux.

Je crie, je l'insulte, sur le point de capituler.

Je ne sais pas comment je suis parvenue à remonter un genou, à mettre mes jambes entre nos deux corps en lutte. Mais dès que c'est fait, je pousse. De toutes mes forces, je pousse en hurlant. Sa poitrine recule un peu, on roule sur le côté.

Et mon pied part d'un coup.

Avec une puissance qui m'étonne moi-même.

En pleine face. Sa tête part en arrière et cogne le mur. J'en profite pour m'éloigner de lui, le plus possible, je me réfugie dans le coin opposé.

Il gémit, la main sur le visage, affalé de travers. Il frotte son œil droit.

Silence dans mon salon.

Je n'ose pas bouger. J'attends.

Quand il relève enfin le regard, je vois un gros bleu au-dessus de sa joue. Un truc moche, je ne l'ai pas raté. Ses yeux me fuient. Ce n'est plus le même homme, plus de rage, plus de danger. Terrassé. Il fixe différents points de la pièce avec une tristesse immense, les lèvres serrées. Ma peur retombe. C'est fini.

Un moment passe comme ça.

Puis il se lève, bredouille des excuses, Je suis désolé, un truc dans le genre.

Et il disparaît par la porte ouverte.

J'ai quitté la vallée une semaine après cette agression.

Ç'a au moins servi à ça, à me faire partir, sinon j'aurais peut-être fini ma vie dans ce bled paumé où jamais je ne remettrai les pieds. J'ai pris la route un matin, mes machines et mon mannequin sur les sièges arrière, mes robes pas terminées dans le coffre, laissant là cette vie que je préférerais n'avoir jamais vécue. Avec autant d'amertume que d'incompréhension.

Je ne pouvais pas garder ça pour moi, après une nuit sans sommeil j'avais appelé Pom, Tu peux venir s'il te plaît ? J'ai besoin de parler. Et j'avais tout raconté, enfin presque tout. Il m'avait aidée à m'en remettre, à l'écoute, bienveillant, c'est ce que j'aimais chez lui. Il connaissait mieux que moi les paysans, grâce à lui j'ai pu en savoir plus sur l'homme qui avait failli me violer. Michel Farange, c'était son nom. Un éleveur de vaches du mont, marié à une assistante sociale. Un gars plutôt tranquille, d'après Pom. On ne trouvait pas d'explication à son geste mais ce qu'on pouvait deviner, c'est que sa vie là-haut, elle n'était pas facile tous les jours.

Sans doute que son couple, ce n'était plus vraiment ça.

Il avait pété les plombs.

J'aurais dû porter plainte, bien sûr, c'est ce que mon ami m'a conseillé de faire. Mais je n'ai pas voulu. Sérieux, mon nom sur la place publique, mes affaires étalées dans les journaux, mon histoire avec Évelyne révélée, non merci. Et puis finalement, il y avait eu plus de peur que de mal, le type avait juste essayé de m'embrasser. Alors voilà, j'ai demandé à Pom de garder ça pour lui. Et je crois que jusqu'à présent, il a tenu parole.

Même quand je suis partie.

Même après, quand Michel Farange a disparu.

Souvent je pense encore à Évelyne, et je dois avouer qu'elle continue à me manquer. Elle avait un truc que jamais je n'ai retrouvé chez personne, une manière de me faire croire à la vie, au bonheur, à l'amour, à tous ces idéaux après lesquels je n'ai cessé de courir.

Je suis certaine qu'elle est morte. Pourtant parfois je rêve qu'elle est encore en vie, qu'elle va réapparaître. Me prendre à nouveau sous son aile. Parce que la suite de mon existence, elle n'a pas été plus brillante. Je me suis installée sur la côte, un peu au hasard, là où je connaissais deux-trois personnes pour m'accueillir.

J'ai passé des journées à me chercher un avenir, à vider des paquets de clopes comme j'avais balancé mes flacons d'huiles essentielles, et à pleurer sur mon sort, avec ce sentiment d'abandon trop familier qui revenait me cerner.

À nouveau en chute libre, dans l'attente d'un héros pour me sortir de l'ornière.

D'une vie numéro cinq.

Pourtant jamais je n'oublierai mon agression, la peur qui s'est emparée de moi quand je me suis vue violée, les cuisses ouvertes de force par cet inconnu sorti de sa ferme. Et surtout, je resterai toujours perturbée par cette impression étrange, par ce que j'ai lu dans le regard de Michel Farange.

Parce que ce type, il n'était pas fou.

Non, j'en suis sûre aujourd'hui : c'est dingue, mais il croyait vraiment me connaître. Dans ses yeux, avant qu'il ne craque, il y avait une sorte de lueur béate. Un amour profond, sincère. Il m'avait pris pour une autre, une femme à qui il avait donné son cœur et sûrement beaucoup plus que ça. Impossible de savoir qui c'était cette fille. Où elle se trouvait, ce qu'elle lui avait fait.

Je ne connais que son nom.

Parce que à un moment, en pleine action, il l'a prononcé.

Amandine.

ARMAND

— *Joli garçon, toujours bien habillé...*

On était vendredi soir, au maquis. Et c'était la fête, quoi.

Tout le quartier était venu gazer dans la nuit éclairée par les spots multicolores. Le coupé-décalé sortait des enceintes à fond et débordait jusque dans les bars d'à côté. La poussière volait dans la rue, les motos étaient garées dans tous les sens le long des murs de parpaings. Les gazelles bougeaient leur pétou sur la terrasse, les talons dans la terre, sapées comme des princesses et jetant des regards aux gars en faisant semblant de ne pas être intéressées.

Et vrai-vrai, là, le prince de la soirée, c'était moi.

Oui, c'est de moi que le DJ parlait. Sur la petite scène, il faisait mon spot dans le micro.

— *Faroteur comme jamais... Il fait le malin...*

Plus loin, au fond de la foule, je voyais mon gouvernement qui buvait la bière. Sylvestre, Driss, Moussa, Christian, tous ils me regardaient faire démo, marcher le long des baffles qui grésillaient, avec un sourire de roi. Le cigare entre mes lèvres, je doigtais ma chaîne en or, ma boucle de ceinture, ma belle montre, ma chemise brillante. Pour bien montrer que ça mangeait pour moi.

Sans arrêt le DJ répétait mon surnom.

— Général CFA, c'est lui le Général CFA que vous connaissez bien... Il va faroter... Il va me jeter plein de billets...

Et alors, en lançant un œil à Monique, accoudée au bar et occupée à repousser les avances des gars qui ne savaient pas qu'elle était avec moi, j'ai commencé mon travaillement. J'ai plongé mes mains dans les poches de mon jean, j'ai sorti tous mes billets. Et je les ai jetés en l'air. Un par un, je les faisais voler sur la scène, sur la terrasse. Il y avait des CFA à gogo, qui pleuvaient de partout et je marchais dessus comme si je ne les voyais pas pendant que les autres ramassaient ce qui était tombé par terre. J'étais même incapable de dire combien il y avait, mais vraiment beaucoup, c'est ça qui est sûr. Faire un travaillement, c'est se pavaner et dépenser le plus vite possible ce que tu as gagné dans la semaine. Pour montrer l'étendue de ta fortune, quoi.

Cela a duré un long moment que j'ai savouré avant de descendre rejoindre mes amis. Le DJ a cessé de parler, il a mis des titres pour ambiancer le public. Au comptoir, en gonflant le torse sous ma chemise, j'ai posé une nouvelle liasse de billets. La serveuse, un petit modèle que Sylvestre draguait depuis le début de la soirée, a apporté une bouteille de champagne, elle l'a posée devant nous avec un sourire impressionné. Et alors j'ai rempli tous les verres autour de moi, sans faire attention à ce qui coulait au sol et imbibait la terre grise.

Ensuite, avec Monique, on est allés danser sur la piste. Tous les jaloux nous observaient. Moi-même, parce qu'ils me suivaient sur Facebook. Ils avaient vu toutes ces photos que j'avais publiées, celles où j'étais allongé sur le lit king size de ma chambre d'hôtel, les doigts pointés vers l'objectif et noyé sous mes dizaines de billets éparpillés sur les draps. Et Monique, ils la regardaient parce que c'était la plus belle gazelle du maquis dans sa jupe courte et son bustier bordé de faux diamants qui lui serrait les seins. Monique, elle décalait trop bien, quand elle frottait ses fesses contre moi, elle m'enjaillait trop. J'adorais cela.

Je profitais, quoi.

C'est sûr, ce soir-là, je profitais de cette prospérité qui était la mienne, de cet argent que chaque vendredi je gaspillais dans les plus fameux gazoils de la ville. Je faisais comme si ma gloire était éternelle. Comme si j'étais encore ce guichet automatique à sous que tout le monde voyait en moi. En transpirant sous la lumière des spots, je ne pensais à rien d'autre qu'à faire la fête.

En tout cas, j'essayais de ne penser à rien d'autre.

Parce que avec mon travaillement de ce soir, personne ne pouvait imaginer que pour moi, c'était déjà la fin. Que mon affaire était gâtée, que cela faisait un moment que l'argent ne rentrait plus. Que Monique, j'allais la perdre dans très peu de temps.

Et si j'avais bu autant de bière et de champagne ce soir, c'était pour oublier ce qui m'attendait le lendemain. Cette chose terrible que je repoussais depuis plusieurs semaines mais que je devais accomplir si je voulais remonter la pente.

Le lendemain, je devais assassiner un enfant.

Comment en suis-je arrivé là ? Pourtant, un an auparavant, personne n'imaginait que j'allais devenir un tel faroteur. Ni à quelles pratiques diaboliques j'allais devoir m'adonner. À l'époque, je ressemblais surtout à un authentique galérien.

Je me souviens de ce jour où je retrouvais mon gouvernement pour boire la bière au Dynamique, le maquis qu'on prenait pour notre quartier général. Le gérant faisait des affaires, il se croyait patron d'un hôtel de luxe derrière sa table bricolée avec ses bouteilles alignées sur les planches branlantes et sa cuisinière qui faisait frire les allocos dans le fond. Nous, on mangeait le poulet grillé et on fumait nos djagailles achetées à l'unité en se racontant nos petits business, les derniers coups réussis.

Je venais juste d'arriver lorsque Sylvestre m'a regardé en souriant. Il a haussé les sourcils et désigné les tables en plastique de l'autre côté de la terrasse.

— La go là-bas, là. Cette fille est trop belle, elle va me tuer.

Il était comme ça Sylvestre, jamais il ne s'arrêtait.

On s'est retournés pour voir. La gazelle était assise près du bar, avec deux copines. Elles riaient en mangeant un attiéké poisson dans les assiettes jetables. Bon, Sylvestre avait raison, c'était une beauté, avec des fesses bien rondes et une bouche à embrasser tout de suite. Elle avait les talons, la pochette en cuir, la robe qui moulait ses formes dangereuses, les bijoux, toutes les options, quoi. Elle faisait la fière comme si elle ne nous avait pas vus, on aurait dit une Parisienne.

— Hé, mon ami, a lancé Driss. Depuis que tu as acheté nouvelle chemise, là, tu as percé ! Tu te sens plus.

Mais Sylvestre n'a pas relevé. Il a bu une gorgée de sa Castel au goulot, il a rincé ses mains avec le pot d'eau posé par terre. Puis il s'est levé, il a fourré la chemise dans son jean et s'est avancé vers la fille en marchant entre les tables blanches et les chaises aux dossiers défoncés. Elle l'a toisé des pieds à la tête en faisant bouger ses boucles d'oreilles dorées. On le regardait faire avec nos bouteilles à la main. Driss s'est penché vers moi.

— Le gars n'arrive même pas à contenter sa go, déjà il veut deuxième bureau.

Driss aimait bien médire sur les autres, sa bouche ne portait pas de caleçon. Mais on avait l'habitude, il nous faisait rire aussi.

On n'entendait pas tout ce que se racontaient Sylvestre et la fille mais les derniers mots qu'elle lui a envoyés, eux, ils sont venus jusqu'à notre table :

— Clique sur quitter, d'accord ? Tu gâtes mon temps, là. Tchrrr !

Driss a éclaté de rire en se tapant le genou alors que notre ami revenait vers nous, traînant ses baskets sur la terre. La fille l'avait éconduit avec force, maintenant elle ne le regardait plus et recommençait à discuter avec ses copines.

— Tu m'apprendras ta technique de drague, keh !

— Hé, ferme ta vieille boîte, a répondu Sylvestre en finissant sa bouteille. Garçon, encore de la bière, là !

Il s'est assis sur la chaise, il a passé une main sur sa bouche et il s'est tu en attendant sa commande. On le connaissait bien, on savait qu'il était fâché mais que cela allait passer.

— Et toi, Armand ? m'a dit Moussa. C'est comment ?

Moussa, c'est mon ami. On se connaît depuis toujours, nos familles viennent du même village. Déjà gamins on jouait ensemble, on se courait après dans les rues du quartier. Bon, il ne parle pas beaucoup, il y a ceux qui le trouvent même bizarre parce qu'il ne s'intéresse pas aux filles. Souvent Driss gâtait son nom, il disait qu'il était woubi, qu'il aimait les hommes, quoi. Mais ce n'est pas vrai, il est comme ça, point barre. C'est un discret, il n'aime pas se pavaner devant les gens. Parfois, il ne dit rien parce qu'il pense au Seigneur, il n'y a pas plus croyant que lui.

— Hé, Armand ?

Mes doigts dans mon poulet, je ne répondais pas. J'avais la tête ailleurs, je réfléchissais. J'en avais assez de tout ça, de galérer comme cela, de voir les gazelles nous toiser comme cette freshnie avec Sylvestre. Oui, c'est à cette période que j'ai pris ma décision. Cette fois ce n'était plus négociable. Nos petits coups, cela ne me suffisait plus. Au fond de moi-même je m'étais promis de passer à la vitesse supérieure.

De devenir le plus fameux brouteur du quartier.

Le last.

Parce que je venais de retrouver Monique. Et que j'étais enjaillé fou.

Le lendemain, je me suis levé tôt pour aller travailler. Motivé comme jamais.

Bon, j'habitais chez le vieux encore, avec ma sœur Fabiola et mes frères que tous les jours je retrouvais dans la cour à boire le thé sous le manguier avec leurs amis. C'était une maison toute simple, deux chambres, un salon, et une pièce pour se laver où, les jours de coupure d'eau, on utilisait le seau en plastique. On dormait dans la même chambre sur nos matelas en mousse et chaque soir on se battait pour avoir le ventilateur vers soi.

Quand je suis sorti, Fabiola était déjà en train de balayer la terre en attendant sa copine qu'elle devait coiffer.

— Hé, Armand. C'est où que tu vas comme ça ?

— Je vais bara. Je ne reste pas à lézarder comme vous, les filles, deh !

Elle a haussé les sourcils.

— Tchrrr… Les arnaques, oui, c'est ça qui est ton travail ! Tu verras quand le vieux saura comment tu gagnes ton argent.

— C'est quoi, même ? Y a drap ? Hé, continue tes affaires, là…

J'ai quitté la maison et j'ai démarré ma moto en pensant à mon père. Fabiola avait raison, je savais très bien ce qu'il pensait de ce travail sur lequel je comptais pour gagner la fortune. J'avais entendu sa morale des dizaines de fois. Si tu voles ton argent, un jour ils vont te tuer, il disait en me fixant avec ses gros yeux en colère. Mais si tu le gagnes honnêtement, ce qui est sûr, c'est que tu as ta vie en main. Quand tu dépenses, tu es fier de toi. Il aurait voulu que je fasse de la mécanique avec Désiré, mon grand frère, qui s'était fait embaucher dans un garage du quartier.

Mais j'avais pris une autre direction.

J'ai roulé sur le goudron au milieu des voitures qui circulaient dans tous les sens et soulevaient la poussière du matin. J'ai longé les devantures des maquis alignés les uns à côté des autres, Le Fromager, Le Charmant

(Ouvert de l'aube jusqu'à fatigué), Chez Erneste. Je suis passé devant ces cabanes fermées par des bâches noires et des pneus posés sur le toit en sachant bien que cachés derrière, il y avait souvent les jeunes qui venaient jouer leur argent aux jeux ou se droguer sans qu'on les voie. Près du marché, des gamins couraient dans les allées et le long des rigoles avec leurs sandales toutes gâtées, leurs vêtements sales, et sur leur tête des bassines de savon ou de Kleenex qu'ils proposaient aux passants.

Arrivé à l'entrée du cybercafé, j'étais le premier.

Kouassi a ouvert les grilles blanches juste devant moi. Il portait une chemise bien repassée sur son gros ventre. Il m'a souri en révélant sa dent en or.

— Tu viens travailler tôt, là, Armand. C'est bien.

— Oui, j'ai lancé format hier.

Il comprenait ce que cela voulait dire, bien sûr, c'était notre chairman. C'est lui qui nous avait formés, avant qu'on devienne autonomes. Pendant six mois, le job, on l'avait fait pour lui. Tous les jours on se retrouvait dans sa villa derrière la gare routière. On était une dizaine, on s'installait dans son salon entre les ventilateurs qui nous soufflaient dessus, allongés sur le carrelage froid ou avachis sur les coussins en cuir de son fauteuil de marque. On avait un ordinateur par personne, un portable tout neuf avec une connexion haut débit, tout ce qu'il fallait, quoi.

Et pendant sept heures par jour, assis dans son fauteuil en face de nous, Kouassi nous apprenait les bases du métier. Bon, présentement, il gardait soixante-dix pour cent de ce qu'on lui faisait gagner, on était seulement des robots-lanceurs. On recherchait les adresses e-mail, on préparait les documents, on classait les photos, on envoyait les messages. Mais dès que cela devenait sérieux, dès qu'il fallait convaincre les clients de payer, il reprenait la main. On l'écoutait faire quand il prenait un de ses téléphones portables et qu'il changeait sa voix, on ne perdait pas une seule de ses paroles parce qu'on savait que bientôt, on allait faire pareil.

En tout cas, vrai-vrai, il savait s'y prendre, ce n'est pas pour rien que son surnom c'était Le Millionnaire. À chaque fois il réussissait et l'argent tombait. Son école de formation était connue dans la ville.

Je suis entré dans le cyber et suis allé m'asseoir à la même place que d'habitude. C'était dans le fond de la pièce, un ordinateur serré entre deux parois en contreplaqué. Il faisait chaud ici, déjà je transpirais sous mon polo, mais j'aimais cet endroit parce que c'était près de la porte arrière. Au cas où, quoi. La machine s'est allumée, l'unité centrale posée à terre s'est mise à vibrer contre ma jambe et le temps que l'écran s'éclaire, Driss et Sylvestre étaient arrivés.

— Hé, mon ami. Tu es déjà là, deh ! Tu viens gazer ce soir ?

— Non, pas cette fois, je vais rester travailler.

— Toi, Armand, même. Tu ne sais pas ce qui est doux.

J'ai tourné la tête vers mon écran. Les icônes de Bill Gates s'affichaient une par une, l'appareil était vieux. Et pendant que mes deux amis s'installaient à leur poste, j'ai ouvert ma messagerie. La veille, j'avais passé un long moment à écrire mon format. Je voulais qu'il soit parfait, je l'avais passé plusieurs fois au correcteur automatique parce que souvent, on fait trop de fautes et cela ne marche pas. Je l'ai relu une fois encore.

Coucou bonjour a vous !
Voici ma présentation. Dans lequel je vais t'écrire avec sincérité et franchise. Je me nomme Amandine Milan et je suis de nationalité française d'origine. J'ai 28 ans et j'aimerais me faire des contacts pour le but de trouver l'homme de ma vie je ne veux pas tomber sur de mauvaises personnes donc je suis célibataire. Je fais hauteur 175 cm poids 54 kg confection 38 pointure 39 yeux noir cheveux noir.
Je vivais avec mes deux parents à Issy-les-Moulineaux 50 rue d'Erevan, mais cela fait maintenant 3 ans après la mort de mon père que ma mère et moi avons quitté Issy-les-Moulineaux pour le Canada et 2 ans après j'ai perdu ma mère, je n'avais plus personne dans ce monde et j'étais toute seule il me fallait donc me trouver du travail et quelques mois après j'ai rencontré un homme qui m'a trahie et m'a laissée tomber et c'est ainsi que les sœurs d'un orphelinat m'ont proposé un poste de travail en Afrique comme couturière dans une association et comme je n'avais plus personne j'ai décidé de partir dans ce pays pour y travailler dans ce pays. La distance n'est pas un problème car ailleurs n'est pas loin quand on aime et moi je serais prête à quitter ce pays pour l'homme de ma vie.
Je ne fume pas je suis généreuse honnête attentionnée passionnée sensuelle calme.
Voici le parcours de ma vie qui peut me donner très certainement une volonté de réussir dans l'avenir. Aujourd'hui je recherche sincèrement l'homme de ma vie peut être que

le Bon DIEU a réservé pour moi mais pourquoi pas toi ? Oui, un complice de mes affinités des sensations réciproques pour le vrai bonheur de la vie de couple. Et si je suis à toi par cette note c'est pour ample connaissance sincère dans le seul but d'avoir une relation cohérente et sincère. Merci pour la compréhension et dans l'attente de te lire.

Amandine Milan.

J'avais choisi ce nom, Amandine, parce qu'il ressemblait à Armand, pour éviter de me tromper. Le message était parti vers huit cents adresses e-mail récupérées sur des sites de rencontres avec Extractor, le logiciel magique qu'on utilisait tous. Il y avait des Français, des Belges, des Canadiens aussi. Des Blancs qui avaient de l'argent, quoi.

C'est ça qui était notre métier : le broutage. Le seul job qui rapportait un peu de plomb dans cette ville. On débutait, présentement on ne gagnait pas beaucoup. Mais on connaissait déjà les combines, et on s'était chacun spécialisé dans un domaine. Driss et Sylvestre qui s'agitaient sur leur clavier à côté, comme ils s'y connaissaient mieux en informatique, ils fabriquaient des documents officiels, ils bricolaient les images sur Photoshop et ils appâtaient leurs clients avec des faux gains à la loterie. Christian, lui, il inventait des histoires d'héritage compliquées. Moussa touchait un peu à tout.

Mais moi, mon secteur, celui dans lequel j'étais le plus à l'aise, c'était le love.

J'avais beaucoup réfléchi et j'étais sûr que c'était celui qui pouvait rapporter le plus. C'est la loi du marché : quand quelque chose est rare, il devient plus cher.

Et l'amour, les Européens, vrai-vrai ils n'en ont pas assez, c'est ce qui leur manque le plus parce qu'ils restent enfermés chez eux et ne se rencontrent jamais. Ils ont de l'argent, beaucoup d'argent et d'artifices à Paris, ils vivent dans de beaux appartements et ils boivent du vieux vin. Mais cela ne leur sert à rien, ils sont malheureux tout de même. L'amour, l'amour sincère comme ils disent, ils en rêvent la nuit tout seuls dans leurs grands lits. Alors moi, j'étais prêt à leur en donner plus qu'ils ne l'avaient jamais imaginé.

J'allais les noyer d'amour sincère.

Mais cela avait un prix, il n'y a rien de gratuit sur la Terre. Pas de roses sans épine.

Parce que moi, c'était d'argent que j'avais besoin.

J'avais cinquante réponses dans la boîte d'Amandine, un peu moins que ce que j'espérais, mais déjà c'était suffisant. J'ai commencé à les lire, elles venaient de France, surtout. Bon, elles étaient un peu toutes pareilles, j'avais l'habitude. C'étaient des réponses de Blancs, quoi. J'ai préparé mon deuxième message. Il était important, c'est lui qui devait accrocher le client.

— Hé, Driss, tu as les photos des filles, là ?

— Oui, attends, a-t-il dit en souriant. J'ai belles gazelles blanches, tu vas voir.

Il est venu à mon poste avec sa clé USB. Driss était champion pour chercher les images sur Internet. Il a ouvert ses fichiers et m'a montré ses dernières trouvailles. Il fixait l'écran de très près, la tête penchée vers l'avant. Je voyais briller la pierre qu'il portait à son oreille depuis qu'on avait commencé à brouter.

— Regarde celle-là. La fille est belle, deh. Dieu lui a donné.

Les photos s'affichaient, il y en avait quatre. C'était une blonde, on la voyait en robe et en maillot de bain sur un bateau.

— Non, elle est trop grande, on dirait girafe. Tu as une avec cheveux noirs ? Et plus jeune.

— C'est quoi ? Tu es difficile, gars !

Oui, j'étais difficile.

Il a ouvert d'autres dossiers, des jeunes, des vieilles, des grandes, des petites, des noires et des blanches. Je les regardais bien à chaque fois parce que j'avais une idée précise de ce que je voulais pour Amandine. Et enfin je l'ai trouvée.

— Stop. Elle, là.

Une brune avec une grosse poitrine, qui nous regardait sur les trois photos comme si elle allait nous dévorer. On la voyait allongée sur son lit, debout devant un arbre, avec des lunettes en train de lire un livre.

— Elle vient d'où ?

— Attends, je regarde. (Il a fouillé un peu.) Ah oui. Tu sais quoi ? Je l'ai trouvée sur un site porno !

— Un site porno ?

Il a éclaté de rire en montrant toutes ses dents.

— Oui, oui. C'est une actrice, mais elle n'est pas beaucoup connue. Elle s'appelle… Alicia More.

Alicia More. Je l'ai regardée encore. Elle était parfaite. C'était Amandine, quoi.

— Je la prends.

— Toi, Armand… a-t-il continué de rigoler. On pourra t'imiter mais jamais t'égaler.

J'ai chargé les photos sur ma machine et je les ai intégrées à mon message. Au bout de quelques minutes, tout était parti. Des dizaines d'Amandine pour la France.

Quand mes Blancs allaient la voir cette fille, ils allaient s'enjailler tout de suite, j'en étais certain.

Ce qui est sûr, c'est que les filles, elles nous font faire n'importe quoi. Tout ce que l'on fait de moralement répréhensible, tout ce qui nous éloigne de Dieu et nous rapproche du diable, quoi qu'il en soit c'est toujours pour elles. Bon, je n'ai jamais ignoré cela, mais avant je ne savais pas jusqu'où j'étais capable d'aller. Je pensais connaître la frontière entre le bien et le mal, j'avais mes limites, quoi. Mais lorsque j'ai retrouvé Monique, il y a tout qui a changé pour moi. C'est là que, véritablement, j'ai eu envie d'atteindre le sommet.

Et pour elle, j'étais prêt à aller très loin.

Monique, vraiment, elle n'est pas comme les autres filles. Elle est au-dessus, quoi. J'ai l'impression qu'on s'est toujours connus, elle et moi. Je me souviens d'elle, au collège, quand déjà elle chantait dans la cour de sa maison en étendant le linge. Quand tout le quartier l'écoutait et quand sa sœur disait que sa voix, c'était son visa, son ticket de sortie du pays. Que c'était sûr, un jour elle allait se faire repérer par un de ces producteurs blancs qui cherchent des talents dans les villes d'Afrique pour faire rêver les Européens.

Et surtout, je me souviens de ma première fois, avec elle. Cette nuit où on a fait l'amour derrière la place du marché, sur les planches de bois qui nous griffaient le dos, avec les étoiles du ciel au-dessus de nous et les bruits des autres couples un peu plus loin. C'est sûr, je n'ai jamais oublié. Les jours suivants, avec les autres gars du quartier, je ne parlais que de ça et je voyais bien qu'ils étaient tous jaloux, qu'eux-mêmes ils mouillaient devant cette petite go. Sauf Moussa, peut-être.

Mais un jour, elle est partie. Ses vieux ont déménagé dans une autre ville et je n'ai plus eu de nouvelles d'elle. Certaines langues prétendaient qu'elle était allée au lycée et qu'ensuite elle avait réalisé son rêve, qu'elle chantait pour les Blancs, qu'elle faisait des tournées dans le monde entier. Et il y avait ceux qui disaient le contraire, qui prétendaient qu'elle faisait boutique son cul dans des bordels de la capitale. Alors moi, je m'étais forcé à l'oublier.

Jusqu'à ce que je la retrouve, complètement par hasard.

C'était une soirée dans un bar fermé où les gens viennent écouter la musique en restant assis. Je n'allais pas souvent dans ces endroits, c'est Christian qui m'avait dit de venir, il voulait m'affairer, me raconter des histoires, quoi.

Le groupe était en train de se mettre en place, de brancher les instruments. Et elle était là, devant, occupée à ajuster son micro en secouant ses boucles d'oreilles dorées. Je n'arrivais pas à décrocher mon regard. Je l'avais reconnue, c'est sûr, mais elle était devenue tellement canon. Elle était grande, les seins parfaits dans son haut noir. Ses regards aux musiciens derrière elle, ses gestes des doigts pour remettre ses longues tresses derrière ses oreilles, je ne perdais aucun de ses mouvements. Même avant d'ouvrir les lèvres, au milieu des bruits des clients du bar, elle se détachait comme si cette soirée n'était faite que pour elle.

Et quand elle a commencé à chanter sa variété africaine, sa voix de diva m'a creusé le cœur comme marteau-piqueur.

Bien sûr, Christian a compris qu'elle m'enjaillait. Mais tout de suite il a haussé les sourcils avec un air de compassion :

— Papapapa… Celle-là, mon ami, elle n'est pas pour toi, deh !

— Pourquoi ?

Il a montré la rue à travers la vitre.

— Tu vois belle bagnole là-bas, de l'autre côté du goudron. Gros 4 × 4 noir. C'est avec ce carrosse, là, qu'elle est arrivée. La fille habite une maison chez les riches, tu vois ?

— Hum…

Je voyais ce qu'il voulait dire.

Elle avait donc réussi sa vie.

Ce soir-là, Monique et moi, après son show, on a seulement échangé quelques mots. Elle devait rentrer, s'occuper de sa fille, je n'ai pas pu en savoir plus sur elle, sur ce qui s'était passé durant toutes ces années. Mais quand elle m'a laissé son numéro, quand elle m'a dit avec son beau sourire dentifrice que cela lui ferait plaisir qu'on se revoie un jour, j'ai deviné que j'avais ma chance avec elle. Oui, quelle que soit sa situation, même mariée à un ministre, j'avais mes chances.

Parce qu'elle-même, elle se souvenait de notre nuit sous les étoiles.

Trois jours après avoir envoyé mon format, il me restait cinq clients. Cinq Blancs qui avaient répondu à Amandine et mordu à l'hameçon de ses gros lolos de brune. Mais c'était juste le début. Le love, ce n'est pas un business qui se règle en quelques heures. Il faut du temps, de la patience, plusieurs mois parfois avant de toucher tes premiers jetons. Plus tu attends, plus tu peux gagner. Parce que ton Blanc, là, tu le tiens. Il devient ton mugu. Ton pigeon, quoi. C'est cela que j'avais appris.

Et parmi mes cinq Blancs, il y en avait un qui m'intéressait particulièrement. Dès son premier message, j'avais deviné qu'avec lui ça allait marcher :

Bonjour Amandine,
Je ne sais pas comment tu as trouvé mon e-mail mais j'ai reçu ton message. Je trouve ton histoire très triste, je ne sais pas ce que je peux faire pour toi. Moi j'ai toujours rêvé de connaître l'Afrique, si tu veux on peut s'écrire.
Michel.

Michel, c'est ça qui était son prénom. Le lendemain on était passés sur MSN et on avait commencé à tchater. Au début, il fallait y aller doucement, surtout lui poser des questions et dire des choses sur Amandine.

Michel : Que recherches-tu ici ?
Amandine86 : Comme je t'ai dit je cherche un homme pour partager ma vie. Que fais-tu dans ta vie ?
Michel : Je suis agriculteur j'élève des vaches.
Amandine86 : Ah c'est très bien. J'aime les animaux. Tu peux me demander des choses aussi. Ça ne me dérange pas on apprend à se connaître.
Michel : Tu es très belle sur les photos.
Amandine86 : Hihihi. Merci beaucoup ça me touche tu me fais rougir. Mais l'important c'est ce qu'il y a dans le cœur et pas le physique.

Les Blancs adorent ce genre de phrases, c'est important de les connaître pour plaire aux clients.

Je pianotais sur mon clavier dans la chaleur du cyber, collé à l'écran qui me piquait les yeux, la main sur ma souris butant contre la paroi en bois. Sur la machine d'à côté, Sylvestre aussi était sur un coup, il tenait son Blanc en lui faisant croire qu'il avait gagné un gros paquet d'argent à une loterie internationale mais que pour le toucher, il fallait qu'il verse des frais de gestion à un avocat. Hier, il avait obtenu son numéro de téléphone, il avait crié dans le cyber et tout le monde avait crié aussi pour le féliciter parce qu'on savait tous que c'était le signe que son coup allait réussir. Quand tu as le numéro de ton Blanc, ce qui est sûr c'est que tu le tiens.

Mais moi-même, avec ce Michel, là, je voulais aller plus loin. Je voulais qu'il me donne tout ce qu'il avait. Oui, je voulais lui tirer toute sa fortune, que mon coup soit le plus gros coup de l'année, que tout le monde parle de Général CFA et que tout cela arrive jusqu'aux oreilles de Monique dans sa maison chez les riches. Et pour ça, il ne fallait pas seulement qu'Amandine lui dise de belles choses sur l'ordinateur.

J'ai tapé quelques phrases encore en faisant la bouche sucrée :

Amandine86 : Je dois te laisser je dois aller recommencer ma couture.
Michel : D'accord je comprends.
Amandine86 : Tu seras connecté demain ? J'espère pouvoir te parler encore ça me fait du bien tu sais l'affection d'un homme me manque tant.

Michel : Oui je serai là le soir après la traite.
Amandine86 : Bisous je coupe.

Et j'ai éteint ma machine. Mais avant de sortir du cyber, je suis allé dans la pièce du fond. C'était le bureau de Kouassi qui était là, une salle juste pour lui avec des barreaux aux fenêtres, plusieurs écrans et des photos imprimées de lui et de ses femmes. Un énorme ventilateur tournait au plafond.

— Salut Armand, c'est comment ? a-t-il lancé en faisant briller sa dent en or.

— Ça va un peu.

— Tu fais des affaires avec tes clients ?

— Oui, j'ai plusieurs dossiers, grâce à Dieu le travail avance.

J'ai hésité, puis j'ai dit :

— Tu sais, tu m'avais parlé de ce gars, là…

— Qui ça, même ?

— Le gars. Papa Sanou.

Un moment il m'a fixé en fronçant les sourcils. J'ai gardé l'air sérieux. Derrière moi j'entendais les bruits de tous les doigts qui couraient sur les claviers.

— Hmm… Tu veux vraiment l'argent, toi, deh. Tu es sûr tu veux aller le voir ? Tu sais ce que ça veut dire ?

— Oui. Oui, je sais.

Il a passé une main sur son menton mal rasé.

— D'accord. Je vais te dire où il est.

Vrai-vrai, là, je n'avais pas le choix.

Si je voulais véritablement gagner de l'argent, prospérer et réussir aussi bien que Kouassi Le Millionnaire, il me fallait le zamou.

Nous sommes de plus en plus nombreux à brouter et les Blancs, là-bas, ils commencent à se méfier. La police les met en garde, ils font plus attention qu'avant, ça devient technique. Alors pour qu'ils soient vraiment prêts, pour qu'ils acceptent docilement de faire ce que tu leur demandes, il n'y a qu'une solution : il faut les attacher. Il n'y a pas d'autre solution, c'est ce qui est sûr, désormais les brouteurs qui veulent vraiment réussir ont tous recours à un marabout pour envoûter leurs clients.

Et Papa Sanou était prétendu le plus puissant de tous les féticheurs de la ville.

Il pouvait faire ce que les autres ne pouvaient pas, des choses que nul ne parvenait à expliquer. Il se racontait qu'un jour, Papa Sanou avait passé toute une journée assis dans un maquis à boire la bière sans aller pisser une seule fois, que c'étaient les autres clients qui se levaient de table et qui allaient faire à sa place tellement son génie les tenait. Kouassi travaillait avec lui depuis plusieurs années, c'est grâce au zamou qu'il était devenu une telle sommité du broutage.

Mais tout a un prix : ce marabout-là demandait beaucoup. De l'argent, c'est ce qui est sûr, mais également des sacrifices. Il faut savoir ce que tu veux, c'est cela que disait Kouassi. Lui avait dû payer cher. En échange de sa réussite, il avait offert à Papa Sanou son sommeil de nuit : Kouassi ne pouvait plus dormir que le jour, et seulement quelques heures. La nuit il continuait à travailler. Mais pour d'autres, c'était même plus grave. L'année dernière, un brouteur renommé qui répondait au nom de Yoki l'International avait trouvé la mort après de violents maux de tête. Certaines langues prétendaient qu'il avait signé un pacte pour devenir riche et vivre dans l'opulence pendant deux ans mais que passées ces années, il savait lui-même qu'il devait perdre la vie. C'est ainsi : lorsque tu abandonnes Dieu et que tu te confies au diable, il prend ton âme.

En tout cas quand je me suis rendu chez Papa Sanou pour la première fois, c'est sûr, je n'étais pas beaucoup à l'aise. J'avais bien conscience de mettre le doigt dans quelque chose, de prendre un risque, quoi. Je n'en avais parlé à personne, même pas à Moussa, je savais bien ce qu'il allait en penser.

Peut-être que je n'aurais jamais dû y aller, cela aurait évité bien des malheurs. C'est sûr quand je pense à cet enfant, je me dis que j'aurais dû renoncer dès le début.

J'ai garé ma moto au bord d'un fossé où poussaient des herbes géantes au milieu de déchets jetés dans l'eau par les habitants du quartier, j'ai marché sur la terre sèche. C'était un midi, le soleil chaud tapait fort sur les terrasses des maquis, on n'avait pas vu un nuage dans le ciel de la ville depuis plusieurs jours. La ruelle à côté du vendeur d'appareils, c'est ce que m'avait expliqué Kouassi. J'ai repéré le gars sous son parasol avec ses téléphones volés exposés dans sa petite vitrine, et j'ai tourné derrière lui. Il n'y avait pas de panneau, pas de banderole indiquant la présence du féticheur et vantant ses prouesses pour le retour affectif de l'être aimé, la réussite aux jeux ou la chasse aux mauvais esprits. Non, c'était seulement une petite allée qui s'enfonçait entre deux murs de parpaings.

Je me suis introduit à l'intérieur et j'ai baissé ma tête pour passer sous une tôle et présentement la lumière ne rentrait presque plus. J'ai eu l'impression d'aller directement rendre visite aux esprits. Au bout, sur la gauche, il y avait une porte et derrière, dans une minuscule pièce aux murs de bois blanc couverts d'inscriptions, entouré de casseroles, de peintures d'animaux et de statuettes, il était là, assis en tailleur comme s'il attendait ma venue dans son cabinet.

Papa Sanou.

Il s'agissait d'un jeune marabout. Il portait un débardeur, un collier de graines et un bonnet vert.

— Bonjour, ai-je dit. Je voudrais attach…

— Je sais. Alors assieds-toi, là.

Il avait une voix grave. Il m'a posé des questions et il a écouté mes réponses en hochant la tête.

— Hmmm… As-tu une photo de ton Blanc ?

J'ai sorti la feuille que j'avais imprimée. Dessus, on voyait mon client, Michel. C'était une photo qu'il m'avait envoyée, on voyait son visage. Il avait de très gros sourcils et il ne souriait pas.

Le marabout a regardé le portrait un long moment.

Dans un petit sachet il s'est emparé de quatre cauris, des petits coquillages blancs, il les a secoués entre ses mains et m'a demandé de cracher dessus. J'ai hésité, mais je l'ai fait, j'ai craché dans ses paumes. Ensuite il a lancé les cauris sur le sol et il a fixé le dessin qu'ils formaient. Il a lu dedans, quoi. Vrai-vrai, il lisait en bougeant le menton, la disposition des quatre coquillages lui parlait.

— Hmmm…

Il a fermé les yeux. Et d'une voix très basse, il a dit :

— Ce Blanc. Il veut t'aider… Oui, ce que tu vas demander… il va te le donner…

Il m'a saisi les mains, les a serrées en secouant la tête et en murmurant des phrases que je ne comprenais pas.

Puis il a tenu la photo dans une main, attrapé une de ses poupées dans l'autre et devant lui, les bras tendus, il les a rapprochés en faisant :

— Hmmmmmmm… Tu auras la gloire… Le succès dans ton travail…

Je le regardais faire en silence, moi-même concentré sur mon client, me rappelant nos causeries d'hier, l'imaginant là-bas avec tout son argent et ses vaches et ses rêves d'Amandine. Il ignorait ce qui se passait ici, dans mon pays : Papa Sanou était en train de l'attacher.

— Mais pour cela, il faut faire quelque chose…

J'ai senti mon cœur battre plus fort dans ma poitrine. Il a laissé passer un instant, pour me faire attendre. Pour créer du suspense, quoi.

— Tu devras… Tu devras acheter un canari et pendant la nuit tu iras le casser au carrefour de deux chemins.

J'ai fait ce que m'avait demandé le marabout. Je me suis rendu sur le marché, j'ai acheté un de ces gros récipients en terre cuite dans lesquels on transporte l'eau dans les villages. Je l'ai porté dans les ruelles de mon quartier, mes baskets traînant dans la terre rouge, et à l'endroit précis où deux chemins se croisaient j'ai brisé le canari au sol pour m'ouvrir la chance, pour libérer tout ce qui pouvait m'empêcher de faire fortune. Ce n'était pas beaucoup, presque rien même, quand il m'avait dit cela, cela m'avait soulagé.

Et présentement, je ne pensais pas à la suite. Parce que cela n'était que sa première demande.

En tout cas, ce qui est sûr, c'est que les jours d'après, le comportement de mon client a changé. Il s'est enjaillé d'Amandine, c'était impressionnant. Je relançais, je faisais ce qu'il fallait faire, mais je voyais bien que la magie du marabout fonctionnait. Il n'était pas seulement amoureux, il était attaché. D'abord c'était :

Michel : Tu aimes quoi chez un homme ?
Amandine86 : Mon ambition est de trouver un homme sérieux à l'écoute sympa pour être heureux ensemble et une relation qui dure à jamais. Toi tu es marié ?
Michel : Oui. Mais je ne connais plus l'amour depuis longtemps. Je pense qu'on va devoir se séparer bientôt et vendre la ferme.
Amandine86 : C'est triste.
Michel : Oui ça devient difficile de ne pas pouvoir donner d'amour à une femme. J'aimerais pouvoir te voir.

Et au bout d'une semaine, il était attaché pour de bon :

Amandine86 : Je veux vraiment avoir une relation sérieuse avec toi mon chéri.
Michel : Oui je ressens la même chose moi aussi je voudrais tellement t'avoir près de moi.
Amandine86 : Si Dieu veut un jour nous serons réunis. Mon rêve c'est d'être la femme de ta vie bien prendre soin de toi te rendre heureux.
Michel : Je regarde tous les jours tes photos je les emmène partout avec moi.
Amandine86 : Tu connais la valeur d'une femme mon bébé. Mon amour pour toi s'agrandit de jour en jour.

Mon chéri, mon petit chou, mon bébé, à ce moment de la relation il était préconisé d'offrir beaucoup d'amour au client, de l'inonder de mots doux. C'est cela qu'il cherchait. Il fallait aussi le rassurer, lui donner de quoi faire exister Amandine. C'est pourquoi j'envoyais d'autres photos de l'actrice, de plus en plus dénudée. Je lui demandais de mettre la caméra et moi-même je faisais tourner en boucle une vidéo où on voyait la fille un peu floue, puis je prétendais que ma caméra ne fonctionnait plus pour pouvoir couper. J'envoyais des SMS même, des mots d'amour qu'il recevait toute la journée sur son portable.

Présentement, je passais dix heures par jour dans la chaleur du cyber, les doigts collés au clavier dont les lettres s'effaçaient, à préparer mes causeries avec mon mugu. Je voulais que tout soit parfait. Quand un ami m'appelait sur mon portable, je décrochais juste pour dire :

— Je suis en réunion, prière de me rappeler dans dix minutes.

Cela voulait dire que je ne voulais pas être dérangé. Parfois Driss venait derrière moi et me touchait l'épaule.

— Hé, Armand, disait-il. Tu viens gazer avec nous ce soir ?

— Non merci, pas aujourd'hui, je vais rester bara.

— Tu devrais arrêter un peu, deh. Tu es collé à ton écran, là, on dirait chewing-gum.

— Hum…

Je répondais à peine tellement j'étais concentré.

Le soir les yeux me piquaient lorsque je rentrais à la maison à moto. Parfois je trouvais Fabiola avec son amie, toujours dans la cour obscure à s'affairer ou à gâter le nom de leurs copines. Elles me regardaient passer comme si j'étais zombie, j'allais me coucher sur le matelas humide et je m'endormais d'un seul coup, la joue collée à la mousse. J'ouvrais juste l'œil quand un de mes frères arrivait à son tour dans cette chambre qu'on partageait tous. Le matin je retournais au cyber en évitant de croiser le vieux et ses questions sur mon travail, Quand vas-tu te rendre au garage avec Désiré ? La mécanique, c'est cela que tu dois faire.

Certains jours mon Blanc me parlait de sexe et cela me faisait sourire :

Michel : Je peux te dire quelque chose de gênant ?
Amandine86 : Bien sûr mon cœur tu peux tout me dire je veux la sincérité dans mon couple.
Michel : Je suis en train de bander en pensant à toi.
Michel : J'espère que ça ne te choque pas.
Michel : ?
Amandine86 : Non mais il faut savoir être patient.
Michel : Oui je sais excuse-moi.
Amandine86 : J'ai tellement été blessée par d'autres hommes j'ai du mal à faire confiance. Je ne veux pas que tu me fasses subir la même chose que par le passé et que tu abuses de moi.
Michel : Pardon. Je ne suis pas un homme comme ça tu peux me croire.

Il devenait accro, je le voyais bien. Je remerciais Dieu et le zamou qui avaient permis cela.

Présentement, mon Blanc était mûr pour me donner l'argent que j'avais bien mérité après tant d'efforts.

Durant des siècles les Blancs ont pillé l'Afrique. Les Noirs étaient les esclaves des Européens, ils venaient prendre nos richesses pour développer leurs pays sans que cela leur coûte le moindre jeton. Et aujourd'hui ils continuent, ils occupent nos villes avec leurs armées pour protéger leurs intérêts économiques en expliquant que c'est pour la population. Voilà pourquoi quand ils disent que l'Afrique a une dette envers l'Europe, moi-même je dis Non. C'est un mensonge. C'est eux qui ont une dette envers l'Afrique pour tout ce qu'ils ont fait subir à nos ancêtres. Cela s'appelle la dette coloniale. Bon, je reconnais que le broutage est une pratique malhonnête, que l'on fait du mal aux Blancs. Mais c'est comme cela : c'est le retour de bâton. Car Dieu est juste. Petit à petit, en envoyant de l'argent aux brouteurs, nos mugus remboursent la dette coloniale de leurs pays. Et cela durera longtemps encore, tant qu'il y aura sur Internet des gaous, des ignorants, le broutage vivra.

Je songeais à cela alors que j'étais à la recherche d'un maquis isolé, un endroit calme avec un intérieur pour ne pas entendre les bruits des moteurs qui envahissaient le quartier. J'ai choisi Chez Clint, un petit restaurant climatisé avec des vitres fermées. Je me suis installé au fond, j'ai commandé une Castel. Il faisait froid, c'était doux. Un gars était en train de draguer une gazelle à coups de compliments grossiers, elle était plus belle que Rihanna, lui disait-il. J'ai souri en observant le visage de la fille.

Cette fois, le moment était arrivé. J'ai répété plusieurs phrases dans ma tête, puis j'ai sorti un de mes téléphones portables afin de composer le numéro de mon Blanc, là-bas en France. Je me suis éclairci la gorge.

— Oui, allô.

C'était la première fois que je l'entendais. Il avait

une voix d'homme, directe et pas commode. Derrière lui j'entendais des bruits d'animaux.

— Bonjour monsieur, ai-je dit le plus sérieusement possible. Je me présente : docteur chirurgien expert Fontaine, vous vous prénommez bien monsieur Michel Farange ?

— Ouais, c'est moi, mais…

— Nous avons accueilli aux urgences une jeune fille qui répond au nom d'Amandine Milan. Cette personne a été victime d'un accident ce matin, elle s'est fait renverser par un véhicule dans une rue de la ville.

— Quoi ?!

— Oui, c'est bien cela. Un accident qui aurait pu se révéler très grave si nous n'étions pas intervenus opportunément.

— Mais, vous êtes sûr ? Vous m'appelez de…

— Écoutez-moi, l'ai-je coupé aussitôt. Amandine présente une blessure à la jambe. Je vais devoir me résoudre à l'opérer et si Dieu veut elle sera en mesure de remarcher dans un délai raisonnable. En revanche cette opération représente un coût non négligeable.

— C'est une blague, vous êtes un ami…

— Écoutez-moi, je vous dis ! Lorsqu'elle est arrivée dans mon service de chirurgie, avant de perdre connaissance, elle m'a recommandé de vous téléphoner. Cette jeune fille nous a informés qu'elle n'avait que vous, que vous étiez la seule personne à être en mesure de l'aider dans ce vaste monde.

Il y a eu un silence. Je n'entendais plus que ses vaches dans le haut-parleur.

— Monsieur Farange, vous comprenez ce que je vous dis ? L'opération doit être effectuée dans les plus brefs délais.

— Je suis pas sûr… Vous pouvez me prouver que ce que vous dites est vrai ? Je veux dire, vous m'appelez comme ça, je sais pas qui vous êtes.

— Écoutez-moi. Je comprends, monsieur. Je vais vous envoyer ma carte professionnelle et les documents officiels de mon service de chirurgie.

— D'accord, je vais regarder ça. Mais… comment elle va ? Je peux lui parler ?

J'ai souri intérieurement. Ce qui est sûr, c'est qu'il était inquiet pour elle.

— Présentement elle a perdu connaissance, mais nous espérons qu'elle sera réveillée dans les prochaines heures.

Je lui ai expliqué comment faire pour transférer l'argent. Neuf cent cinquante euros, c'est cela que j'ai demandé. Pour un premier virement, c'était déjà beaucoup. Il a pris note mais n'a rien promis, il a juste dit qu'il allait regarder ce qu'il pouvait faire. J'ai terminé en lui disant :

— Je vous remercie infiniment, monsieur Farange. N'oubliez pas : vous êtes sa seule chance.

Et j'ai raccroché. J'ai serré le téléphone dans les deux mains et je l'ai collé contre mes lèvres. Je l'imaginais là-bas, avec ses vaches dans sa maison de Blanc. Il devait être paniqué, en tout cas c'est ce que j'espérais.

Ensuite, je suis retourné au cyber et Driss m'a aidé à réaliser les documents sur son logiciel de montage : une carte de chirurgien avec une photo trouvée sur Facebook, et un *compte rendu d'expertise médicale*, avec l'en-tête officiel de l'hôpital et une fausse signature.

— Y a rien, c'est propre, mon ami, lui ai-je dit pour le remercier.

Et j'ai fait parvenir tout cela sur l'adresse électronique de mon mugu.

Une heure plus tard je lui ai envoyé un SMS depuis l'autre portable :

> Mon amour tu as eu le docteur ? Je suis désolée j'étais perdue je ne savais pas vers qui me tourner. Je saurai te remercier mille fois mon bébé un jour quand nous serons réunis je te couvrirai d'amour et de baisers.

Puis j'ai attendu le soir en continuant à brouter sur d'autres affaires dans la chaleur humide du cyber.

Il me restait une dernière chose à faire et je repoussais le moment autant que possible. Je savais qu'il fallait que je le fasse mais je n'arrivais pas à me décider. Parce que le matin, avant de venir travailler, j'étais retourné voir le féticheur. Dans son petit local, entouré par ses gris-gris, il avait recommencé son rituel. Il avait appelé mon génie en secouant son visage, les yeux fermés.

— Tu auras ce que tu veux, mon ami… Mais il y a quelque chose qui bloque, là… Tu dois gagner la chance… Oui, tu dois attirer la chance vers toi.

D'un seul coup il avait ouvert les yeux et il m'avait fixé avec un regard immense. Et ce qu'il m'avait dit, cela avait coupé mon cœur.

— Tu devras te mettre tout nu et traverser une place avec beaucoup de monde. Oui, c'est cela que tu dois réaliser : plus il y aura de monde, plus tu choqueras les passants, plus puissant sera ton zamou.

Alors j'ai fait ce qu'il demandait.

La nuit, tandis que la circulation était intense, je me suis rendu à moto dans un quartier éloigné du mien, pour ne pas croiser des connaissances. Et là, je me suis déshabillé et j'ai marché en pleine rue avec mon bangala à l'air. Vrai-vrai, c'est cela que j'ai fait, ainsi que l'avait demandé Papa Sanou. Je marchais au milieu des voitures qui roulaient dans tous les sens, parmi les bruits des klaxons et des boîtes de nuit qui commençaient à se remplir. Et les gens me doigtaient, ils criaient, s'écartaient de moi, ils me traitaient de fou. Mais je ne les regardais pas. Dans ma tête, j'avais une image seulement : je voyais le corps de Monique. Je me répétais que je faisais cela pour elle.

Et plus les gars m'insultaient, plus je gagnais la honte, plus je sentais grandir la force de mon zamou.

— Alors, mon ami, c'est comment ?

Moussa me regardait avec le sourire. Tout notre gouvernement était là, au Dynamique, à boire la bière. C'était le midi et comme il n'y avait plus de place à l'ombre sous la bâche, ils s'étaient installés près des cloisons en bois, à côté de la rue qu'on voyait entre les planches. Le soleil chaud inondait la terrasse. Derrière le bar, la cuisinière faisait frire encore les allocos, accroupie dans son pagne à côté de la marmite. J'ai fait durer un peu puis j'ai mis ma main dans la poche arrière de mon jean pour sortir le tas de billets que j'ai posé sur la table en plastique.

— West !!! j'ai crié.

Tout le monde s'est redressé pour me féliciter en levant les bouteilles de Castel.

— Hey, ça mange pour toi, deh !

— Top of the top, Général CFA ! Y a pas ton deux !

West, comme Western Union, cela voulait dire que

je venais de toucher mon argent. Mon coup avait réussi, mon Blanc était attaché : il avait cru à mes mensonges et il avait payé. Presque mille euros d'un coup, c'était trop doux. On a fêté ça avec les collègues, j'ai payé toutes les bières et le poulet ce midi-là. J'ai raconté comment cela s'était passé, le coup du docteur et le SMS.

Moussa m'a regardé, l'air inquiet :

— Et zamou ?

— Où est zamou que tu vois ?

Je n'ai rien dit pour Papa Sanou, je ne voulais pas qu'ils sachent. Moussa, surtout, je savais ce qu'il m'aurait dit, que je devais faire attention de ne pas vendre mon âme au diable. Dieu te regarde, Moussa ne rigolait pas avec ces choses-là.

— Hé, vous avez entendu ? Nouvelle loi, là. Si police t'attrape désormais tu peux prendre jusqu'à vingt ans de prison.

Driss a rigolé.

— C'est quelle science ? Moussa, toi, même, tu es cœur mort. Ne t'inquiète pas, la police, avec l'argent que lui donnent les brouteurs, elle va continuer à nous laisser bara longtemps encore.

Présentement, la police, ce n'était pas notre problème, on n'avait pas peur d'elle. Moi-même, j'étais seulement occupé à savourer mon west. On est restés tous les cinq un moment encore à se raconter nos derniers coups, les dernières techniques à la mode, à gâter le nom de nos mugus. Et enfin, quand je me suis senti prêt, quand la bière m'avait assez grisé, j'ai fait ce que j'attendais de pouvoir faire depuis plusieurs semaines.

J'ai téléphoné à Monique pour l'inviter au restaurant.

Lorsqu'elle est arrivée, vrai-vrai là, mon cœur a failli s'arrêter de battre.

J'étais terrassé, c'était comme si le monde entier avait été conçu par le Seigneur tout-puissant seulement pour l'accueillir, elle. Elle avait revêtu une robe blanche façon européenne qui moulait tout son corps de femme et faisait ressortir sa poitrine et son magnifique derrière. Elle marchait en faisant claquer ses talons sur les carreaux noirs et blancs et les regards des hommes se tournaient tous vers elle.

— Psst, petite sœur… disaient-ils.

Mais elle les ignorait. Parce que présentement c'est vers moi qu'elle marchait. Je l'ai regardée s'avancer comme ça, ses belles lèvres étirées entre ses boucles d'oreilles dorées et ses tresses brillantes éparpillées sur ses épaules. J'aurais voulu lui dire une phrase bien trouvée pour la charmer dès le début mais tellement elle m'enjaillait, je cherchais mes mots. Je mouillais, quoi. Alors ce que j'ai dit c'est :

— Hé, Monique… Tu es trop belle, deh !

— Merci, Armand. Tu n'es pas mal non plus…

J'avais tout fait pour, dans tous les cas. Avant de la retrouver j'avais tout acheté, les belles pompes, la chemise impeccable. Ma chaîne en or scintillait autour de mon cou.

Ce qui est sûr, c'est que cet endroit était l'un des restaurants les plus chers de la ville, j'avais sorti le grand jeu. Un serveur en chemise blanche et cravate nous a accompagnés pour nous installer à une table avec une nappe et des couverts bien alignés. La salle était immense et entièrement climatisée, au fond il y avait des baies vitrées qui donnaient sur un étang. Autour de nous, j'imaginais qui étaient tous ces clients bien sapés. Il y avait beaucoup de Blancs, des hommes d'affaires qui se pavanaient, mais aussi des ministres, des diplomates. Et quelques brouteurs, même, venus faroter comme moi avec leur go. Voilà le résultat de notre travail : grâce aux arnaques, les brouteurs étaient devenus aussi importants que les dirigeants du pays. C'était notre tour maintenant, à nous de goûter à la saveur de la fortune qu'ils avaient été les seuls à se partager durant des années.

Être là avec Monique, c'était comme un rêve qui se réalisait, je me souvenais d'elle autrefois, de nos secrets nocturnes, et je contemplais ce qu'elle était devenue.

Mon Dieu, cette fille me tuait, je n'en pouvais plus.

— Ça fait longtemps que je ne suis pas venue ici, a-t-elle dit en regardant la carte où s'étalaient les noms des plats français.

— Oui, moi aussi, ai-je menti.

Je n'avais jamais mangé dans ce palace, bien sûr. Elle a souri, comme pour dire qu'elle le savait mais que cela ne la dérangeait pas.

— Alors, Armand. Depuis le temps, c'est comment ?

— Ça va un peu, deh. Grâce à Dieu je travaille beaucoup.

— Je vois ça, oui… (Elle a tourné les mains vers le plafond.) Bon, affaire-moi un peu, quelles sont les nouvelles ? Ta sœur, là, Fabiola, on m'a dit elle s'occupe de jeunes handicapés.

— Oui, elle est comme ça, tu la connais, quoi. Le cœur sur la main, je suis fier d'elle…

C'était comme si on ne s'était jamais quittés, on avait tout à se dire et on a parlé longtemps. Monique se doutait forcément que je broutais, mais elle n'a pas évoqué le sujet. Je lui ai raconté ce que devenait le quartier qu'elle avait quitté depuis un moment déjà. Je la complimentais, ça la faisait rire et plus elle riait plus elle m'enjaillait. Plus je me disais que c'était elle que je voulais. Que ça avait toujours été elle, quoi.

Les assiettes étaient arrivées. Dedans, il n'y avait presque rien à manger mais je savais que c'était comme cela : moins il y a de nourriture, plus c'est luxueux.

— Et toi, Monique, présentement tu fais quoi ? Autrefois tu n'avais qu'une idée en tête, c'était de béou. De quitter ce pays…

— Ah oui, tu te souviens…

— Je pensais que tu l'avais fait. Que tu étais partie.

— Hmmm… Hé bien je suis là encore. Il s'est passé beaucoup de choses dans ma vie. Avec la chanson, j'ai un peu voyagé mais jamais beaucoup loin, je suis restée dans le coin. Et sinon, j'ai eu ma fille alors, bon…

Qui était le père de sa fille, je m'en gnangnais, je savais qu'elle vivait seule c'est cela qui était important. Il y a une chose en revanche que je voulais comprendre, c'était d'où venait son argent. Comment elle gagnait de quoi vivre dans cette maison bourgeoise dans le quartier le plus argenté de la ville.

Et ainsi que je m'y attendais, il y avait un homme derrière cette richesse.

Monique voulait vivre de la chanson, c'était son rêve depuis toujours, elle se rêvait sur les plus grandes scènes avec la foule à ses pieds. Mais ça ne s'était pas passé comme cela, son groupe avait couru après les petits contrats dans les maquis du pays. Alors quand un Blanc lui avait proposé la solution à tous ses problèmes d'argent, elle avait dit oui. Chaque cul a son caleçon, comme on dit. C'était il y a trois ans, elle avait trouvé un plan pour aller chanter dans les locaux d'une mine, à deux cents kilomètres de la ville. Trois jours bien payés avec un concert toutes les nuits devant les ouvriers et les patrons qui n'avaient rien d'autre pour se divertir dans ce coin de brousse, ce n'était pas la gloire mais cela valait la peine. Elle avait accepté le job. Et c'est là qu'elle l'avait rencontré, le deuxième soir au bar, après sa prestation. C'était un Français, un vieux grôtô qui avait investi dans la mine et qui vivait entre son pays et le nôtre. Il avait adoré la voix de Monique, il s'était enjaillé d'elle, c'est normal il n'y a pas plus belle gazelle dans toute l'Afrique. Alors il avait voulu la revoir, par la suite.

À chacun de ses voyages, il l'invitait dans de beaux endroits, il lui faisait voir un monde qu'elle ne connaissait pas pour la faire rêver. Et un jour, il avait finalement fait cette proposition : qu'elle soit sa femme ici. Il avait une famille en France, des enfants même, mais il voulait un deuxième bureau, quoi. Il achetait une maison à son nom à elle, dans les beaux quartiers, il lui versait chaque mois de quoi vivre dans l'opulence, elle pourrait chanter autant qu'elle le voulait, dans les lieux qu'elle voulait. Il se fichait de savoir ce qu'elle faisait de son temps, il fallait juste qu'elle soit à lui quand il venait ici pour son business.

Je ne connais pas beaucoup de filles qui auraient refusé cela.

— Ma fille ne manque de rien, c'est ça qui est important, deh.

— Tu as gagné la chance, là, Monique. Mais le plus chanceux, c'est ce gars. J'espère qu'il mesure ta valeur.

Elle m'a fait un sourire qui voulait tout dire et elle a glissé d'une voix langoureuse :

— Armand, toi, même. Il ne tient qu'à toi de la mesurer aussi.

Quand elle a prononcé ces mots, j'ai senti un courant chaud m'envahir le cœur et glisser jusque dans mon caleçon. J'ai hésité, puis :

— Présentement, ton bienfaiteur est à la maison, ou bien ?

Et tout doucement, avec sa langue qui sortait juste un peu entre ses lèvres mouillées, elle a fait non de la tête. C'était trop, vrai-vrai, là c'était trop pour moi, même. J'ai regardé nos assiettes que nous venions de finir.

— On s'en va, alors ?

— Oui. Oui, on s'en va.

On y est allés.

On est allés avec ma moto dans ce quartier où elle habitait et où jamais je ne me rendais. Les rues étaient droites, les trottoirs impeccables, rien ne dépassait nulle part. Autour de nous, il n'y avait pas de maquis, pas de coiffeur, pas d'enseignes pour vendre n'importe quoi. Seulement des maisons géantes avec des belles pelouses, des fleurs bien taillées, des 4 × 4 et des Mercedes garées derrière les grilles. Cet endroit, c'était le secteur le plus riche de la ville. Là où tout le monde rêvait d'habiter pour montrer qu'il avait fait fortune, pour se pavaner avec sa belle bagnole et ses bijoux en méprisant le monde d'où il venait. Ici vivaient ceux qui avaient réussi, les entrepreneurs, les footballeurs, le bras long du pays, quoi. On aurait dit une autre ville, un autre pays où les gars comme moi venaient seulement après un coup réussi, pour emmener leur go dans un restaurant chic boire le champagne ou dormir une nuit à l'hôtel en inventant des histoires impossibles qu'elle faisait semblant de croire.

Et la villa de Monique, mon Dieu, avec ses murs tout blancs, son toit en pointe bien aligné, sa parabole et son balcon. C'était un authentique palace, avec un étage, trois chambres. Il y avait des masques très anciens accrochés partout dans le salon, un énorme buffet en bois, un fauteuil en cuir devant l'écran plat. C'est sûr, jamais je n'étais rentré dans une maison comme celle-là, je regardais partout sans y croire.

— Hé, arrête, non ? m'a-t-elle lancé. Avec tes gros yeux, là, on dirait poisson. Viens plutôt.

Je l'ai suivie, j'ai monté les marches une à une. Là-haut, elle m'a entraîné dans une chambre avec un lit immense.

Et là, avec elle, j'ai fait l'amour comme jamais.

Comme si depuis toujours j'avais attendu ce moment.

Dieu est juste.

Cette nuit avec Monique a été le début de mon ascension. De cette période où la chance a été de mon côté et où tout me semblait possible. J'avais l'impression d'avoir des ailes, je m'envolais et rien ne semblait pouvoir m'arrêter.

Je broutais sans arrêt, je passais mes journées au cyber, mes doigts collés au clavier et mes yeux à l'écran. La saison des pluies approchait et l'air était lourd dans la pièce, on transpirait tous dans nos petits compartiments, mais ce n'était pas ce qui allait me freiner. Je gérais plusieurs clients à la fois, des Français et des Belges. Ils étaient tous amoureux d'Amandine présentement, je les tenais comme des chiens au bout d'une laisse, j'en faisais ce que je voulais.

Et le plus rentable, comme je l'avais prévu dès le début de notre relation, c'était ce Michel, celui qui élevait des vaches. Lui, il ne pouvait pas passer une journée sans avoir de nouvelles de sa gazelle d'Afrique.

Michel : Hier soir je n'ai pas dormi avec ma femme. Je suis resté dans l'étable et je rêvais que tu étais avec moi mon amour.
Amandine86 : Moi aussi mon petit chou. Jure-moi que tu vas m'aimer pour toujours.
Michel : Promis. Comment vont tes blessures ?
Amandine86 : Grâce à Dieu je recommence à marcher. Merci pour ce que tu as fait je ne l'oublierai jamais mon bébé.

Je lui disais bientôt que j'allais le rejoindre dans son pays, qu'on allait être réunis. Toutes nos causeries tournaient autour de cette idée. Mais avant cela, avant de tout quitter, Amandine avait des choses à régler ici. Et à chaque fois, il lui fallait un peu plus d'argent. Quitte à mettre la pression, cela faisait partie du métier aussi.

Amandine86 : Tu as fait le mandat pour mon problème de passeport volé ?
Michel : Non, je n'ai pas eu le temps. Tu es sûre que tu as besoin de tout ça ?
Amandine86 : Tu ne me fais pas confiance ?
Michel : Si bien sûr mais je trouve que ça fait beaucoup.
Amandine86 : Je t'ai offert mon amour éternel et toi tu joues avec mes sentiments !

Amandine86 : Si tu ne veux pas m'aider dis-le tout de suite au lieu de me faire espérer un bonheur à deux qui n'existe pas !!!!

Et toujours il craquait, mon argent finissait par tomber. J'allais le récupérer le lendemain, j'ai même ouvert un compte Paypal pour faciliter les transactions par Internet. Cela faisait de grosses sommes, jamais je n'avais eu autant d'argent à moi.

Alors je faisais comme tous ceux pour qui ça marchait : je le dépensais aussi vite que possible. Des fringues, des chaussures, des chaînes en or, des casquettes de marque, un nouveau scooter, une belle montre, plus rien ne me manquait. Au moindre temps libre j'allais acheter un de ces accessoires qui font de toi un homme quand tu marches dans les rues du quartier, qui font que les autres te remarquent et devinent combien ça mange pour toi. Oui, ce qui est sûr c'est qu'à cette époque je farotais comme personne.

Je ne sortais pas beaucoup la nuit mais quand je le faisais, c'était pour me rendre dans les gazoils les plus réputés. Et pour montrer que moi-même je savais brouter, je participais aux travaillements : mes billets, je les étalais sur les tables, je les gaspillais parce que cela voulait dire que j'en avais trop, que je faisais partie de ce monde de ceux qui croulent sous les jetons, qui ne savent plus quoi en faire. Général CFA, ce surnom soudain il avait gagné la chance, je n'étais plus un inconnu.

Les collègues de mon gouvernement, Moussa, Driss, Christian, Sylvestre, ils s'en sortaient bien aussi, mais aucun n'avait récolté ce que j'avais amassé en si peu de temps grâce au love.

Je passais mes nuits à l'hôtel, pendant deux mois même j'ai loué un entrer-coucher puis un chambre-salon pour éviter de rentrer dormir à la maison. Je ne voulais pas croiser Fabiola et l'entendre gâter ma réputation, encore moins le vieux qui allait me questionner sur l'origine soudaine de ma fortune. J'aimais me retrouver dans ces chambres d'hôtel où les employées refaisaient les lits pendant que je travaillais dans la journée. Je me prenais en photo au milieu de mes billets, avec lunettes noires et cigare, puis je publiais tout ça sur Facebook pour que tout le quartier puisse les voir.

Les filles aiment les brouteurs, ce n'est pas un secret. C'est un moyen pour elles de s'offrir ce dont elles sont friandes : des téléphones de luxe, des vêtements de marque, des cheveux humains pour la coiffure. Certaines offrent leurs services, elles sont employées pour amadouer les mugus en posant devant la webcam ou en répondant au téléphone avec leur voix sensuelle.

Ces filles-là à la moralité déconcertante, elles sont toujours présentes dans les soirées pour repérer les plus argentés, habillées sexy avec les robes à paillettes et les décolletés. Certaines langues disent qu'elles ont leurs propres marabouts, qu'elles envoûtent les brouteurs comme les brouteurs envoûtent leurs clients, qu'elles font cela pour s'assurer qu'on ne les oublie pas quand arrive le west. Alors que je gagnais en popularité, je les ai vues tourner autour de moi comme mouches sur miel.

— Hé, Armand, tu assures, disaient-elles. Tu connais manière, deh !

Bon, je ne dis pas que je n'en ai pas profité un peu

de ces filles, que je n'ai pas couché une fois ou deux avec celles qui usaient de techniques de dragues trop insistantes, je suis un homme, quoi.

Mais mon cœur, en revanche, Dieu m'en est témoin, il était entièrement dédié à Monique. Oui, on se voyait beaucoup à cette période de gloire pour moi, je la couvrais de cadeaux pour lui montrer que je pouvais me mesurer à son Blanc. Parfois elle venait me retrouver dans les chambres d'hôtel, d'autres nuits on allait s'enjailler dans sa villa, on se baignait dans sa piscine. Vrai-vrai, elle aimait mon corps. C'était merveilleux, j'étais prêt à tout pour elle et il me semblait avoir atteint le sommet du bonheur durant ces quelques semaines. Elle s'offrait à moi comme une femme à son mari, oui c'était comme si elle était mon épouse et je rêvais que cela se réalise un jour. Qu'un jour moi-même je sois en mesure d'acheter une maison à son nom.

Malgré toute ma réussite, j'étais loin de cela encore, pour le moment je n'avais d'autre choix que de la partager avec ce vieux Français. Dieu merci, ce n'était pas fréquent mais lorsqu'il venait dans notre pays pour son business, alors Monique n'était plus à moi. Elle effaçait toute trace de ma présence dans la villa et se rendait disponible pour lui, le temps de son séjour. Cela m'énervait mais c'était le prix à payer, ce n'était pas négociable. Lorsque j'évoquais le sujet avec elle, elle s'emportait aussitôt et me rétorquait :

— C'est quoi, même ? Si tu ne m'arranges pas, ce n'est pas la peine de me déranger !

Alors je prenais mon mal en patience, persuadé qu'un jour j'arriverais à mes fins.

Toute médaille a son revers, ce qui est sûr c'est que j'aurais dû penser à cela plus tôt. Alors que j'étais au top, que je gaspillais mon argent comme n'importe quel génito, je n'imaginais pas que ce succès pouvait avoir une fin. Pourtant il y a une chose que je savais : si mon travail avançait aussi bien, si la chance était de mon côté, ce n'était pas seulement grâce aux belles paroles que je mettais dans la bouche sucrée d'Amandine.

Non, la vraie raison à tout cela, c'était le zamou. Mes mugus étaient envoûtés par les sortilèges de Papa Sanou, c'est pour cela qu'ils m'envoyaient autant d'argent, c'est à lui que je devais mon ascension fulgurante et ma nouvelle réputation. Plusieurs fois Moussa m'a questionné à ce sujet, il voulait savoir si je n'allais pas trop loin, si je ne prenais pas de risque inconsidéré dans ma route vers la réussite.

— Dieu nous regarde, mon ami, n'oublie pas cela. Si tu ne fais pas attention, tu vas gagner affaire.

Moi-même, à chaque fois j'évitais le sujet en riant :

— Ne t'inquiète pas, y a pas drap ! Tchoko-tchoko je vais arriver au sommet, là.

Et alors mon meilleur ami me regardait avec des yeux un peu tristes, comme s'il savait déjà que j'allais chuter avant de l'atteindre, ce sommet.

Chaque semaine je rendais visite à mon marabout dans sa pièce cachée au fond de la ruelle terreuse. C'était devenu une habitude. Je m'asseyais en face de lui, je lui expliquais ce que je voulais obtenir de mes clients et Papa Sanou commençait son rituel, d'abord les cauris dans lesquels il lisait, puis l'envoûtement. Il utilisait les éléments personnels que j'avais pu me procurer : une photo, un numéro de téléphone, le prénom de la mère, il avait besoin de cela pour mieux attacher sa victime. Et plus le temps passait, plus j'étais convaincu que sa magie noire était nécessaire pour la poursuite de mon business.

Au début, les choses qu'il me demandait de réaliser étaient mineures. Par exemple pendant plusieurs jours il m'a fallu porter des vêtements de mendiant pour m'attirer la chance, je devais m'adonner à ce type de pratique. C'était humiliant c'est sûr, mais je savais pourquoi je faisais cela, je restais focalisé sur le west que j'attendais et par la suite je ne regrettais pas mon geste.

Cependant Papa Sanou n'était pas un vulgaire marabout de pacotille, Kouassi m'avait bien averti de cela. Il avait beaucoup de pouvoir et ainsi que j'aurais dû m'y attendre, ses requêtes sont devenues de plus en plus exigeantes et difficiles à mettre en œuvre.

— Ce que tu demanderas, ton mugu le fera… Ce que tu demanderas, oui, il le fera et ta fortune grandira… Mais il y a un acte que tu dois consentir…

Un jour, il m'a demandé d'aller raser les parties intimes de ma sœur et de lui ramener les poils pubiens pour qu'il puisse poursuivre ses rituels. Bon, ça, je l'ai fait. Une nuit, pendant que Fabiola dormait dans notre chambre, je me suis approché de son lit avec une lame de rasoir et du savon. Et j'ai rasé. Vrai-vrai, là, j'ai rasé tous ses poils sous la couverture. Le lendemain quand elle a découvert mon méfait, elle a compris sur-le-champ.

— Quitte, là !! hurlait-elle en me courant après dans la cour. Deh, je vais tellement te chicoter, là, tu vas décoller direction comète Tchouri !

Pendant une semaine je n'ai pas remis les pieds à la maison. Mais j'avais ce que je voulais : j'ai remis mon magot à Papa Sanou.

Une autre fois, je devais avoir une relation sexuelle contre nature. Avec une attardée mentale, quoi, parce que ces filles-là ne sont pas juste folles, elles ont des esprits en elles et en leur faisant l'amour, mon marabout prétendait que j'allais attirer l'esprit à moi. C'est pour cela qu'il y a autant de folles qui se font enceinter sans que jamais on ne retrouve le père de l'enfant. Cette horreur également, je l'ai commise.

Mais tout cela, ce n'était rien.

Non, vraiment rien à côté de ce qu'il a ordonné ensuite. C'est là que j'ai compris dans quelles affaires je m'étais fourré. Je ne pourrai oublier cet instant.

— Hmmm… murmurait Papa Sanou.

Et je voyais bien que c'était plus long que les fois précédentes. Les yeux fermés sous son bonnet, les doigts crispés sur la poupée, il secouait la tête, on aurait dit une souris apeurée.

— Il y a… Il y a quelque chose… Oui, quelque chose qui empêche la poursuite de ta fortune…

Je le regardais, possédé par les esprits qu'il invoquait. Et l'inquiétude s'est mise à grandir en moi-même. Mon cœur a commencé à bondir dans ma poitrine. Il se passait quelque chose.

— Tu vas devoir aller plus loin, mon ami… Sinon la gloire va te quitter… Oui, c'est ce qui arrivera sans le soutien de ton génie…

Alors il a tremblé de partout, comme si la foudre lui était tombée dessus.

— Hmmm…

Et d'un coup, tout s'est arrêté. Sa tête est tombée en avant, son corps s'est détendu. Il a ouvert les yeux.

— Mon ami… J'ai vu beaucoup de réussite à ton

propos… Mais cette fois, c'est un sacrifice qu'il faut. C'est le prix à payer.

— Un poulet ?

Il a secoué la tête. Non, un poulet, c'était insuffisant.

— Un enfant.

Seigneur, tuer un enfant. C'est cela qu'il m'avait demandé.

Les derniers mots de Papa Sanou m'ont couru dans la tête durant toute la journée. J'avais tout imaginé, devoir offrir mon sommeil comme l'avait fait Kouassi, subir les plus fâcheuses humiliations du monde pour gagner la chance. Mais sacrifier un enfant, commettre un assassinat et rapporter son sang à mon marabout, ça non, je n'arrivais pas à m'y résoudre. Cela allait trop loin. Cette idée maléfique s'est mise à me poursuivre, à me hanter alors que je faisais tout pour la chasser. La nuit même, j'en ai rêvé de cette horreur.

Je me suis remis à brouter en me forçant à ne pas penser à cette séance chez Papa Sanou. Mes mugus étaient là, en ligne à l'autre bout du monde. Une semaine plus tôt, mon éleveur de vaches m'avait transféré une belle somme de mille neuf cents euros, le montant du billet d'avion qu'Amandine était censée prendre pour le rejoindre en France. C'est sûr, bientôt j'allais trouver des excuses, la fille allait rater son avion ou avoir des problèmes à l'embarquement. Ou encore elle allait faire une escale au Maroc et faire de mauvaises rencontres là-bas chez les Arabes. Et pour se sortir de tout cela, elle aurait besoin d'un peu d'argent de la part de son petit chou français. Je le tenais, il était amoureux comme jamais, et présentement je ne voyais pas ce qui pouvait s'opposer à la poursuite de mon affaire.

Mais je me trompais.

Le soir j'ai profité encore de mon argent en allant faroter avec Monique dans un restaurant de Blancs. Tout le monde me regardait, les quelques brouteurs qui étaient là savaient qui j'étais à présent, ils me saluaient de la main, nous nous reconnaissions au milieu de tous les autres riches de la ville. J'ai dépensé tout ce que j'avais amassé la semaine précédente, j'ai fait couler le champagne, même.

— Hé, Armand, c'est trop chic !

Même Monique, avec son Blanc qui l'entretenait, elle était impressionnée par tant de richesse. Et à aucun moment elle n'a remarqué ces tracas qui se pressaient en moi, ces images de mort qui défilaient malgré moi dans mon cerveau. Non, me disais-je alors, tu ne tueras personne, tu n'as plus besoin des sortilèges de ton féticheur désormais. Toute la nuit je me suis répété cela et j'ai dilapidé ma fortune comme pour l'empêcher de m'être dérobée.

Pourtant le destin n'épargne personne et quand le Diable te poursuit, c'est sûr tu es foutu. Dès le lendemain c'est cela que j'ai compris.

Sur MSN, j'ai vu s'allumer le voyant qui annonçait l'arrivée de mon client. Je n'ai pas perdu de temps :

Amandine86 : Mon bébé tu es là enfin je t'attendais.

J'avais en tête ce que je devais lui demander, tout était prêt. Mais ce qu'il m'a dit, là, c'est sûr, je ne l'avais pas prévu.

Michel : Alors ça y est mon amour tu l'as fait !
Amandine86 : Quoi ?
Michel : Le voyage. Tu es arrivée.
Amandine86 : ??
Michel : Je t'ai vue. Hier sur le marché c'était bien toi avec tes robes hein ! Je n'ai pas osé te parler. Tu aurais dû me dire de venir te chercher à l'aéroport.

Je n'ai pas répondu. Je suis resté un moment à fixer mon écran et à décoder ce qu'il me racontait.

— Driss ! ai-je appelé. Tu peux venir une minute, là ?

— Attends, mon ami, je suis occupé, deh !

— Viens voir, non !

Il a tourné la tête vers moi, son casque sur les oreilles. Il était en pleine négociation de son prochain west. Il a discuté quelques instants encore, puis il est venu s'asseoir à côté de moi.

— C'est quoi ? Y a drap ?

— Un peu. Regarde.

Il a lu les derniers échanges en fronçant les sourcils, les yeux défilant sur les lignes de mon tchat. Il a relu plusieurs fois.

— Papapapa… Ton gars, là, est fou !

— Oui, on dirait il a confondu.

— C'est ça, même ! Il croit sa go a pris l'avion !

On s'est regardés. Et Driss s'est mis à rire.

— Toi, aussi, Armand… Toujours avec ton love !

C'est vrai que c'était drôle, j'ai rigolé moi-même.

— Je ne sais pas quoi lui répondre.

— Là, mon ami, c'est gâté complet. Dis-lui adieu, non ?

— Non, c'est mon meilleur client. Je ne veux pas gâter mon affaire, là.

— Alors dis-lui qu'il se trompe, que la fille, c'est une autre.

Driss avait raison, c'est cela que j'aurais dû faire. Mais j'ai eu une autre idée. J'ai repris le clavier et :

Amandine86 : Oui c'était moi.

Michel : Je suis tellement heureux que tu sois près de moi.

Amandine86 : Mais j'ai besoin de temps bébé.

Michel : Quoi ?

Amandine86 : Les hommes m'ont fait tellement de mal. Je ne sais pas si je peux te faire confiance. Alors je préfère qu'on attende encore qu'on reste discrets.

Michel : Mais ma chérie...

Amandine86 : Et puis ta femme est encore là. Non ?

Amandine86 : Si tu m'aimes d'un amour éternel comme moi tu sauras attendre quelque temps. Bientôt je serai à toi ta femme chérie pour être à tes côtés et t'aimer sincèrement te chérir jusqu'à la fin de nos jours.

Sur le moment, je pensais que c'était une bonne idée. Un moyen de poursuivre avec lui. Je ne pouvais pas deviner qu'avec ces mots, en faisant exister Amandine là-bas, dans son pays, je commettais une grosse erreur.

Ce qui est sûr, c'est que je n'ai pas immédiatement compris que j'avais perdu mon mugu ce jour-là. Les jours qui ont suivi, c'était le contraire : il se montrait plus amoureux de la fille encore. Il disait qu'elle était aussi belle en vrai que sur les photos, qu'il l'avait imaginée plus grande mais qu'il l'aimait toujours autant.

Plus jamais il ne mettait en doute son existence à présent qu'il pouvait la voir. Je pensais que c'était la chance, que je le tenais pour de bon. Nous tchations beaucoup, parfois Michel disait qu'il avait envie de venir me voir dans mon appartement. Moi j'insistais, je prétendais qu'il fallait du temps, que ce n'était pas possible pour le moment, que j'étais une femme timide et respectable. Présentement cela fonctionnait, il croyait à mes histoires tellement il était amoureux et je l'inondais de mots doux pour entretenir son amour.

Adieu Papa Sanou, me disais-je en souriant devant mon écran. Toi et tes requêtes barbares.

Mais bientôt j'ai recommencé à parler argent. J'ai inventé une histoire, une personne qui avait accepté de me prêter une somme en euros à mon arrivée là-bas mais que je devais absolument rembourser. Et là, j'ai compris que tout avait changé.

Amandine86 : Tu as pu me faire le transfert Paypal mon bébé ? C'est cher de vivre dans ton pays hier la personne m'a encore demandé son argent.
Michel : Héhé...
Amandine86 : ?? Arrête ne te moque pas de moi tu me blesses. Où est cet amour éternel que tu m'as promis ? Je t'ai offert mon cœur mais le mérites-tu vraiment ?
Michel : Calme-toi ma chérie.
Michel : Regarde sous ta porte. Je t'ai mis quelque chose dans une enveloppe.

Les mains derrière la tête, je me suis enfoncé dans ma chaise en bois en soupirant. J'ai relu : dans une enveloppe. Vrai-vrai, là, mon argent, il l'avait donné à cette fille, celle qu'il avait vue là-bas. Là, il y a drap, ai-je pensé. J'ai un gros problème. Il était toujours attaché, plus qu'avant encore, même, je pouvais lui demander tout ce que je voulais. Mais je n'allais plus rien toucher. J'ai regardé autour de moi, tous les autres brouteurs poursuivaient leurs affaires sans les mêmes complications et me prenaient encore pour un des meilleurs arnaqueurs de cette ville. Alors sans faire de bruit, je me suis éclipsé pour ne pas avoir à répondre aux questions de mes amis.

Les jours qui ont suivi, j'ai essayé encore. J'ai dit à mon mugu que j'avais besoin d'argent par Internet, j'ai cherché des excuses. J'ai insisté, je devais rembourser mes dettes coûte que coûte, il me fallait une très grosse somme. J'ai fait semblant de m'énerver. Mais toujours il parlait d'enveloppes, de cadeaux qu'il laissait sous la porte de la fille. Je pensais à elle parfois, je me disais qu'elle avait de la chance celle-là avec cette fortune qui lui arrivait sans rien faire grâce à moi.

L'argent ne tombait plus. Pendant plusieurs semaines comme cela je n'ai presque rien touché, seulement quelques jetons de mes autres mugus. Je continuais à brouter, j'entretenais ma relation avec mon client, mais il ne faisait que gâter mon temps, cela ne servait plus à rien. La chance m'avait quitté, c'est cela que j'ai compris, plus rien ne fonctionnait. Peu à peu mes économies passées diminuaient, je voyais s'éloigner la réussite et mon espoir d'atteindre le sommet. Je comptais les nuits que je pourrais passer encore dans le chambre-salon que je louais, bientôt il me faudrait retourner dans la maison du vieux avec ma sœur qui allait recommencer à m'insulter. Peut-être même allais-je devoir me mettre à la mécanique avec Désiré. Oui, je m'approchais de la fin, je le sentais.

Bientôt même je n'allais plus pouvoir inviter Monique dans ces restaurants chics auxquels je l'avais habituée.

Et cela, perdre Monique, je ne parvenais pas à l'accepter.

Il y avait une raison à ma déveine, et je la connaissais.

Le zamou, c'est cela, j'avais perdu le zamou.

Je m'étais refusé à faire ce qu'avait ordonné mon marabout et je récoltais les fruits de mon impertinence. J'avais cru pouvoir me passer de lui mais je me trompais. Tous mes succès, c'est à lui que je les devais, il ne fallait pas l'oublier. J'avais voulu m'attacher les services d'un puissant féticheur, j'avais gagné un succès gigantesque grâce à lui et à ses célèbres sortilèges. Et présentement j'en payais le prix.

Kouassi m'avait pourtant prévenu.

Alors, pendant que passaient les semaines et que je m'imaginais retomber en bas de l'échelle, quitter ce monde que j'avais touché du doigt pendant plusieurs mois, le sacrifice est revenu hanter mon esprit. Tuer un enfant, ces mots ont recommencé à m'obséder comme après la dernière séance chez Papa Sanou. La nuit dans mon sommeil, je voyais des images d'enfants morts, je me réveillais en sursaut sur mon matelas et je restais longuement assis dans l'obscurité.

Non, tu ne peux pas faire ça, Dieu te punira, toujours je me répétais cela. C'est un acte maléfique qui jamais ne sera pardonné. Je pensais à Moussa qui, s'il avait su, aurait réussi à me raisonner. Mais peu à peu, je réalisais que malgré moi je commençais à envisager la chose, si terrifiante fût-elle. Oui, j'y pensais, j'imaginais comment m'y prendre, même. Cela passera très vite, me disais-je, et tu retrouveras ton statut, la chance te sera acquise pour toujours après un tel sacrifice. Monique alors sera à toi, tu la libéreras de ce grôtô qui la tient avec toute sa fortune de Blanc.

Plus le temps passait, plus ma situation financière se dégradait, plus je me disais que c'était nécessaire. Que je n'avais pas le choix.

Et un vendredi soir au maquis, faisant ce qui devait être mon dernier travaillement, farotant une dernière fois devant mon public en dépensant mes tout derniers CFA, j'ai pris cette terrible décision.

Vrai-vrai, là, j'allais le faire.

Lorsque j'ai quitté la table au Dynamique, j'avais une grosse boule dans le ventre. Moussa s'est levé.

— Armand, tu vas où, même ?

— Je dois aller voir ma sœur, là.

— Y a quoi ? Tu sais, je te connais, je vois bien tu as des problèmes.

— Hé, c'est l'homme qui a peur sinon y a rien. Je dois l'aider, c'est tout.

— Mon ami, fais attention à toi. On est ensemble, deh !

Je l'ai rassuré, mais à la tête qu'il faisait, je voyais qu'il n'était pas convaincu. Il est resté un moment debout à côté des autres qui sirotaient leur Castel, je sentais son regard dans mon dos pendant que je me dirigeais vers ma moto. Il avait compris que je m'apprêtais à faire quelque chose. Quelque chose de répréhensible, quoi.

J'ai roulé au milieu du trafic, entre les coups de klaxon et les vélos, avec le vent chaud dans mon visage et de gros nuages gris de saison des pluies au-dessus de ma tête. Ça allait tomber, c'est sûr, on le sentait à cette humidité dans l'air et au vent qui balayait les trottoirs. La terre dans les ruelles était collante. Le long du goudron, les restaurants avaient installé de nouvelles bâches avant que cela n'éclate là-haut. Le vendeur de journaux commençait à ranger ses magazines suspendus par des pinces à linge sur des fils. J'avançais tout droit et je regardais à peine tout ce monde autour de moi. J'avais la gorge sèche, le cœur complètement écrasé, je me demandais si j'allais vraiment faire ce que j'avais dans la tête.

Je suis passé devant le banco, la plus grande machine à laver de la ville : un petit lac où les gars et les filles lavent le linge des autres en le tapant sur des pneus pour gagner quelques CFA. On les appelle les fanicos, tous les jours ils marchent plus d'un kilomètre pour venir ici avec leurs sacs remplis de tissus. Je me suis imaginé faire ce travail de mendiant et cette idée m'a terrifié. C'était peut-être cela qui m'attendait si la chance ne revenait pas.

J'ai avalé ma salive et continué ma route.

Je savais où aller. Entre deux quartiers, il y avait une plantation de bananiers. Je passais souvent par ici à l'époque où j'allais au collège. J'ai garé ma moto contre un mur blanc et j'ai enjambé les fossés où coulait une eau grise, j'ai marché sur le sentier qui se faufilait entre les troncs. C'était un peu en contrebas de la route, avec les feuilles vertes autour on ne pouvait pas voir ce qui se passait sur le terrain. Je me suis arrêté au milieu du chemin, oui, là c'était bien. Enfin, c'était ce que je cherchais, quoi.

Je me suis glissé en agouti entre les bananes. Et là, j'ai attendu. J'ai attendu longtemps, même, accroupi dans la terre avec les régimes de bananes qui pendaient autour de moi et la fraîcheur que dégageaient toutes ces plantes. Et dans mes mains, je serrais mon arme. Oui, je serrais cet objet que j'aurais préféré ne jamais toucher. C'était un couteau de cuisine au manche usé, c'est tout ce que j'avais trouvé. Mon cœur battait tellement vite, j'avais peur qu'il explose. Je pensais à Monique, à son corps sous le mien dans la maison de son Blanc. J'avais gagné tellement d'argent, il fallait que ça continue. Mon Dieu, je ne pouvais pas imaginer que tout cela s'arrête.

Le matin, j'avais expliqué à mon mugu que la personne que je devais rembourser s'était mise à me menacer. Si je ne lui rendais pas tout de suite ce qu'elle m'avait prêté, je craignais d'avoir de gros problèmes. Mais pas d'enveloppe, avais-je insisté. Un virement Paypal, c'est cela qu'il me fallait.

La pluie s'est mise à tomber sur les feuilles des bananiers.

Et bientôt, ils sont arrivés, sur ma droite. Je les ai entendus rigoler en marchant sur le sentier mouillé par les gouttes. Ils étaient une dizaine, dix enfants qui revenaient de l'école avec leurs tee-shirts verts et leurs cartables sur le dos. Je savais qu'ils allaient passer par ici, c'était le chemin le plus court pour rejoindre leur quartier. Ils étaient bruyants, comme des petits, quoi.

J'ai écouté leurs blagues, leur gât-gât quand ils s'envoyaient des insultes, c'était leur jeu préféré. Ils ne pouvaient pas me voir derrière les bananiers et avec la pluie, ils baissaient la tête. Ils sont passés devant moi et j'ai attendu un peu encore, ils étaient trop nombreux, là. Le groupe est sorti du terrain et s'est éloigné en remontant la pente boueuse vers les murs de béton. Trois autres sont passés.

Et enfin il est arrivé.

Celui que j'attendais : le dernier de la bande, isolé des autres. Il avançait tout seul en portant son sac de travers qu'il replaçait sans cesse sur son épaule. Son tee-shirt délavé avait des trous, ses sandales étaient toutes gâtées. Il parlait tout seul, il se racontait des histoires et se faisait rire lui-même sans prêter beaucoup d'attention à l'orage qui le trempait. Il approchait doucement de ma cachette.

Maintenant il faut le faire, ai-je pensé, tu dois y aller. J'ai senti un courant glacé dans mes bras, comme si tout mon corps me disait de ne pas bouger. J'ai essuyé mon visage où ruisselaient les gouttes, j'ai fermé les yeux un petit moment. Et quand je les ai rouverts, il était juste devant, à quelques mètres.

Mon Dieu, comme un présent offert au diable.

Sortant d'entre les troncs, je me suis jeté sur l'enfant. D'un seul coup, comme ça, j'étais derrière lui, il n'a rien vu venir. J'ai plaqué ma main sur sa bouche, je l'ai serré contre moi-même. Et je l'ai tiré hors du sentier. Pris de panique, il a essayé de se débattre, ses pieds bougeaient dans tous les sens et grattaient le sol. Mais je le tenais bien.

Je l'ai amené à l'endroit où j'étais caché. Il était entre mes bras, je sentais son crâne mouillé contre ma poitrine. Il bougeait, il bougeait et je pensais Arrête, arrête. De la poche arrière de mon jean, j'ai sorti mon couteau. Et les yeux plissés, j'ai collé la lame sur son cou. J'y étais, cette fois j'y étais. Vas-y, fais-le, me répétais-je. Tu n'as pas d'autre choix. Mais ma main est restée bloquée devant sa gorge. Je n'y arrivais pas. Et lui, cet enfant dont j'ignorais tout, en voyant le métal il s'est agité encore plus. Il a tordu la tête et ses yeux ont rencontré les miens. Ils étaient immenses, exorbités. Parce que… parce qu'il avait peur de la mort, quoi. J'ai inspiré un grand coup et mes doigts se sont resserrés autour du manche. La lame a touché sa peau, un peu de sang est sorti.

Mais une douleur m'a envahi la main. L'enfant venait de me mordre. Je l'ai lâché un instant et il s'est dégagé, je l'ai rattrapé aussitôt un mètre plus loin. Mais cette fois il criait pour de bon. Il hurlait, il hurlait, jamais je n'aurais imaginé qu'un tel volume puisse sortir d'un si petit corps. J'ai pris sa tête et remis ma main sur sa bouche mais je le tenais moins bien, avec l'eau de pluie ça glissait. Mon couteau était tombé, j'ai traîné l'enfant pour pouvoir le reprendre. Il était temps encore, je pouvais le faire. La pluie inondait ma cachette, elle coulait des feuilles et gorgeait la terre.

— Hé !! C'est quoi ?!

La voix est sortie de la pluie comme un diable de sa boîte et elle a coupé mon cœur. Mon pouls à deux cents, j'ai tourné la tête en bloquant ma victime. Ce qui est sûr, c'est que c'était un homme. Un adulte. Il avait entendu les cris. Le petit s'agitait, je tenais le couteau alors que le gars marchait vers nous.

— C'est quoi que vous faites, là-dedans ?

Les vêtements trempés, mon jean plein de boue à force de ramper, j'ai regardé le visage terrorisé pris entre mes bras. Seigneur, voilà l'enfant que j'étais sur le point d'assassiner pour satisfaire Papa Sanou. Les images sont revenues m'assaillir, plus violentes encore. Dans ma tête tout allait si vite, je ne savais plus quoi faire.

— Koutoubou !!

J'ai tourné la tête.

J'avais trop attendu : le gars était là, juste devant nous. Un gros gars en short et chemise, ruisselant sous l'orage. Il nous regardait, moi et le petit, la main en avant pour m'empêcher de commettre l'irréparable. Mes yeux ont bondi de l'homme à l'enfant, de l'enfant au couteau dans mon poing. Faire quelque chose, il fallait faire quelque chose, mais quoi ?

Prendre la fuite, il n'y avait plus que cela.

J'ai lâché ma prise, le petit a couru en hurlant, et j'ai pris mes jambes à mon cou alors que l'homme se lançait à mes trousses.

J'ai couru entre les bananiers, mes pieds glissant dans la boue. Les feuilles me fouettaient le visage, des paquets d'eau s'écrasaient par terre. Je suis sorti du terrain au milieu de l'averse qui inondait le quartier, j'ai sauté au-dessus du fossé et des poubelles. Derrière moi, le vieux arrivait en criant. En voulant enjamber le trou, il a glissé.

— Assassin, attrapez l'assassin, là !!

Il était à terre mais il y avait du monde pour l'entendre. Les gens se sont retournés, ils m'ont dévisagé. J'ai filé juste devant l'un d'eux mais trois autres m'ont pris en chasse à leur tour. Ils ont groupé sur moi.

— Arrête-toi, keh ! Je vais te corriger !

Dans ma course, j'entendais le petit encore qui

pleurait en bas. En haut de la pente, devant moi, je voyais ma moto sur sa béquille devant le mur blanc. Je courais comme cheval, mais présentement j'avais quatre hommes derrière moi et beaucoup d'autres qui hurlaient de partout. Je savais que s'ils m'attrapaient, j'étais mort, vrai-vrai ils allaient me lapider.

J'ai sauté sur mon engin et démarré d'un coup. La roue a dérapé dans la boue, j'ai failli tomber sur le côté, mais j'ai redressé le guidon. Un gars est arrivé à mon niveau, et c'est de justesse qu'il m'a raté. Ma moto est partie en avant, j'ai accéléré et manœuvré comme je pouvais pour éviter les pierres dans la terre.

Et dès que j'ai atteint le goudron, j'ai détalé comme un s'en fout la mort.

— Va te changer, là. Tu es sale, on dirait caniveau !

C'est cela qu'a dit Fabiola quand je suis revenu à la maison. Dans la salle de bains je me suis versé trois seaux d'eau sur le corps pour enlever la boue. Et tout le reste de la journée, je l'ai passé dans ma chambre, allongé sur le matelas humide. Mon portable a sonné plusieurs fois, Moussa essayait de m'appeler, mais je n'ai pas répondu.

Dans ma tête je revivais la scène, le petit que j'avais failli tuer, tous les hommes derrière moi. Je les avais semés mais désormais ils connaissaient mon visage, et j'étais certain qu'ils allaient me retrouver. J'avais ce pressentiment, quoi. Je me dégoûtais, oui je me dégoûtais. J'avais peur aussi. Pourquoi avais-je fait cela ? Comment avais-je pu en arriver là ?

Et en même temps je pensais à Papa Sanou. Hier, persuadé d'avoir pris cette décision inhumaine, je lui avais annoncé que j'allais le faire, qu'il aurait le sang de cet enfant pour poursuivre sa magie. Je n'avais rien pour lui, rien de ce qu'il m'avait demandé. Alors je ne suis pas allé le voir comme je l'avais promis. Je me suis caché de lui comme des autres.

J'allais perdre la chance, c'est cela que le marabout avait prédit en lisant dans les cauris. Et c'est bien ce qui arrivé ensuite, j'allais perdre tout ce que j'avais gagné. Ma fortune, ma réputation. Et surtout Monique.

C'est le lendemain que je suis retourné au cyber. Moussa m'est tombé dessus, il s'était inquiété pour moi, mais je ne lui ai rien raconté. Cette histoire, je n'avais plus qu'à la garder pour moi, j'allais porter le poids de cela tout seul. J'ai pris place au fond et je me suis connecté sur MSN. Mes mugus n'étaient pas là, pas un seul voyant vert. Voilà le résultat, ai-je pensé. C'est la fin, ça ne marchera plus. Ils avaient tous fini par comprendre que leur amour n'existait pas, tellement je les avais mis sous pression pour obtenir mes derniers west. Je ne pourrais plus rien en tirer. Il me fallait reprendre à zéro, trouver d'autres clients. Mais avec ce sacrifice que je n'avais pas consenti, est-ce que j'étais capable encore de les attacher ?

Pourtant, alors que je soupirais dans mon compartiment, un nom s'est affiché sur l'écran.

Michel venait de se connecter.

Et lui, son amour, il y croyait plus que jamais à présent qu'il était persuadé qu'elle avait fait le grand voyage.

Michel : Tu es là ma chérie ?

Amandine86 : Oui.
Michel : Tu fais quoi ?

Je ne croyais plus à mon west, j'étais persuadé que je ne toucherais plus rien de lui. Alors comme je n'avais rien à perdre, j'ai demandé tout de suite.

Amandine86 : Rien de spécial un peu de couture. Tu as fait le transfert que je t'ai demandé ?
Michel : Non.
Amandine86 : Tu ne sais pas tenir parole.
Amandine86 : Je voulais juste te rendre heureux bâtir un foyer basé sur la complicité le respect mutuel.
Amandine86 : Mais tu as tout gâché.
Michel : Calme-toi mon amour. C'est vrai je n'ai pas fait le transfert.
Amandine86 : Tu vois. Tu veux me faire du mal c'est tout ce que tu veux c'est ça ???
Michel : Mais j'ai fait quelque chose pour toi.
Amandine86 : ???
Michel : Un truc qui va régler tes problèmes d'argent.

Il mettait du temps à cracher son morceau, cela commençait à chauffer mon rognon.

Amandine86 : De quoi tu parles je ne comprends rien !
Michel : La fille à qui tu devais de l'argent. Celle dont tu me parles depuis un moment. Tu disais qu'elle t'avait menacée.
Amandine86 : Oui je n'ai toujours pas réglé ma dette tu me mets en danger je comptais sur toi.
Michel : Je l'ai vue. L'autre soir quand tu étais avec elle

dans la rue. J'étais là. Je vous ai vues vous disputer je t'ai vue jeter les billets par terre.
Amandine86 : Et alors ?

Un temps a passé, comme s'il hésitait à écrire quelque chose. Puis enfin :

Michel : Et alors j'ai réglé le problème. Elle ne te causera plus d'ennuis.
Amandine86 : Comment ça ?
Michel : Je ne veux pas t'en dire plus mais je te promets tu ne la reverras plus.

J'ai relu tout cela en fronçant les sourcils. Le gars avait un véritable problème, tellement il était enjaillé désormais, il faisait n'importe quoi. J'ai essayé de comprendre. Je me suis demandé s'il avait fait du mal à quelqu'un, c'est cela que son message laissait entendre. Est-ce qu'il avait tué une femme en croyant que c'était à elle que sa go devait de l'argent ? Cela paraissait incroyable, mais c'est sûr, c'était possible.

Les Blancs quand ils sont amoureux ils sont capables de tout, j'ai appris cela avec l'expérience. Ils donnent leur argent, ils se donnent en spectacle, ils n'ont aucune retenue tellement ils sont en manque d'amour. Certaines langues prétendaient que l'année dernière, un des mugus de Kouassi s'était suicidé après avoir compris que la femme qu'il chérissait n'existait pas. Ils en avaient parlé à la télévision, ils disaient que le broutage était un danger pour l'image de notre pays, que par notre faute des Européens étaient ruinés et parfois en mouraient. Ils essayaient de nous culpabiliser.

Mais pour moi ce qui était sûr, c'est que de l'argent ils en avaient largement assez. On ne les obligeait pas à nous le donner, on le demandait seulement, quoi. Bon, je n'aimais pas imaginer que mon mugu avait tué quelqu'un. Je me demandais s'il y avait un rapport avec mon aventure criminelle de la veille, avec cette scène que je n'arrêtais pas de revivre dans ma tête. Si pendant que j'échouais à sacrifier cet enfant au milieu des bananiers, lui était en train de commettre un crime authentique à l'autre bout du monde. Mais si c'était le cas, je ne me sentais pas coupable.

C'est lui qui avait pris cette décision-là, c'est lui qui était à la recherche d'une femme. Je n'avais fait que répondre à ses besoins. Présentement la seule chose que je comprenais, c'est qu'une fois encore, je n'allais pas toucher mon argent.

Il fallait me rendre à l'évidence : mon affaire était gâtée finie.

Dieu ne fait rien au hasard. Quand tu commences à gagner affaire, tout finit par se gâter en même temps pour toi. Et jamais je n'aurais soupçonné la quantité de problèmes que j'allais accumuler les semaines suivantes.

Je poursuivais mes causeries avec Michel. Il disait qu'il attendait le moment où enfin la fille accepterait de lui parler, de briser ce silence qui les séparait encore. Je lui demandais d'être patient, je gagnais du temps comme je le pouvais en inventant de nouvelles histoires qu'il acceptait à contrecœur. J'ignorais moi-même la raison à cela, mais j'ai entretenu encore un moment la relation entre Amandine et ce mugu plus amoureux que n'importe quel autre.

Peut-être était-ce par curiosité pour cette affaire si différente des autres. Ou peut-être était-ce simplement parce que je n'avais pas d'autre client. Parce que désormais, sans le zamou avec moi, toutes mes tentatives d'attacher de nouveaux Blancs se révélaient infructueuses. Mes activités de broutage ne fonctionnaient plus, même si j'étais toujours solidement accroché à mon écran au cyber dans l'espoir de voir la chance me revenir. Mon gouvernement n'avait pas connaissance de ce tourbillon sans issue dans lequel je me trouvais alors. Devant mes amis, je faisais semblant de continuer à prospérer pour ne pas ruiner ma réputation et mon surnom. Pour permettre à Général CFA d'exister à leurs yeux encore, quoi.

Mais la vérité, c'est que présentement, ça mentait sur moi.

J'étais moisi : totalement fauché.

Lorsque j'allais voir Monique dans sa maison luxueuse, j'inventais des mensonges pour éviter d'avoir à l'inviter au restaurant ou à dépenser le moindre jeton, de peur qu'elle ne réalise ce que j'étais devenu. Je la regardais, toujours plus belle et apprêtée et si ma fortune m'avait quitté, l'amour que j'éprouvais à son égard ne faisait que grandir. Oui, c'est sûr, je ne pouvais imaginer la perdre et pourtant c'était bien cette perspective qui se dessinait dans mon futur. Qu'avais-je à lui offrir encore qu'elle n'avait pas déjà grâce à son Blanc ? Voudrait-elle d'un galérien comme moi-même après ce qu'elle avait connu, le faste et les nuits dans les chambres d'hôtel pour diplomates fortunés ?

C'est sûr, elle se rendait compte que les choses étaient en train de changer, je la sentais s'éloigner de moi et je mouillais devant elle. Mais il y avait autre chose, quelque chose qui la travaillait et qu'elle refusait de m'expliquer. Cela avait un rapport avec son Blanc, je l'avais compris, mais à ce moment je ne savais pas de quoi il s'agissait encore.

J'ai vécu dans la peur aussi, à cette période. Oui, j'avais la peur en moi depuis que j'avais failli assassiner un enfant. La nuit, je rêvais de lui encore et encore comme si tout cela devait se répéter à l'infini. Et le jour, j'étais sur mes gardes, je craignais le retour de ceux qui m'avaient poursuivi. À chaque coin de rue je les imaginais me prendre en chasse pour me faire ce que je n'avais pas fait à l'enfant.

Une fois, je suis retourné voir Papa Sanou. Dans son cabinet de marabout, je me suis assis et j'ai dit la vérité. Oui, je lui ai raconté que j'avais échoué, j'ai demandé si je pouvais m'acquitter d'un autre sacrifice pour retrouver mon zamou, pour que la chance puisse me sourire à nouveau.

Mais je n'oublierai pas la grimace qu'il a faite ce jour-là. Les yeux fermés, la bouche tordue, il a secoué la tête sous son bonnet en disant :

— Papapapa… C'est gros problèmes, que je vois, là…

— Personne ne bouge ! Ne touchez plus à rien !

Il ne manquait plus qu'eux. Les policiers sont arrivés un matin, alors que nous étions huit à travailler dans le calme du cyber. Il y avait ceux qui discutaient avec leurs clients, le casque sur les oreilles, ceux qui pianotaient sur leur téléphone, et ceux qui écrivaient, comme moi-même près de la grille à l'entrée. On ne s'attendait pas à cela, jusqu'ici la police nous laissait tranquilles, nombreux étaient les brouteurs qui leur versaient une partie de leurs revenus pour avoir la paix.

D'un seul coup les hommes en uniforme ont crié, ils sont entrés à quatre dans la pièce avec leurs polos Police scientifique par-dessus leurs chemises blanches. Ils portaient tous des badges en plastique autour du cou.

— Levez les mains, allez lève tes mains, là !

Certains ont réussi à fermer leurs fenêtres MSN à la hâte, d'autres ont essayé d'éteindre les ordinateurs, même. Mais les policiers savaient y faire, ils se sont jetés sur les écrans pour lire le contenu de nos tchats. Moi-même, lorsque je les ai vus, ma première idée a été de m'enfuir. J'ai regardé à ma droite, il y avait la porte qui donnait sur le bureau de Kouassi et sur l'extérieur. Alors d'un coup j'ai bondi de ma chaise qui est tombée en arrière, et je me suis précipité dans le petit couloir en glissant sur les carreaux.

Mais ma fuite a été de courte durée, les policiers nous attendaient également dans la rue, l'un d'entre eux m'a intercepté aussitôt et le gars m'a plaqué à terre. Il a attrapé le col de mon tee-shirt sur la nuque et l'a tenu dans son poing pour m'empêcher de me dégager, ils faisaient cela lorsqu'ils n'avaient pas suffisamment de menottes.

— C'est où que tu voulais t'en aller, là ?

J'ai regardé autour de moi : ils sortaient tout le monde. Il y avait Sylvestre également, assis sur le bord du trottoir sous leur surveillance. Derrière leur gros 4 × 4 aux portes grandes ouvertes, tout le quartier approchait pour observer la scène. Il y avait ceux qui criaient sur la police, qui nous défendaient parce qu'ils touchaient eux-mêmes un peu de la fortune des brouteurs. Mais les policiers étaient sûrs d'eux, avec cette nouvelle loi, là, ils avaient plus de pouvoir pour nous arrêter. Ils nous ont tous entassés à l'arrière de la voiture.

Le zamou, je n'ai plus le zamou, me suis-je répété en boucle durant tout le trajet. Je revoyais le visage de mon féticheur qui m'annonçait la venue des problèmes. Voilà de quoi il parlait, je me suis dit. Tu vas finir en prison, avec tous tes amis arnaqueurs. Oui, ce soir, tu dormiras en cellule.

Mais grâce à Dieu, ce n'est pas cela qui est arrivé.

Au commissariat, les policiers nous ont fait asseoir dans des pièces différentes. C'étaient des bureaux neufs, avec des ordinateurs récents posés sur les tables. L'air froid de la climatisation me faisait frissonner. Ils m'ont questionné sur mes activités. Tu te rends compte que ceux que tu arnaques là-bas, ils sont malheureux ? Tu crois qu'ils ont mérité ce qui leur arrive ?

Je baissais la tête, profil bas, c'est cela que j'avais appris.

— Oui, c'est vrai, disais-je seulement.

Je croyais que tout était terminé pour moi, même.

Un homme bien habillé est entré. Il avait un gros ventre sous sa chemise à manchettes. Il s'est assis et m'a fixé longuement avant de me montrer mon téléphone portable que ses collègues m'avaient pris dans le cyber.

— Bon, nous allons l'appeler, maintenant. Michel, c'est cela son prénom, hein ? Comme sur l'écran ?

J'ai hoché la tête docilement.

Il a regardé l'écran de mon portable, il a cherché dans le répertoire. Et sur son fixe posé sur le bureau, il a composé le numéro de mon mugu. Plusieurs sonneries ont retenti dans le haut-parleur. Et enfin, j'ai reconnu la voix grave que plusieurs fois j'avais entendue dans mon portable.

— Allô ?

— Bonjour, êtes-vous bien le dénommé Michel Farange ?

— Ouais, c'est moi.

Le policier s'est présenté.

— Monsieur Farange, avez-vous bien conversé par Internet avec une dénommée Amandine Milan il y a trente minutes de temps ?

— Euh… Oui, mais attendez…

— Monsieur, je vous informe que vous avez été victime d'une escroquerie. Cette jeune fille n'existe pas, le stratagème n'avait pour seul but que de vous soutirer de l'argent.

Un grand silence s'est fait au bout du fil.

— Monsieur ?

— Oui, je suis là. C'est une blague, c'est ça ?

— Pas du tout, c'est au contraire très sérieux.

— Je crois pas un mot de ce que vous racontez. Vous connaissez Amandine, vous êtes un ami à elle ?

— Non. Je vous le répète, je suis de la police scientifique et cette fille, là, n'existe pas. C'était un mensonge, une affaire frauduleuse perpétrée par un arnaqueur du Web.

— Vous dites n'importe quoi. Qu'est-ce qui se passe ? Comment vous la connaissez ?

Je reconnaissais bien là mon Blanc. Toujours aussi enjaillé. Le policier a secoué la tête.

— Monsieur, je suis dans l'obligation légale de vous poser la question : l'homme qui est responsable de cette escroquerie est en face de moi, souhaitez-vous porter plainte ?

— Quoi ? Mais attendez… porter plainte ?

— Tout à fait. C'est la procédure légale, monsieur Farange.

— Non… Non, je n'ai pas du tout envie de porter plainte.

Puis il a raccroché.

L'homme au gros ventre est resté un long moment immobile, assis dans son fauteuil en face de moi, avec le téléphone muet entre nous. Il a passé une main sur son visage, il a soupiré. Et alors il a dit en me fixant d'un regard qui ressemblait à celui de mon père :

— Tu as de la chance, remercie Dieu. Mais que cela te serve de leçon.

De la chance, oui, dans mon malheur j'avais eu de la chance que mon Blanc soit à ce point enjaillé d'Amandine. En tout cas ce qui est sûr, c'est que cela m'avait sauvé. Le love avait permis cela, quoi. Sylvestre n'avait pas été aussi veinard : le client qu'il tenait en lui promettant une partie d'un gros héritage de la famille présidentielle en personne, ce client-là avait immédiatement réalisé l'ampleur de sa méprise. Il avait porté plainte contre lui depuis là-bas, en Belgique. Sylvestre, je ne l'ai pas retrouvé à l'extérieur du commissariat de police. Ils l'ont gardé jusqu'à ce jour, en attendant le procès.

Je ne suis donc pas allé en prison, ce n'est pas ce qu'avait décidé le Seigneur pour moi. Mais l'irruption de la police dans le cyber a mis fin à mon activité. Oui, à compter de ce jour j'ai cessé de brouter. Le zamou n'était plus avec moi, j'avais échoué, tous mes mugus s'étaient détachés. J'avais failli assassiner un enfant, failli me faire lyncher en sortant de la bananeraie, failli finir en prison, présentement cela suffisait. L'idée même de me remettre à chercher de nouveaux clients me faisait peur. Pendant plusieurs semaines, je n'ai pas échangé le moindre message électronique.

J'avais rendu mon chambre-salon. Toutes mes journées je lézardais à la maison, allongé sur mon matelas ou avachi sur le fauteuil à regarder la télévision, ne sachant pas à quoi occuper mon temps après des mois cloué derrière mon écran. J'étais moisi fini, plus aucun jeton en poche. Fabiola, toujours fâchée à cause de ses poils pubiens, elle n'arrêtait pas de gâter mon nom quand elle et sa copine s'affairaient en se coiffant dans la cour. Je les écoutais m'humilier de la sorte et lorsque j'essayais de riposter, Fabiola s'en gnangnait :

— Va parler ça à l'ONU, là. Tchrrr !

Et dans ma situation, je ne pouvais pas dire beaucoup plus.

L'envie de revoir Monique me dévorait, je rêvais de la retrouver, de lui faire l'amour dans sa villa de luxe, de plonger dans sa piscine, de l'inviter dans une chambre à l'hôtel, de retrouver cette vie faste que j'avais connue avec elle. Mais tout cela, c'était terminé, j'étais redevenu un galérien, ça mentait trop sur moi, même. Je n'osais pas lui téléphoner, de peur qu'elle découvre à quel point j'avais chuté. Je l'imaginais avec d'autres brouteurs ou avec son grôtô revenant exploiter notre pays pour s'enrichir comme l'avaient toujours fait les Blancs, son Africaine l'attendant sagement à la maison. Penser à tout cela me torturait.

Mais le pire, c'est lorsque j'ai été informé de son départ.

Elle ne m'a même pas téléphoné pour me le dire.

Parfois mon ami Moussa venait me voir, on allait au maquis boire la bière et on se racontait nos vies. Lui, il continuait les arnaques, mais à petite échelle, juste ce qu'il fallait pour avoir une vie décente. Un jour, alors que nous attendions notre attiéké poisson attablés dans la terre, il m'a dit comme cela :

— Mon ami, tu es au courant, là ? Pour Monique ?

— Non, y a quoi ? Affaire-moi un peu, je n'ai plus de nouvelles, deh.

Il a pris un air gêné.

— Y a quoi ? ai-je répété, inquiet. Elle a gagné affaire, ou bien ?

— Non... C'est seulement que... Voilà : certaines langues disent qu'elle va béou.

— Quoi ?

— C'est ce qu'on prétend. Elle va aller habiter à Paris, quoi.

Vrai-vrai, là, cela a coupé mon cœur.

Je n'ai pas réussi à répondre. Les paroles de mon ami se sont gravées en moi comme dans la roche. Monique allait partir, quitter la ville, quitter le pays comme elle en rêvait autrefois. Voilà le dernier de tes problèmes, ai-je pensé, tu es arrivé au bout de ton parcours. Tu as voulu jouer avec le diable et tu as tout perdu : ta réussite, ta richesse, ton travail. Et ta gazelle, désormais.

Tout cela me paraissait logique, je récoltais ce que j'avais semé. Le lendemain j'ai voulu lui téléphoner, pour comprendre, mais même cela, je ne suis pas parvenu à le faire. Elle a décollé vers l'Europe avant que je n'aie pu lui parler. Ce que je sais, c'est donc seulement ce que prétendaient les rumeurs. Il se disait que son Blanc lui avait demandé de venir vivre avec lui en France, parce que sa femme à lui était morte. J'ignorais les détails, et même si cela était vrai. Je m'en gnangnais, à vrai dire, tout ce que je savais, c'est qu'elle n'était plus là.

Que mon amour était parti.

Le vieux a fini par m'obliger à travailler. À force de me faire sa morale sur cette histoire d'argent que l'on doit gagner honnêtement pour avoir sa vie en main, à force de me répéter tous les jours la même rengaine, j'ai dû me résoudre à cesser de lézarder. J'ai commencé à accompagner Désiré au garage et à me mettre à la mécanique. Tous les jours plié en deux, les mains dans les moteurs, pour gagner en un mois ce qu'en broutant je touchais en seulement quelques jours. Pour moi, c'était la déchéance. Ce travail que je redoutais de faire un jour, désormais je le faisais. Et comme les autres, je me disais que c'était seulement pour me débrouiller avant d'avoir trouvé mieux. Parce que je rêvais encore de farotage, de travaillement et de soirées arrosées dans les gazoils.

Mais jamais je n'aurais pensé que ma solution, c'était une fois encore de mon mugu français qu'elle allait provenir.

Ça, même, cela me paraissait impossible.

Lorsque Kouassi m'a contacté, cela faisait plusieurs semaines que je n'avais plus touché un clavier. J'étais allongé sous le châssis d'une grosse bagnole comme jamais je ne pourrais me payer. Mon téléphone vibrait sur le bois de la table, Désiré me l'a glissé en dessous pour que je puisse répondre.

— Hé, Armand, a dit le patron du cyber. Ça fait deux jours, c'est comment ?

— Ça va aller, y a foye.

— Sinon, je dois te dire. Présentement il y a un gars qui te cherche, là.

— De quel gars tu me parles ?

— Il fait la tournée des cybers pour te trouver. C'est un Blanc, le gars est immense, keh !

— Un Blanc ? Et il connaît mon nom ?

— Non. Il dit il cherche celui qui se fait appeler Amandine. Fais attention à toi, mon ami, ce type ne me plaît pas, il m'a regardé façon.

Amandine, je me suis répété le nom dans ma tête.

Tout de suite j'ai deviné de qui il s'agissait. Mon mugu était là, dans la ville. Il avait compris depuis l'appel du policier. Et il voulait me retrouver pour me chicoter. Pour se venger de ce que j'avais fait, c'est ce qui était sûr, il voulait se venger. Ce n'était pas fini, le diable me poursuivait encore, voilà la rançon de tout ce que j'avais gagné.

Mais je me trompais.

MICHEL

Un jour, ils me retrouveront, là-dessus je ne me fais pas trop d'illusions.

On ne disparaît pas comme ça. Pas un type comme moi.

Pourtant j'ai essayé de faire attention, j'ai pensé à plein de trucs avant de partir. J'ai garé ma bagnole là où ils avaient trouvé celle d'Évelyne Ducat, tout près des sentiers qui montent vers le plateau. Histoire de brouiller les pistes. Ils ont dû s'inventer plein d'histoires parce que Évelyne Ducat, ils ne l'ont toujours pas retrouvée à ce que je sais. Ils me croient peut-être dévoré par un animal ou séquestré par un genre de psychopathe comme on en voit dans les séries. Les cons. À tous les coups, ils sont encore en train de me chercher, d'essayer de comprendre ce que j'ai fait les derniers jours, où j'ai été vu la dernière fois. Et de reposer les mêmes questions à Alice.

Alice, merde, pour un peu je la plaindrais. Quand je pense qu'il y a une semaine de ça, j'étais encore là-bas, avec elle dans la ferme.

Enfin, dans *sa* ferme, plutôt.

J'ai pensé à prendre du liquide aussi. Beaucoup de

liquide, c'était le plus important, en fait. Ça faisait un moment déjà que j'en retirais régulièrement, par petites sommes. Pour partir avec Amandine, au cas où.

Puis j'ai dû penser au trajet. Pour m'éloigner de la vallée, je ne voyais pas d'autre idée : j'ai fait du stop en pleine nuit sur la départementale. C'est un routier qui m'a pris, un Roumain je crois, il ne parlait pas français. Coup de bol : ce n'est pas lui qui ira causer de moi aux flics maintenant qu'il doit y avoir ma tête dans tous les journaux du département. Cette fois au moins, Michel Farange, ils savent qui c'est les gens du coin.

Après, c'était l'avion, les billets payés en espèces dans une petite agence de voyages, le plus loin possible de chez nous. L'avion, avec déjà un peu d'Afrique à l'intérieur. Un peu de ce que j'avais rêvé quand on en parlait avec Alice.

Mais quand même, c'est sûr, un jour ils me retrouveront.

On ne disparaît pas comme ça.

Je n'ai plus qu'à attendre, maintenant.

Mais c'est pour bientôt.

À l'hôtel, c'est plus calme quand même, parce que cette ville, nom de Dieu, c'est un cauchemar. Les motos, les bagnoles qui klaxonnent de partout, les types qui t'accostent pour te demander du fric à tous les coins de rue juste parce que t'es blanc, c'est pas possible. Et la chaleur aussi. Ce n'est pas trop l'idée que je me faisais du pays, forcément ce que j'avais en tête, c'était les savanes et les éléphants, les villages de brousse avec les femmes qui portent des seaux d'eau sur la tête et leurs gamins dans le dos. Les trucs pour les touristes, c'est ça qu'on pensait aller voir avec Alice, à l'époque où on faisait des projets de voyage. Enfin, surtout elle, moi je n'avais pas trop voix au chapitre quand elle se mettait à causer et que je ne pouvais plus l'arrêter. Elle est comme ça Alice, j'ai tellement eu le temps de la connaître pendant toutes ces années.

Je n'ai plus le choix maintenant, il va falloir que je m'habitue à cet endroit. Que j'apprenne à sortir de ma chambre climatisée pour affronter le monde extérieur. Peut-être en trouver une moins chère aussi, parce que le fric, il faut se mettre à l'économiser maintenant. Ce n'est pas comme si j'en avais tant que ça, non plus.

Je n'ai pas de regrets. Pas cette fois.

C'est fini ça, les regrets.

J'ai passé ma vie à me tromper sur ce que je voulais, à me laisser influencer par des types ou des femmes qui savaient mieux que moi ce qu'était bon pour moi. Puis à regretter.

Ma plus grosse erreur, ç'a été de reprendre cette ferme. Oui, de croire que j'allais réussir à m'approprier l'exploitation du père d'Alice, réorienter l'élevage à ma manière. Son troupeau d'aubracs, l'œuvre de toute sa vie. Le père Brugier, quand j'ai débarqué la première fois dans la région pour l'aider pendant les vêlages, à cause de sa sciatique, il me plaisait bien. Un vieux trapu qui me causait en se prenant pour mon père, avec un peu de sagesse dans sa voix de gros fumeur. Déjà les premiers jours, à sa manière de me montrer tous les recoins de la ferme en jetant des regards sur les côtés comme si c'étaient des secrets d'État, j'avais compris son manège. Trouver un gars dans mon genre pour prendre à la fois la ferme et la fille, c'était son rêve au père Brugier. Le moyen pour que tout ce qu'il avait construit ne soit pas vendu par petits bouts. Que ça reste dans la famille. Et moi, je suis tombé dans le panneau. J'y ai cru à son plan de reprise. J'ai cru que tout ça allait être à moi, le rêve de tout paysan.

Sauf que ça n'a jamais été à moi. Ou seulement sur le papier.

Le nom est resté dans toutes les têtes : cette ferme, c'était la ferme Brugier. Moi, c'était comme si je n'existais pas.

J'étais juste là pour *faire gendre*, comme on dit là-bas.

Le père Brugier, sous ses airs sympas, il n'a jamais rien lâché en fait. Il continuait à tout contrôler. Il disait J'ai appelé le père Trousselier pour que t'ailles lui acheter du foin comme t'as pas assez fauché cette année, hein ; ou T'oublies pas, l'inséminateur, tu lui dis bien que tu viens de ma part ; ou encore Fais gaffe à bien nettoyer les crèches, sinon t'es foutu. C'était comme ça tous les jours. J'ai pensé que ça allait s'arranger quand il est parti en maison de retraite, qu'enfin j'allais pouvoir reprendre la main. Mais non, même de là-bas il continuait à me pourrir la vie. Il appelait sur mon portable, deux-trois fois la semaine. Il en causait à Alice quand elle allait le voir le week-end. Et elle, elle avait beau râler, dire que Bon, fallait qu'il accepte de passer la main, en fait ses inquiétudes, elle me les rebalançait.

Quand je pense qu'elle me reprochait de n'avoir rien fait de ce que j'avais prévu pour améliorer la ferme. Comment j'aurais pu, avec le vieux toujours sur mon dos ?

En fait, dans cette région qui n'était pas la mienne, j'ai toujours été un étranger. Une pièce rapportée. Ce n'est pas que les gars n'étaient pas sympas avec moi, non, j'aimais bien aller chasser avec eux à l'automne, c'est vrai. Mais souvent ils me faisaient sentir que je n'étais pas d'ici. Comme si le père d'Alice, en fin de compte, j'étais juste son ouvrier. Et ça, nom de Dieu, ça me pesait. Parce que cette ferme, je lui ai donné tout ce que j'avais, elle m'a pompé toute mon énergie. Il faut dire qu'avec toutes ces terres qu'il avait achetées le père Brugier, c'était devenu trop grand pour un gars tout seul.

Au bout de cinq ans déjà, je regrettais de l'avoir reprise cette ferme. Je continuais juste de la faire vivre, tant bien que mal. Et des idées pour la faire évoluer, je n'en avais plus. Je me demandais même si être éleveur, c'était vraiment fait pour moi. Et je sais que je n'étais pas le seul à me la poser cette question, chez les Jeunes Agriculteurs j'en ai entendu d'autres dire des trucs comme ça, des fois. Ceux qui avaient le courage de se l'avouer.

Sauf que moi, je ne suis pas comme ce gars qu'Alice appelait Popeye.

Je n'avais pas l'intention de me pendre au milieu de mes bêtes. Ça, non.

Moi ce que je cherchais, c'était une porte de sortie.

Si elle entendait ça, elle dirait que ce n'est pas vrai, qu'elle n'y croit pas, mais je pense qu'en fait, Alice, je ne l'ai jamais aimée. Ce que j'ai aimé, enfin ce qui m'a fait envie, c'était l'idée de vivre avec elle sur cette montagne, elle avec son boulot et moi avec les vaches. Oui, ça ça me tentait bien, ça ressemblait à une vie réussie. Je pensais qu'on allait avoir des gosses, même. Mais quand j'y réfléchis maintenant, je réalise : on n'avait rien en commun, ça ne pouvait pas marcher. J'avais besoin d'air, de respirer. Et Alice, elle prenait toute la place, elle m'étouffait avec ses discours à n'en plus finir, sa manière d'avoir une idée sur tout. De tout diriger comme le faisait son père. La semaine elle parcourait les fermes du coin pour aller voir ceux qu'allaient mal, certaine que son truc à elle, c'était ça : comprendre les gens, les aider.

Peut-être bien qu'elle en a aidé deux-trois des paysans, je ne dis pas le contraire.

Mais son mari, il n'en faisait pas partie.

Et encore moins quand elle a commencé à fricoter avec ce type. Celui du causse avec ses brebis, celui que les gars disaient qu'il lui manquait une case à force de ne plus voir personne là-haut. Elle pensait que je ne savais pas. Comme si tous les éleveurs ne la connaissaient pas sa Dacia et ne la voyaient pas aller et revenir vers le hameau Bonnefille plus souvent que ce qu'il ne fallait. À voir comme elle a changé en quelques semaines, je n'ai pas mis bien longtemps à le comprendre son manège.

Alors j'ai arrêté de me sentir coupable de ma relation avec Amandine.

Et plus tard, quand il m'a fallu un endroit sûr pour déposer le corps d'Évelyne Ducat, je n'ai pas cherché bien loin. C'est sur le causse que je suis monté en plein milieu de cette nuit d'hiver, avec ma bagnole et les flocons qui s'écrasaient sur mon pare-brise, les phares éteints pour que personne ne me voie.

Le Joseph, je ne sais pas ce qu'il en a fait du corps.

Peut-être bien même qu'il y est encore dans sa ferme, ou qu'il l'a enterré dans un de ses champs. Mais ce qui est sûr c'est que mon idée elle n'était pas mauvaise, parce qu'il n'a jamais alerté personne.

Pour tout le monde, elle a juste disparu.

Comme moi. Mais quand tu es encore vivant, c'est plus dur de disparaître.

Ce n'est pas encore l'heure. Il faut que je sois patient.

Comme ce lézard collé au mur de ma chambre. Ça fait plus d'une heure qu'il est là à ne rien faire.

À travers la vitre que je n'arrive pas à ouvrir et qui vibre à cause du climatiseur, on voit le marché. Enfin, le marché, c'est plutôt un genre de souk. Un sacré bordel. Il y a des gars qui courent dans tous les sens entre les parasols multicolores, d'autres qui se gueulent dessus. C'est un autre monde ici.

Et encore, c'est quand même plus propre que ce quartier où j'ai coursé le gamin hier. Là-bas, vraiment ça craint.

Évidemment, je ne connaissais pas sa tête, pendant plusieurs jours j'ai cherché au hasard. Je savais que ces types, ils opéraient depuis les cybercafés, j'avais vu ça sur Internet. Je crois que je les ai tous faits, un par un, en donnant le nom d'Amandine. Ils me prenaient pour un cinglé, oui ils doivent tous se dire que je suis fou. Que je n'ai rien à faire ici. Si j'étais moins baraqué, sans doute même que je n'aurais pas été fier en face d'eux. À tous les coups il y en a un qui aurait essayé de me faire la peau. Mais j'ai bien vu que tous ces types qui transpiraient derrière leurs écrans, c'étaient juste des gosses. Je n'avais pas peur d'eux.

Et c'est lui qui m'a reconnu.

Mon visage, il le connaissait, bien sûr, j'en avais envoyé des dizaines des photos. Il n'était pas en train de taper sur son clavier, il causait avec un gars dans le fond du cybercafé. Il ne devait pas avoir plus de vingt ans, je dirais. Il a tourné le regard vers moi et d'un coup il a arrêté de bouger, ses yeux plantés dans les miens.

C'est comme ça que j'ai compris que c'était lui.

À sa manière de regarder.

J'ai voulu aller lui parler, mais il ne m'a pas laissé le temps, il a détalé par-derrière.

Je suis ressorti et je l'ai vu en train de courir dans la rue en tournant la tête pour voir où j'étais. Alors je n'ai pas eu le choix, je me suis lancé pour le rattraper. On a couru dans les ruelles poussiéreuses de cette ville, je ne le quittais pas des yeux quand il piquait à droite ou à gauche entre deux murs de béton. Il y avait des gens qui criaient sur notre passage, qui m'insultaient ou qui essayaient de m'arrêter, ils devaient se demander qui j'étais pour courser ce gosse. Mais je m'en foutais, je savais pourquoi j'étais là. Je hurlais :

— Arrête-toi !

Mais il continuait, complètement paniqué comme si j'étais le diable en personne.

Je savais que j'allais finir par l'avoir, j'étais trois fois plus costaud que lui. J'ai accéléré, j'ai sauté par-dessus un genre de clochard à moitié allongé en travers d'une allée, j'ai bousculé une femme qui faisait frire je ne sais quoi dans une marmite au bord de la route. Dans un virage, le gamin a glissé et failli s'étaler par terre. Il s'est repris mais j'étais juste derrière.

Je me suis jeté en avant.

Et d'un coup d'épaule, je l'ai plaqué sur un tas de parpaings.

Il a roulé sur les briques en gémissant, le dos lacéré, puis il s'est plié en deux par terre pendant que moi, je reprenais mon souffle.

— Je t'avais dit de t'arrêter.

Il a redressé la tête et m'a regardé avec de la peur dans les yeux. Oui, il avait la trouille, il était persuadé que j'allais le tabasser. Et si j'en avais eu envie, sûr qu'il aurait passé un sale quart d'heure.

Mais je n'avais pas fait tout ce trajet juste pour dérouiller un gamin qui m'avait arnaqué. Même si quinze mille euros au total, ça faisait une sacrée somme.

Je lui ai tendu la main pour l'aider à se relever.

— Je ne vais rien te faire, d'accord.

Il avait toujours l'air inquiet, mais il a hoché la tête.

— Il faut qu'on parle, lui ai-je dit. Si tu es encore intéressé par mon argent, j'ai un truc à te proposer.

Je ne suis pas fou.

Je sais que c'est ce que tout le monde penserait si je racontais mon histoire.

Mais non, je ne suis pas fou.

Amandine, je sais qu'elle n'existe pas. Il m'a fallu du temps pour comprendre, c'est vrai. Mais maintenant je le sais, il n'est pas là le problème. Le problème, c'est que cette réalité qui m'a explosé en pleine face, je crois que je n'en veux pas. Oui, c'est ça, je la refuse. Au fond, je me demande même ce que ça veut dire ce mot : exister. Parce que ce qui est bien réel, par contre, c'est ce que moi, j'ai ressenti pour Amandine. Ce que j'ai vécu, cette relation qui a duré pendant des mois, tout ça, nom de Dieu, ça a bien existé.

Et c'est encore là, en moi.

Je ne sais pas si les gens peuvent comprendre. Amandine, avec ces mots qu'elle m'envoyait, elle m'a apporté plus d'amour que jamais Alice ne m'en a donné. Plus qu'aucune autre femme ne pourra jamais me donner.

Ça, oui, ça a existé.

Quand j'ai rencontré Amandine, il n'y avait plus grand-chose qui allait dans ma vie. La ferme, la maison, mon mariage, j'avais l'impression que tout m'avait échappé, que mon futur était déjà bien dessiné par d'autres que moi. Je cherchais une issue, et je ne voyais pas bien où la trouver. C'est un peu par hasard, je dirais, que j'ai commencé à traîner sur des sites de rencontres pour agriculteurs. Je ne savais pas très bien ce que je cherchais vraiment. Et elle est arrivée, comme ça, avec ses messages enflammés qu'elle m'envoyait depuis le bout du monde et ses photos incroyables. Évidemment, au début je n'y croyais pas trop, comment une fille aussi jolie pouvait s'intéresser à un type dans mon genre ? Mais au fond de moi, il y avait un truc qui voulait y croire, qui me disait Pourquoi pas ? Et si cette fille, c'était la chance de ma vie ?

Je me fous bien de savoir combien d'argent j'ai perdu. Ou même à qui il est allé, d'ailleurs, ce fric. Tout ce que je sais c'est qu'à partir de là, c'est toute ma vie qui a changé. J'ai recommencé à croire en moi. Je me sentais plus fort, ce que disaient les autres, ça me touchait de moins en moins parce que dans un coin de ma tête, il y avait Amandine. Sa présence me suivait partout, je gardais mon portable près de moi quand je m'occupais des bêtes, j'essayais de ne pas perdre le réseau quand je montais vers les estives. Le soir, quand Alice rentrait de ses tournées, j'allais me terrer dans mon bureau et je tchatais des heures entières. J'avais imprimé une photo d'Amandine que j'aimais bien sortir et regarder de temps en temps. Même dans cette réunion des Jeunes Agriculteurs où était venu le Joseph. Je me rappelle que ce jour-là, me dire qu'il se tapait ma femme, ça ne me faisait presque plus rien parce que j'avais beaucoup mieux. Plus belle, plus jeune, plus gentille, plus à l'écoute de tous mes problèmes.

Ces mots, cet amour, nom de Dieu elle m'en a tellement donné. J'y croyais, vraiment j'étais certain qu'elle allait finir par me rejoindre, que j'allais tout abandonner pour vivre avec elle. Alors quand j'ai vu cette fille sur le marché, celle qui vendait ses robes et qui ressemblait à ces photos qui ne me quittaient plus jamais, ça m'a paru tellement logique.

C'était Amandine, forcément.

Je me suis trompé. Et à cause de mon erreur, il s'est passé ce qui s'est passé. Peut-être qu'Évelyne Ducat ne méritait pas de mourir, c'est vrai.

Mais je ne regrette pas.

Non, c'est fini les regrets.

J'ai commencé à comprendre le jour où le flic m'a appelé. Pas avant. Sur le moment, j'ai cru que c'était une blague, un genre de caméra cachée tellement ça me paraissait improbable, ce policier avec son accent. Mais dès le lendemain, Amandine est devenue muette. Plus de messages, plus rien. Comme si d'un coup elle refusait de me parler. Là, je me suis dit qu'il y avait un problème. J'ai attendu un peu, je me disais qu'elle allait revenir à moi bientôt. Mais ce n'est pas arrivé.

Alors j'y suis allé.

Je lui avais promis d'attendre, de ne pas aller chez elle, de lui laisser du temps et je crois que quelque part, ça m'arrangeait bien. Oui, ça m'arrangeait parce que en fait, être avec elle pour de vrai, coucher avec elle, ça me faisait peur. J'avais peur qu'elle réalise qui j'étais vraiment. Et qu'elle change d'avis.

Mais là, quand la fille du marché m'a crié dessus et m'a foutu son pied dans l'œil, j'ai compris.

J'ai tout compris.

Les premiers jours, je n'ai rien ressenti d'autre que de la colère. En traînant sur Internet, en découvrant l'existence de tous ces brouteurs dans leurs cybercafés, j'ai essayé d'imaginer la tête de celui qui m'avait arnaqué, qui m'avait trompé pendant si longtemps. J'avais envie de me venger, de le retrouver pour lui montrer à quel genre de type il avait affaire.

Mais au bout d'une semaine déjà, c'est un autre sentiment qui m'est arrivé. Je n'avais plus de haine. Tout ce qui restait, c'était un manque. Un manque immense.

Nom de Dieu, je savais qu'elle n'existait pas.

Mais elle me manquait, c'était horrible.

À la ferme, je me traînais, je n'avais plus d'énergie. Les vaches me sortaient par les yeux, je me suis mis à les détester comme si tout était de leur faute. Je ne parlais plus à Alice. Elle, elle était persuadée que je m'étais battu avec son amant. Elle avait beau se prendre pour une psychologue avec ses adhérents, elle n'a jamais rien vu de ce qui arrivait à son mari. Et son père qui continuait à appeler, à me dire comment faire tourner son élevage. Je n'en pouvais plus de tout ça.

C'est là que j'ai décidé de partir.

Dix-sept heures. Cette fois, ça doit être bon.

Je jette un œil dehors, il y a toujours autant de monde dans les rues, ça ne s'arrête jamais ici. Je remets en place la moustiquaire sur le lit. Je prends ma petite sacoche, je vérifie que j'ai bien tous mes papiers. Je fais ça quand je sors, ça me rassure un peu. J'ouvre la porte de la chambre et d'un coup, la chaleur humide de cette ville me saute dessus. Je descends les escaliers en chassant les moustiques qui me tournent autour, et j'arrive dans le hall de l'hôtel.

À la réception, un couple de touristes est en train de régler sa note, des Belges ou des Allemands, je ne sais pas. Partout sur les murs blancs, il y a des masques anciens qui me font penser à ceux qu'on voyait dans les guides avec Alice. Derrière les portes vitrées, j'entends les bruits de la circulation.

Je prends le couloir que m'avait indiqué le type à mon arrivée. Je m'installe derrière l'écran, j'allume la machine qui fait un boucan pas possible. J'attends que tout se mette en place, le cœur battant, le dos en sueur.

Et quand les mots s'affichent enfin sur la fenêtre qui vient de s'ouvrir, je sens se desserrer tous les nœuds qui étaient en moi. Comme si ma vie s'était arrêtée et qu'elle venait juste de reprendre.

Un immense soulagement.

Amandine86 : Mon amour. Je suis là.

REMERCIEMENTS

À mes éclaireurs, sur place ou lointains ; à Céline Bonnel bien sûr, guide parmi les guides et à Grégoire Gauthier ; à Christian Rousset pour le savoir humain ; à Claire Leblois malgré le secret professionnel ; à Corentin et Awa Banzet pour le farotage à domicile ; à Sarah Dejean, Thierry Roumejon, Aimé Mazoyer et Yves Servières pour l'accueil et la patience là-haut ; à Amélie Gerbal et Isabelle Carrière, tout mon respect ; à Claude Lhuillier pour la mise en perspective ; à Louis Fages ; au commandant Pagat ; à Manon, pour la vie communautaire ; à Frédéric Grimopont, deuxième autopsie littéraire ; à Laurent Villieras, ami plus que gendarme ; à Lucie Boudaud ; à Jérémie Niel pour la scène Houellebecq, finalement censurée ; à Baptistine Banzet pour la surjeteuse ; à Clément Souchier pour l'Autotune ; à Séverine Krouch pour l'amour XX ; à Michel Hamousin pour la relecture en scaphandre ; à Joub pour l'œil graphique ; à Laure Debeir pour les jurons ; à Guillaume Caulet trente ans après. À tous ceux-là, mille mercis et autant d'excuses pour les erreurs et trahisons. Je reste le seul coupable des mots couchés là-dedans.

Aux éditions du Rouergue, à Nathalie Démoulin sans qui je n'aurais jamais atteint le col quand soufflait la tourmente.

À Hélène, mon héroïne au quotidien, à Alexis pirate de mes matins, à Charlotte au chaud dans son tiroir.

DU MÊME AUTEUR :

Romans

Entre fauves, 2020
(Prix Libr'à nous 2021)

Série guyanaise

Les Hamacs de carton, 2012
(Prix Ancres noires 2014)

Ce qui reste en forêt, 2013
(Prix Sang pour sang Polar 2014,
Prix des lecteurs de l'Armitière 2014)

Obia, 2015
(Prix des lecteurs Quais du Polar/20 Minutes 2016,
Prix Polar Michel-Lebrun 2016,
Prix Mille et une feuilles noires du festival de Lamballe 2016,
Prix du Récit de l'ailleurs Saint-Pierre-et-Miquelon 2016,
Prix des lecteurs Villeneuve-lez-Avignon 2016,
Prix Ancres noires 2017,
Prix Étudiants du Polar 2017)

La Série guyanaise, 2018, édition intégrale, volumes 1 à 3

Sur le ciel effondré, 2018
(Trophée 813 du meilleur roman francophone 2019)

Livre illustré

La Guyane du capitaine Anato, 2019
avec des photographies de Karl Joseph

PAPIER À BASE DE
FIBRES CERTIFIÉES

Le Livre de Poche s'engage pour
l'environnement en réduisant
l'empreinte carbone de ses livres.
Celle de cet exemplaire est de :
300 g éq. CO_2
Rendez-vous sur
www.livredepoche-durable.fr

Composition réalisée par Soft Office

Achevé d'imprimer en mars 2023 en Espagne par
Liberduplex
Dépôt légal 1re publication : avril 2023
LIBRAIRIE GÉNÉRALE FRANÇAISE
21, rue du Montparnasse – 75298 Paris Cedex 06

68/7534/6